細讀

二〇一九年 第一辑

李小荣 主编

人民文学出版社

图书在版编目(CIP)数据

细读.第一辑／李小荣主编.—北京:人民文学出版社,2019
ISBN 978-7-02-015218-6

Ⅰ.①细… Ⅱ.①李… Ⅲ.①中国文学—古典文学—文学欣赏—文集
Ⅳ.①I206.2-53

中国版本图书馆CIP数据核字(2019)第083878号

责任编辑 刘 伟 陈 悦
装帧设计 崔欣晔
责任印制 任 祎

出版发行 人民文学出版社
社 址 北京市朝内大街166号
邮政编码 100705
网 址 http://www.rw-cn.com

印 刷 三河市中晟雅豪印务有限公司
经 销 全国新华书店等

字 数 248千字
开 本 680毫米×960毫米 1/16
印 张 19.5 插页3
版 次 2019年8月北京第1版
印 次 2019年8月第1次印刷

书 号 978-7-02-015218-6
定 价 68.00元

目录

特稿

共读“水浒”

文心细品

特稿

文体差异和文气清浊范畴的提出

——细读曹丕《典论·论文》

孙绍振

前言：一说"细"读，吾人可能以为是美国新批评的话语，但是，我的细读，是对美国新批评的反拨。美国新批评的细读(close reading)是静止、封闭地阅读文本，完全排斥作家经历和社会历史环境。我的细读，恰恰是把文本还原到历史语境和作家特定心境中去的。另外，新批评的细读，限于文学文本，而我则坚信一切文本，不管是文学性的，还是非文学性的，作为细读之对象，是天经地义的。

一

《典论》中之《论文》①，不少论者以为这是中国文学评论的开山之作。日本学者铃木虎雄在《中国诗论史》中说："我认为，魏时代是中国文学的自觉时代。"②鲁迅《魏晋风度及文章与药及酒之关

① 曹丕：《典论·论文》，萧统编、李善等注《六臣注文选》卷五十二，《四部丛刊》初编，上海：上海涵芬楼1919年影印本。

② 本书于1925年由日本京都弘文堂书房刊行。[日]铃木虎雄：《中国诗论史》，许总译，南宁：广西人民出版社，1989年，第37页。

系》①一文在强调了曹丕及其此文后,采用了这个观点。严格地说,这是广义的文章/文学观念,在当时世界上,还没有后来所持的审美文学观念。英语的literature,出自拉丁文literatura / litteratura,意指所有写成文字的书,在维基百科中,就是"writing formed with letters"②,至今英语中还含有文献的意思。无独有偶,叙利亚初中三年级《语文教科书》中这样说:

> (阿拉伯)语言中"文学"的意思是邀请某人去赴宴会,稍后,意思是高贵的品德,如道德、礼貌、礼尚往来。后来又有了"教育"和以诗歌等来影响他人的意思,接下来,是"广博的文化"的含义,包括科学知识、艺术、哲学、数学、天文、化学、医学、信息、诗歌。直到现代,才有特指对情感产生影响的各类体裁的诗歌、散文、演讲、格言、寓言、小说故事、戏剧等。③

在欧洲,将literature归结为审美价值的"文学",是近三百年欧洲浪漫主义运动时期的事。纵观《典论》所及,与早期西欧与中东所持观念有不约而同之处。其名曰"论文",所述为历史及实用文体,如奏、议,书、论,铭、诔等,与诗、赋并列,诗、赋排在最后。此时尚未将审美与实用、情感与理性作基本的区分。在当时,诗、赋等文学作品与政治性实用文章相比,地位并不高。曹植《与杨德祖书》④曰:"辞赋小道,固未足以揄扬大义,彰示来世也。昔扬子云,先朝执戟之臣耳,犹称壮夫不为也。"《论文》对文章、文体、作家心理气质、风格之特殊性等等作了大幅度的论述,文学/文章被当作一个专门论题,赋予独立地位,这在

① 鲁迅:《魏晋风度及文章与药及酒之关系》,《鲁迅全集》第三卷《而已集》,北京:人民文学出版社,2005年,第526页。

② 维基百科Literature条:Literature, in its broadest sense, is any written work; etymologically the term derives from Latin literatura / litteratura "writing formed with letters", although some definitions include spoken or sung texts. More restrictively, it is writing that possesses literary merit, and language that foregrounds literariness, as opposed to ordinary language.

③ 洪宗礼等主编:《母语教材研究》第七卷,南京:江苏教育出版社,2007年,第657页。

④ 曹植:《与杨德祖书》,《曹子建集》卷九,《四部丛刊》初编,上海:上海涵芬楼1919年影印本。

当时是空前的。文学／文章的综合观念，为很长一个时期中国特有的观念，在中国文论发展过程中，具有不可忽略的历史地位。

二

细读此文，不但当以论文，亦应作文章观之。

《论文》章是曹丕所撰《典论》中之一节。《典论》全书二十篇，内容相当广泛，涉及政治、社会、道德、文化等等方面，大抵皆王业成败、驭民之术。可惜全本已佚，《自叙》为裴松之注《三国志》引录，《论文》收入《昭明文选》，得以流传后世。①

曹丕此书撰于为魏太子之时，两年多后曹操病故，接过权柄之当年，即为其父之不敢为，干脆以魏代汉，说明为太子之两年半时间，早已成竹在胸。《典论》之作，与文人之自我表现迥异。典，法也，常也。《周礼·天官·大宰》："掌建邦之六典，以佐王治邦国。"郑玄注："典，常也，经也，法也。"②有人认为，曹丕此文的主旨就在"端正天下之论"。此言得之。作为太子，酝酿着建构思想上的正统，积累权威，显示权位不仅凭着世袭，而且来自自身文治武功全才。《自叙》和《论文》分论文武，当为全书之纲领，其得以流传千载，而其余部分基本散失，实非偶然。在《自叙》中，夸耀自己有武功："夫文武之道，各随时而用。生于中平之季，长于戎旅之间，是以少好弓马，于今不衰，逐禽辄十里，驰射常百步。""又学击剑，阅师多矣。"甚至具体写到和一个著名人物搏击轻松取胜的故事。又说自己不但有武功，而且有过人的文化修养："少诵诗论，及长而备历五经四部，史汉、诸子百家之言，靡不毕览，所著书论诗赋，凡六十篇。"③这一切都在彰显自己非凡才能，为未来接

① 其他篇目，后人如明人张溥、清人严可均等从历代各种典籍注文和类书中加以辑录，内容不太完整，四库全书《魏文帝集》收入《周成汉昭论》《汉文帝论》《汉武帝论》《交友论》，是否属于《典论》，学者颇有争议。

② 郑玄注、贾公彦疏：《周礼注疏》卷二，上海：上海古籍出版社，1990年，第37页。

③ 《文帝自叙》，《三国志文类》卷五十五，文渊阁四库全书，台北：台湾商务印书馆1983年版。

班、取汉立魏作精神和舆论上的准备。

《自叙》重在武功，而《论文》则重在文学/文章。而"论文"之所以突出，盖因曹丕得太子之位，曲折起伏。曹操长子为曹昂，曹丕次之，按立嫡以长惯例，他不能流露任何非分之想，幸运的是，曹昂死于征张绣之役。按长幼顺序，继承大位，非丕莫属。但曹操更属意于比他小九岁的曹冲，曾经公开说过要传位于冲，然冲夭亡。按年龄顺序，他长于曹植，具有天然优势。从文学、文章的才智来说，曹丕逊于曹植，南朝宋的谢灵运有"天下有才一石，曹子建独占八斗"之说。曹操一度欲立曹植为太子。但是，曹植过多文人习气，恃才傲物，不顾细行，缺乏政治家的沉稳内敛。争嫡凶险，持续多年。曹丕信用谋士，矫情内饰，临变制机，棋高一着，终于获得曹操信任。建安二十二年（公元217年），三十岁的曹丕正式立为太子，其时，曹操已经年迈体衰。曹丕军政事务繁忙，对外，于东吴、蜀汉，军事政治上虽有优势，还未能达到压倒性；对内，组织上，用自己的核心班底，君临各派群臣。在武功上亦有自信。至于"文"，虽然自己也颇有大志，在《与王朗书》中，说到立德之外，莫如"著篇籍""可以不朽"，"故论撰所著《典论》、诗、赋，并百余篇"①，而且大权在握，但是，与曹植比，有驱遣不去的心理阴影。

作为未来的君王，在"文武"两个方面必须拥有高度权威，不能让任何人有挑战的余地。故《典论·论文》针对曹植《与杨德祖书》。何焯《义门读书记》谓"曹子建'与杨德祖书'气焰殊非阿兄敢望"②，曹植于文坛有如此声望，是曹丕所不甘忍受的。但是，为文运思不能尽情直遂，乃取由远渐近，由泛论至直面之法。

《典论·论文》开头："文人相轻，自古而然"。此言，高度概括，具有格言性质，至今脍炙人口。表面上泛论古今，但是，绵里藏针。具体行文，针对曹植。

---

① 《文帝与王朗书》，《三国志文类》卷四十三，文渊阁四库全书，台北：台湾商务印书馆1983年版。

② 何焯：《义门读书记》卷四十九，北京：中华书局，1987年，第957页。

其时曹植二十五岁，封临淄侯，在给亲信杨德祖的信中，先说自己“好为文章”二十五年。说的是“为文章”，不是一般的阅读，明显夸张，连婴孩时期都算进去了。其次，说当时著名才智之士，汉南独步的王粲，鹰扬于河朔的孔融，擅名于青土的徐幹，文采飞扬于海边的刘桢，同在魏地的应玚，“吾王”（应该是曹操）皆广为罗致，但是，这些人物都不能“飞轩绝迹，一举千里”。陈琳虽有才，然不长于辞赋，还自比于司马相如，简直是“譬画虎不成，反为狗”。显而易见，曹植极端自负，建安七子中之五子，外加上王粲，都一笔抹杀，刻薄到用“狗”来形容，就连自己的亲信杨德祖，就是那个在《三国演义》中因为露才扬己，不知韬光养晦而招杀身之祸的杨修，也不能幸免。还洋洋自得地说自己不能称赞人物，原因是“畏后世之嗤余”。这样的人，作为作家，好“讥弹”文章，是正直的。但是，作为诸侯，敏于见人之短，不能用人之长，乃是大忌。曹操在人才政策上难得地不拘一格，在《求贤令》中说，即使“盗嫂授金”，只要有才能，就可重用。但是，在唐太宗看来，在用人之长上，还是有所欠缺，在祭魏主庙题词时，批评其“一将之智有余，万乘之才不足”（《资治通鉴》卷一百九十七）。曹植傲慢到这种地步，无异于自我孤立，哪里还会谈得上有什么亲信、死士？与曹丕争夺，失败是必然的。

曹丕批判文人相轻之习。对于这个论点，曹丕提出的论据是：

> 傅毅之于班固，伯仲之间耳，而固小之，与弟超书曰：“武仲以能属文，为兰台令史，下笔不能自休。”

这个例子，举得很含蓄而周密，一是，不像曹植举当代人为例，而举一百多年前的人物；二是，这个人物是《汉书》的作者，具有历史的权威性；三是，举历史人物，合于文人相轻，自古而然，并非当代特别现象；四是，明明针对曹植，却绝未点及曹植之名。泛泛而论文人相轻的普遍性，既是行文的技巧，也是客观形势所迫，他不得不藏锋。毕竟在台面上，他只是太子，曹植列侯，还是兄弟，行文含而不露，机锋引而不发。

而要证明历史性普遍性，例不胜举，曹丕改从逻辑因果上展开。分析文人相轻的原因在于，第一，“人善于自见”，总是容易感到、表现自己的长处。沿着因果逻辑发展，于是有了第二，造成善于自见原因是“文非一体，鲜能备善”。文体不同，规律不同，个人很难样样精通。这里暗暗针对曹植批评孔融文章虽好，辞赋却不行。第三，进一步概括，“是以各以所长，相轻所短。”“是以”，仍然是因果逻辑。第四，用“里语”将之感性化：“家有敝帚，享之千金”，这是直接针对曹植的“画虎不成反类狗也”；第五，“不自见之患也”，不自见的原因引出相轻的结果。因果逻辑，层层递进。

逻辑层次紧密，又有“里语”相辅，论述已经相当饱满。再推理下去，就可能真变成泛论，离开为文之题旨。回到当下，把曹植的例证拿来一一分析。曹植说那些文士，不能“飞轩绝迹，一举千里”，而曹丕则说孔融、陈琳、王粲、徐幹、阮瑀、应玚、刘桢这些人，“咸以自骋骥騄于千里”，不但齐足并驰，更重要的是，“以此相服”。这里比曹植所举的文士更多，学识、文化水准极高（于学无所遗，于辞无所假）。反驳完了，接着是从正面说：

> 盖君子审己以度人，故能免于斯累

对兄弟妒忌心很重，行为上心狠手辣的曹丕，在理论上驳完以后，拿出兄长的姿态，作正面开导，两个层次：第一要“审己以度人”，才是君子；第二，这不但是阅人之道，而且是自我解脱之道（免于斯累）。指出了错误，提供了改正的方向，应该说，提高了境界，至少在字面上，不愧太子风范。

如果文章仅仅是为了批判曹植，写到这里，主题就完成了。

但是，作为太子，他的立意还要深一些，因果逻辑还要深入下去。

文人自重而轻人的心理，自古而然，原因是什么呢？“文非一体，鲜能备善”,作家个性的有限和文体的多元之间的矛盾,这一点他就着曹植的例子,从反面正面作具体分析。王粲长于辞赋,句法排比文采华赡,而徐幹则“时有齐气”,偶尔带有齐国文气舒缓的不足。(《文选》李善注:言齐俗文体舒缓,而徐幹亦有斯累。)可总的来说,水平不相上下,他们的成就,在权威作家汉之张衡、蔡邕之上。但是,其他体裁的作品,就不在一个水平上了。

行文到这里,顺便带了一下因为不善于辞赋,被曹植贬之为“画虎不成反类狗”的陈琳,说他和阮瑀在“章、表、书、记”等类文体上,在当时是最为杰出的(“今之隽也”)。以下讲到应玚和而不壮,而刘桢虽然壮了,但是不密。孔融“体气高妙”有过人之处,但是“理不胜辞”,杂以嘲戏,固然不佳。但是,就其所长而言,可与汉代司马相如、扬雄相比。所列举的作家皆所长与所短相互交融,因为文体不同,没有绝对优越者。均一分为二,各有所长,亦有所不足。写到这里,把邺下文人群体中的王粲、陈琳、阮瑀、徐幹、刘桢、应玚等等所有高水平的文士都举遍了,但是,独独缺了一个更高水平的曹植。文章针对曹植,可又回避点到曹植,恰恰流露出曹丕用心之苦,也是运思之妙。

事实上,曹丕作为太子,先后为五官中郎将、丞相副,为了团结文士,曾经“开馆延士”。应玚在《公宴》诗中这样描写:

巍巍主人德，佳会被四方。
开馆延群士，置酒于斯堂。
辩论释郁结，援笔写文章。
穆穆众君子。好合同欢康。

曹丕以政治权力“开馆延群士”,邺下文士群体有了稳定的组织形态,主人曹丕,隆重邀宴,援笔为文,更难得的是平等“辩论”。关系似乎超出了等级,友好到打成一片。第二年,曹丕在《与吴质书》中回忆说:“昔日游处,行则连舆,止则接席,何曾须臾相失!每至觞酌流行,丝竹并奏,酒酣耳热,仰而赋诗。”虽然如此,谁都明白,他就是邺下文人集团的大家长。他的政治地位和未来的目标,使得他不能不提高自己的精神高度,高瞻远瞩,对馆中名士,全面认识。难能可贵的是,还有朋友式的深厚的情感。《与吴质书》写于建安二十二年(公元217年),他接太子位的第二年。当时徐、陈、应、刘,一下子都逝世了,他在文中很动情地说:“痛可言哉!”从这一点看,他似乎放下了有权则威的优越感,更多的是文人之间互动的友情。这一点正是作为领袖人物的曹丕重胸怀和作为文人的曹植重个性的区别。

正因为感情相当深厚,故不可能像曹植那样片面、刻薄。然富于感情,却并不妨碍他对馆中文士作具体分析,虽系列举性质,但大体系统,且富于理性。其深邃得力于逻辑层次不断深化。第一,发展一下前面心理上的普遍规律,“不自见之患”更深层的原因,乃是“贵远贱近”,抬高前人,贬低今人,具体来说,就是光看前人名声,而违背实际(“向声背实”)。第二,又推出新的逻辑因果:一味贬低同时的今人,就看不到自己的不足,觉得自己了不起(谓己为贤)。

这一段的功能是:第一,揭示文人相轻不仅是心理原因;第二,指出造成这种心理的原因是文体不同,作家鲜能全盘把握。所有这一切,旨在批评曹植,但是,其价值远远超出了兄弟之间的恩怨。在中国文论史上,第一次把文章/文学的体裁,也就是形式范畴作为一个重要问题提出来,完全不提及内容。后来刘勰在《文心雕龙》中总结出来的“原道”“征圣”“宗经”“正纬”全在视野之外。这表现中国古典文章/文学批评,和西方的古典文论的内容决定形式之论,大异其趣。虽然,此时,在曹丕笔下,实用性质的文章和诗还没有区别开来,处在“文”这样一个总体的范畴之中。但是,对文章的形式的重视,已经相当深刻,特别是对文章的亚形式(文体)表现出精细的分析,提出了体裁不同、规律不同这只是一方面,而另一方面则是文体之间的区别又是具有统一性的。这也是中国古典文论的突出特点:

文本同而末异。

文章规律相通是根本的,文体的种种差异则是次要的。同和异是对立而又统一的。曹丕将当时文体作这样的分析:“奏、议宜雅,书、论宜理,铭、诔尚实,诗、赋欲丽”。就其特点将八类形式归纳为“雅”“理”“实”“丽”四体。

从纯粹理论上来说,这是有相当高度的。关键词有两个,一是“文”,一是“气”。

“文”,这是当时中国文学/文章根本性的范畴。这个范畴不像西方理论那样有一个尽可能严密的定义。因而,很容易望文生义,以为就是散文,其实不然。观其外延包含的不仅仅有奏议、书论、铭诔,还有诗赋。“文”的内涵,实际上包括实用散文与诗,“文本同”,就是散文和诗的一致性是根本的。“末异”,诗和种种实用文在形式上有不可忽略的差异,又是很难全部把握的。

这个结合着散文与诗的“文”的范畴很具中国文论的特点,与西方文论的区别是很值得重视的。古希腊早就确立了史诗、戏剧和抒情诗三个部分,亚里斯多德的《诗学》中,实际上是戏剧(悲剧和喜剧),史诗(epic)其实不是诗,而是叙事性的传说和神话,还有就是抒情诗。根本没有散文的观念,有的只是演讲(修辞)。至今西方百科全书中,没有“散文”的词条,散文不是一种文体,而是种种文体的表现手法。①

---

① 在大英百科全书(*Encyclopædia Britannica* 2007)的Ultimate Reference Suite中没有单列PROSE条目,只有关于PROSE的分列说明,例如:alliterative prose 押头韵的散文,prose poem 散文诗,nonfictional prose 非小说类/非虚构写实散文,heroic prose 史诗散文,polyphonic prose 自由韵律散文。而另一种百科全书Wikepedia:中的美文(belles lettres)则说,这是来自于法语的词语,意思是“beautiful”or “fine” writing. 它包括了所有的文学性质的作品:小说、诗歌、戏剧或者是随笔,其性质取决于语文的运用上审美的和原创,而不是其信息和道德的内涵。在另一本百科全书(The Nuttall Encyclopedia),则认为这是用来描述不管形式和内容,只属于艺术领域的文学,不但包括诗歌、小说、戏剧,甚至还包括文学批评。而大英百科全书第11版(*Encyclopædia Britannica Eleventh Edition*)更加强调的是诗歌、传奇等艺术的想象的文学形式,而不包括那种比较呆板的亦步亦趋的文学批评,但包括了演说、书信,讽刺的、幽默的文章随笔集子。essays,在牛津词典第2版中(*The Oxford English Dictionary 2nd Edition*),指的是比较小型的文学作品。

在中国，散文在理论上虽然比诗、赋更重要，曹丕和曹植不约而同地把诗赋放在实用文体之下。此后，陆机《文赋》，刘勰《文心雕龙》，其实，所涵盖的仍然以文章为主，兼论及诗赋。虽然如此，诗早在《诗经》时代就有了诗言志的独立名分，而散文作为与诗相对的独立文体，在理论上明确化，要等到唐朝韩愈提出"文以明道"，宋代周敦颐《通书·文辞》中才完成了"文所以载道也"的命题，诗言志、文载道并列才有了大体的共识。至于从字面上"散文"之说，则在宋代罗大经《鹤林玉露·二》中说："山谷诗骚妙天下，而散文颇觉琐碎局促。"①在理论上明确以前，只能凭着直觉在黑暗中摸索，就是很有成就的理论家罗大经，也只能作感性的表述：

> 杨东山尝谓余曰："文章各有体，欧阳公所以为一代文章冠冕者，固以其温纯雅正，蔼然为仁人之言，粹然为治世之音，然亦以其事事合体故也。如作诗，便几及李、杜。作碑铭记序，便不减韩退之。作《五代史记》，便与司马子长并驾。作四六，便一洗昆体，圆活有理致。作《诗本义》，便能发明毛、郑之所未到。作奏议，便庶几陆宣公。虽游戏作小词，亦无愧唐人《花间集》。盖得文章之全者也。其次莫如东坡，然其诗如武库矛戟，已不无利钝。且未尝作史，藉令作史，其渊然之光，苍然之色，亦未必能及欧公也。曾子固之古雅，苏老泉之雄健，固亦文章之杰，然皆不能作诗。山谷诗骚妙天下，而散文颇觉琐碎局促。渡江以来，汪、孙、洪、周四六皆工，然皆不能作诗，其碑铭等文亦只是词科程文手段，终乏古意。近时真景元亦然，但长于作奏疏。魏华甫奏疏亦佳，至作碑记，虽雄丽典实，大概似一篇好策耳。"②

从曹丕提出文体多样的问题，到罗大经，摸索了几百年，只是在感性上更加丰富，在理论上居然没有根本的突破。

---

① 罗大经：《鹤林玉露》，孙雪宵校点，上海：上海古籍出版社，2012年，第164页。

② 同上，第163页。

所谓诗言志、文载道，对于诗与散文的区别基本上还停留在内容上。诗与散文在艺术上间不容发的差异在直觉上可以意会，可要上升为理论，是要有天才的，历史还要等两三百年，终于才有了进展。吴乔（1611—1695）在《答万季野诗问》中对诗歌与散文的矛盾进行分析。

> 又问："诗与文之辨？"答曰："二者意岂有异？唯是体制辞语不同耳。意喻之米，文喻之炊而为饭，诗喻之酿而为酒；饭不变米形，酒形质尽变；啖饭则饱，可以养生，可以尽年，为人事之正道；饮酒则醉，忧者以乐，喜者以悲，有不知其所以然者。"①

吴乔天才地对诗与散文在艺术上的区别的发现，在当时世界上是领先的，过了一百多年英国的雪莱（1792—1822）才在《为诗一辩》中说，"诗使它触及的一切变形"，他说的仅仅是"变形"，而吴乔说的是"形质尽变"。可惜的是，国人对于这样的重大理论遗产，并没有足够珍惜。一旦从俄国传来了什克洛夫斯基的所谓"陌生化"（остранение），认为文学的魅力完全来自于语词的"陌生化"，这完全取消了内容和形式范畴。即使什克洛夫斯基看到绝对强调陌生化，导致流派更迭过速，产生了先锋派文学中的各种文字游戏，甚至是垃圾，他也承认自己犯了错误。在二十世纪七八十年代，他反复强调说："放弃艺术中的情结，或是艺术中的思想意识，我们也就放弃了对形式的认识，放弃了认识的目的，放弃了通过感受去触摸世界的途径。"②"艺术的静止性，它的独立自主性，是我，维克多·什克洛夫斯基的错误。"③"我曾说过，艺术是超于情绪之外的，艺术中没有爱，艺术是纯形式，这是错误的。"④非

① 王夫之等撰：《清诗话》，上海：上海古籍出版社，1978年，第27页。类似的意思在吴乔的《围炉诗话》卷二中有更为详尽的说明。

② 什克洛夫斯基：《弓弦·论似中之不似》，莫斯科，1970年，第12页。中文译文请参阅什克洛夫斯基：《散文理论》之序言，刘宗次译，天津：百花洲文艺出版社，1994年。

③ 什克洛夫斯基：《维·什克洛夫斯基文选》两卷集，第1卷，莫斯科《ХУДОЖЕСТВЕННАЯЛИТЕРАТУРА》，1983年，第3页 。

④ 什克洛夫斯基：《散文理论》，莫斯科《ИЗДАТЕЛЬСТВО·〈ФЕДЕРАЦЯ〉》1929年，第73页。

常可悲的是,国人却完全不顾先人几百年的探索成就,就没头没脑地追随人家已经放弃了的学说。

三

曹丕对这个综合性的“文”的范畴,提出了一个影响深远的命题:“文以气为主”,不管是文还是诗,都取决于作家的“气”。

“气”在中国古典哲学和文章学中,是很现成的,曹丕对之加以更深入的分析。

他显然感到现成的“浩然之气”“一鼓作气”,内涵皆是阳刚性质的,用来说明复杂丰富的作家的精神世界是不够的。他进行了分析:“气之清浊有体。”也就是说,气质不仅单纯是阳刚的,至大至刚的,与之相对的还有清逸的、浑厚的。这种气质是在生命历练过程中形成一种“体”,也就相对固定的精神气质,不是有意构成的,而是自然积淀的,一旦形成,就是独特的,不可重复的。虽然是父兄,也是不可重复的。如果我们把“父”理解为曹操,“兄”理解为曹丕,则无疑“子弟”则为曹植。这也许是曹丕潜意识中的优越感不经意的流露。

“以气为主”把作家的精神气质、个性的独特性,放在了文章/文学成败的第一位,其性质是表现论,应该是为中国文学/文章批评又一特点。

但是,不能不说“气”作为理论核心范畴(请原谅,我在这里,不用“话语”这个流行词语),作为逻辑起点是有所不足的。“气”的范畴,萌于孟子辩论时所说的“浩然之气”:“公孙丑问曰:‘敢问何谓浩然之气?’曰:‘难言也。’”孟子老老实实地说,没有办法下内涵定义。只能从外延说,“其为气也,至大至刚,以直养而无害,则塞于天地之间。其为气也,配义与道”,这个“气”,一方面高度抽象带着形而上学的意味,至大至刚,与道、义相配,充塞于天地之间,是超验的,千年来,国人还没有能够为之下定义。另一方面又是人的精神、体貌形而下的载体,孟子的"浩然之气"和曹刿的"一鼓作气",乃至项羽的"力拔山兮气盖世",都是属于精神气质的。这个"气"在理论上很抽象,五官不可感知,可在具体语境中又很具感性的经验性:如作为词首——气质、气节、气派、气势、气魄、气焰、气色、气度;又如作为词尾——元气、志气、和气、脾气、傲气、仙气、阳气、剑气、爽气、丧气、秀气、晦气、节气、义气、才气。存在于成语之中,则有大气磅礴,血气方刚,中气十足。作为动词,有三气周瑜;作为名词,有紫气东来,等等。这里有先天的气质,也有后天的修养,有外在的感性,也有内在的情志,皆为长期蕴藏积淀于心的"精气神",其内涵异常丰厚,统而言之,不可抽象为界定,分而言之,可以准确意会,无误地运用,在具体的上下文中,极具活跃的生命。正是因为这样,"气"才成为中国古典文学批评的核心话语之一,成为衡量作品和作家的准则。

以"气"的范畴为纲领,对后世产生了曹丕始料未及的影响,刘勰《文心雕龙·神思》曰:"神居胸臆,而志气统其关键;物沿耳目,而辞令管其枢机。"把志气作为精"神"统帅的"关键",然后才能有适当的词语表现外物的感受。钟嵘在《诗品·序》中说:"气之动物,物之感人,故摇荡性情,形诸歌咏。"把主体精神范畴的"气"的运动,当作客体物之感人的根源。这样就把表现论更加一元化了。此后还有"盛唐气象"之说。文以气为主,后来就与"文以载道"构成对立而统一的话语,影响了中国文学,乃至艺术批评千余年。苏辙认为"文者气之所形",养气以成文。①王夫之说:"盖言心言性、言天言理,俱必在气上说,若无气处则俱无也。"②曾国藩主张为文当先"养气"而后"行气","有气则有势,有情则有韵"③。这种主观精神的表现论,和古希腊不管是柏拉图的模仿理念,还是亚里斯多德的模仿自然说是遥遥相对的。

---

① 苏辙《上枢密韩太尉书》谓:"辙生好为文,思之至深,以为文者气之所形。然文不可以学而能,气可以养而致。"《栾城集》卷二十二,上海古籍出版社1987年版,第477页。

② 王夫之:《读四书大全说·孟子》,《船山全书》第6册,长沙:岳麓书社,2010年,第1111页。

③ 曾国藩:《谕纪泽纪鸿》,唐明浩编《曾国藩家书》,武汉:长江文艺出版社,2015年,第267页。

本来，曹丕申述他的文章／文学理念，在邺下文士（曹植也在内）之间，“辩论释郁结”，意见纷纭，在他君临下，显示他的雍容大度。但是，对于政敌曹植的不同意见，则绝不掉以轻心。本来辞赋小道，壮夫不为，已经与他在《与吴质书》中羡慕徐幹的《中书》（“成一家之言”，“足传于后，此子为不朽”）所论不一，如果曹植仅仅说“辞赋小道，固未足以揄扬大义，彰示来世”“壮夫不为”，曹丕可能视而不见。但是，他居然说“位为蕃侯，犹庶几戮力上国，流惠下民，建永世之业，留金石之功”，这就是说，文章辞赋不足以“彰示来世”，只有政治上的建树，才能“建永世之业，留金石之功”，这简直是野心勃勃。太子之位虽然坐稳了，有了正统的合法性，但是，毕竟还没有继承大位，对这个竞争对手，不能不有所忌惮。在曹丕看来，不能麻痹大意。故用语毫不含糊。

> 盖文章经国之大业，不朽之盛事。年寿有时而尽，荣乐止乎其身，二者必至之常期，未若文章之无穷。

这种直接反驳是有层次的。第一，文章不是“小道”，而是“大业”；第二，不是政治上有所作为，才能永世不朽；第三，文章本身就是“不朽之盛事”；第四，人的寿命荣乐是有限的，只有文章是“无穷”的。

反调唱足了，缓和下来，拿出做兄长的气度，改用劝慰语气，不要去空想政治上有宏大建树，留千载之名了。引古喻今，古人不管是处于逆境，如西伯幽而演易，还是处顺境，如周旦显而制礼，都发奋著作，名扬后世。生命苦短，岁月不居，体貌日衰（其实曹植才二十五岁），文章就是“不朽之盛事”，不抓紧宝贵时间，就是白白浪费生命，“斯志士之大痛也”。这是有志之士，也包括为兄的，为你感到的最大的痛苦。

文章写在为太子时，宫廷夺嫡已经过了你死我活的阶段。但是，太子权力还有限，故文章虽步步相逼，但是张弛有度：严厉处，迹近驳斥，温和处，循循善诱，显得游刃有余，始终没有直接点到曹植的名，这就是引而不发。多多少少带着与人为善的风度。

但是，即位以后，情况有所不同，他的妒忌不但在曹植，而且对于所有能耐稍强者均怀戒心，甚至杀心。《世说新语·尤悔第三十三》载：在武功方面，曹丕妒其弟任城王“骁壮”。在卞太后阁共围棋，在其食枣中下毒，太后索水抢救，他事先令左右毁破瓶罐。他对曹植“又复欲害”，为其母看穿，警告说：“汝已杀我任城，不得复杀我东阿。”曹植才保住了一条命。①

《典论·论文》虽然字里行间隐含着宫廷之权力争斗的凶险，但是，其理论价值却超越了当时的狭隘意旨，主要是在文学理论上提出了“文”的纲领，代表着文学／文章理论的突破 。在这以前，只有汉人之《诗大序》，班固《离骚序》，王逸《楚辞章句序》，皆为一体、一文、一书为论。而曹丕之“文论”，则为文章／文学之总论。这在中国文章／文学史上是空前的。文章从宏观上提出文章／文学对政治具有独立价值，甚至具有超越时代的、不朽的价值。文章还提出了文体形式的不同规范，强调其间不容发的差异，这种差异纷纭，个人难以全部把握。对形式如此强调，不但和中国的原道、宗经，而且和西方的内容决定形式相比，都是独具一格的。《论文》最重要的是提出文“气”的范畴，人的精神气质清、浊的差异，决定文章的风格，等等，可以说，奠定了中国文论表现论的基础。《典论·论文》开创了中国文章／文学评论的崭新阶段，将之定位为中国“文学自觉”的发端，从历史发展观之，应该是有道理的。

2019年1月26日，2月14日改定

（作者单位：福建师范大学文学院）

① 徐震堮：《世说新语校笺》，北京：中华书局，1984年，第478页。

共读『水浒』

宋江：游走在江湖和朝廷之间的悲剧人物

齐裕焜

水浒故事也曾称为“说宋江”。宋江是《水浒传》的中心人物，是最能体现作者思想和创作意图的形象。

形象演化

我们先来回顾一下从历史到“说话”到戏曲领域，再到《水浒传》，宋江形象有什么变化。

王偁《东都事略》《宋史》都有：“宋江以三十六人，横行河朔、京东，官军数万，无敢抗者，其才必过人”的记载。宋江起义后投降，也是确凿无疑的。北宋官员李若水，在靖康二年(1127)随从钦宗到金营，不屈被杀。他的《忠愍集》里有一首记载宋江受招安的诗《捕盗偶成》：“去年宋江起山东，白昼横戈犯城郭。杀人纷纷剪草如，九重闻之惨不乐。大书黄纸飞敕来，三十六人同拜爵。狞卒肥骖意气骄，士女骈观犹骇愕。……”至于是否去“征方腊”还有争论。

元末进士陈泰在他《所安遗集补遗》里有一篇《江南曲序》，说他在元至治三年(1323)秋路过梁山，撑船的篙师给他介绍，湖上“葉荷菱芡，相传以为宋妻所植”“宋之为人，勇悍狂侠。其党如宋者三十六人"。"勇悍狂侠"的宋江,到了《水浒传》为什么会变成谦谦君子?

从"说话"、杂剧到《水浒传》,诚如张锦池先生所说出现了两个推延现象①。一是宋江上山越来越曲折;二是他当梁山泊的寨主有个很长的候补期。

先说宋江上山吧。《大宋宣和遗事》写晁盖等人劫取生辰纲,官府破案后,要抓晁盖等,郓城县押司宋江通风报信,晁盖等"暮夜逃走",后去梁山泊落草。晁盖"思念宋押司相救恩义",派刘唐送一对金钗去酬谢宋江。宋江让娼妓阎婆惜收藏,还让她知道了金钗的来历。一天宋江见吴伟和阎婆惜"正在偎倚,便一条忿气,怒发冲冠,把两个杀了",并在墙壁上题诗:"杀了阎婆惜,寰中显姓名。要捉凶身者,梁山泊上寻。"郓城县衙派人到宋家村捉宋江,他父亲被抓走,他躲进玄女庙,得天书。天书上有四句诗:"破国因山木,刀兵用水工。一朝充将领,海内耸威风。"并附有三十六将的名字。还有一行字:"天书付天罡院三十六员猛将,使'呼保义'宋江为帅,广行忠义,殄灭奸邪。"于是宋江带李逵等九人上山。此时晁盖已死,宋江对众人说了他得授天书事,吴加亮等就推他"做强人头领"。这时梁山泺已有三十二人,后来凑足三十六人。他们打家劫舍,掠州劫府,"朝廷无其奈何,只得出榜招谕宋江等""后遣宋江平方腊有功,封节度使"。

《大宋宣和遗事》的记载,可见是当时"说书"的内容。特别值得注意的是:宋江杀惜之后,得到玄女天书,就上了梁山。上山后晁盖已死,他就当了头领,没有候补期。他们打家劫舍,纯是一伙强盗。虽然天书上有"广行忠义,殄灭奸邪",但"忠义"特别是"忠"不突出,没有"替天行道"之类的政治目标和正义性。只有三十六将,没有一百〇八条好汉。没有征辽,只有征方腊,封节度使。

元代水浒戏现存有高文秀《黑旋风双献功》、康进之《梁山泊李逵负荆》等六种。

---

① 张锦池:《〈水浒传〉考论》第七章,北京:人民出版社,2014年,第107—127页。

从这些水浒戏的叙述故事里可以看到：宋江杀惜之后没有直接上山，而是先去自首，“迭配江州牢城去”，路过梁山，被晁盖救上山。上山的过程比《大宋宣和遗事》曲折些。宋江上山后，没有直接当头领，而是坐了第二把交椅，到晁盖三打祝家庄身亡，他才当了首领。宋江等人从打家劫舍发展为替老百姓反奸除霸、“替天行道”，描写出梁山泊的宏伟气势；扩大了义军的规模，从“三十六员英雄将”到“三十六大伙，七十二小伙”。

到了《水浒传》宋江杀惜后不想上梁山，后经大闹清风寨、揭阳岭遇险，到浔阳楼醉题“反诗”，引来杀身之祸，梁山好汉劫法场救了他，这才决心投奔梁山泊。宋江上山的路越来越曲折，出现了螺旋式发展的过程。

宋江怎么成为梁山泊首领？《大宋宣和遗事》是一上山就直接当上了，杂剧有候补期，先当第二把手，到晁盖“三打祝家庄身亡”，才递补上。《水浒传》复杂多了，经过三次推让，第四十一回宋江上山晁盖就请他当头，他坚决推辞；晁盖的死，从“三打祝家庄”往后推迟，到打曾头市才“中箭身亡”。众人推举宋江当寨主，他说晁盖有遗言，谁捉到史文恭谁当，所以他只能权当头领，代理而已。到第六十八回卢俊义捉了史文恭，宋江当然要推让给卢俊义，但众头领反对，还是要宋江当。于是宋江提出他和卢俊义各领一拨人马打东平府和东昌府，谁先打下，谁当头领。为表示公平，用拈阄的办法，决定谁打哪一府。宋江先攻下东平府，再帮助卢俊义攻下东昌府。宋江才正式就职，当了梁山泊的头领。

人生转折

上面我们从宋江形象演化，看到了他上山和当山寨领袖的两个推迟现象，这就是因为作者要把他塑造成忠义英雄。

宋江在第十八回出场，作品介绍他是郓城县宋家村人，面黑身矮，于家大孝，为人仗义疏财，人皆称他做孝义黑三郎。他母亲已故，父亲宋太公和一个兄弟铁扇子宋清在村中务农，守些田园过活。宋江在郓城县做押司。他刀笔精通，吏道纯熟，喜欢结识江湖上好汉；仗义疏财，扶困济危，被称做及时雨，在江湖上很有威望。

宋江的身份是郓城县押司，是官衙里的吏员。官和吏是有严格区别的，官是有品级的，人们常说知县是“七品芝麻官”，其实在县里还是品级最高的。县丞是八品，县尉是九品，而吏是不入品级的低级办事员。宋江屈居下僚，没有升迁的希望；也不可能走“金榜题名”的科举之路。这就使他想通过仗义疏财，结交江湖好汉，博得社会上声望，从而达到出人头地、建功立业的目的。

宋江有三个绰号：“孝义黑三郎”“及时雨”“呼保义”，是《水浒传》人物里绰号最多的。“孝义黑三郎”和“及时雨”好理解，“呼保义”却有歧见。有人说“保义”就是南宋时的武官保义郎，“呼”是称呼的意思，称呼宋江为保义郎。有的却认为“呼”是自呼，自己呼唤自己要“保义”。我觉得比较合理的解释是，“呼”有“呼唤”“号召”的含义，“呼保义”就是“呼群保义”，号召众人聚集在自己周围保全正义。

宋江其貌不扬，“为他面黑身矮，人都唤他做黑宋江”，在后面情节里也多次描写宋江“又黑又矮”，武艺平庸。但他在江湖上却享有“及时雨”的崇高声誉，江湖好汉只要听到他的名字，就顶礼膜拜。作者要把宋江的肖像写得如此不出众，正是为了反衬他的人品、道德和风度。这和《三国演义》里对刘备的描写一样，刘备也是貌不惊人，武艺平庸，却以仁德征服了诸葛亮、关羽、张飞、赵云等英雄豪杰。

宋江一出场亮相就是“担着血海也似干系”给晁盖通风报信，让抢劫“生辰纲”犯了“弥天大罪”的“强盗”逃走了。作为县吏完全违背了“法度”，把忠于职守，忠于朝廷的“忠”抛弃了，呈现在读者面前的是一个江湖豪侠形象。

宋江私放晁盖，还表现了他过人的胆识和能力。当缉捕使臣（相当于公安局刑侦队队长）何涛来郓城抓人时，胆大心细的宋江先套取了何涛要缉捕的人名，得知要抓的是“心腹弟兄”晁盖时，心里想晁盖如果“捕获将去，性命便休了”，决心救他，而一面却说，晁盖是“奸顽役户”“今番做出来了，好教他受！”他借口案情重大，要何涛亲自交知县拆看，稳住何涛，争取时间，趁机离开。他安排非常妥帖，让茶坊老板招待；交代自己手下万一知县坐衙时如何应付。然后他“跳上马，慢慢地离开了县治。出了东门”，就飞奔东溪村，给晁盖报信。整个事件中表现出他处变不惊、冷静处置、周密安排的非凡能力。

宋江“舍了条性命”救了晁盖，但也给他埋下了极大风险，接着发生的杀惜事件成为他人生的转折点。

有一天，宋江信步走出县衙，就听到做媒的王婆叫他。王婆引着个东京来的死了丈夫的阎婆，请求接济。宋江给阎婆施舍了一具棺材，还送了十两银子。后来，王婆做媒，阎婆的女儿婆惜就给宋江做了外室。阎婆母女过上了好日子。一天宋江带了同房押司张文远到婆惜处，不料婆惜看上了张文远，两人勾搭成奸。宋江也听到些风声，和婆惜疏远了，有一个多月没去婆惜处。

晁盖等人逃上梁山，林冲火并王伦，晁盖做了寨主，派刘唐下山送信，还带一百两金子来感谢宋江。刘唐在傍晚找到宋江。两人上了酒楼，刘唐再三致谢，并送上晁盖的信和金子。宋江收了信和一条金子，写了回信，退回大部分黄金，送走了刘唐。他和刘唐分别后，才走了二三十步，就被阎婆拦住了。她为了今后生活打算，要挽回宋江和婆惜的关系，一直在找宋江，好容易今天逮住了，就死活把宋江拖到家里，让他和阎婆惜和好。作者这样描写宋江和婆惜的心理活动：

> 却说宋江坐在杌子上，只指望那婆娘似比先时，先来偎倚陪话，胡乱又将就几时。谁想婆惜心里寻思道：“我只思量张三，吃他搅了，却似眼中钉一般。那厮倒直指望我一似先时前来下气，老娘如今却不要耍。只见说撑船就岸，几曾有撑岸就船。你不来采我，老娘倒落得。”

接着说书人出来评论了：

> 看官听说，原来这色是最怕人的。若是他有心恋你时，身上便有刀剑水火也拦他不住，他也不怕；若是他无心恋你时，你便身坐在金银堆里，他也不采你。常言道：佳人有意村夫俏，红粉无心浪子村。宋公明是个勇烈大丈夫，为女色的手段却不会。

这里保留了说书者和听众“交流”式口气的痕迹。

由于婆惜不理不睬，宋江一夜无眠，天刚亮便匆匆离开。却把招文袋丢在房里，里面放着晁盖的信，被婆惜发现了，于是发生了“宋江怒杀阎婆惜”这件大事。

在《大宋宣和遗事》里，宋江因为看见婆惜与吴伟“正在偎倚”就怒发冲冠，把两人杀了；元代水浒戏里是“带酒杀了阎婆惜”，而《水浒传》把杀惜和私放晁盖联系在一起，大大提高了故事的意义。

宋江是同情流落到郓城的阎婆死了丈夫、生活极其困难而资助她，后来是阎婆主动把女儿给宋江做外室，而不是先看到婆惜、贪恋女色而去资助阎婆；当宋江听到婆惜与张文远通奸，他没有采取极端的行为，只是疏远罢了。当婆惜抓到宋江的把柄时，提出了三个条件：“写一纸，任从我改嫁张三”；不来要以前的财礼、器物；将“梁山泊晁盖送与你的一百两金子快把来与我”。前两件，宋江都同意了，后一件因为确实没有收一百两金子，当时拿不出来，但也答应三天内变卖家产给她。但是婆惜说：“明朝到公厅上，你也说不曾有这金子？”宋江要她还招文袋，她说：“不还！再饶你一百个不还！若要还时，在郓城县还你！”宋江来抢时，一把压衣刀给拽出来，宋江拿在手里，婆惜大叫：“黑三郎杀人也！”再喊下去，就会惊动邻里甚至街上行人，所以当她叫第二声时，宋江把她杀了。婆惜非要置宋江于死地，宋江杀惜是迫不得已；婆惜忘恩负义、贪婪狠毒，是死有余辜。这不是争风吃醋的桃色事件，不是喝醉酒的狂暴行为，是正义的自卫行动。本来宋江屈居下位，才能不能发挥，虽然心中不满，但是他生活无忧，还可以平安度日。但因为私放晁盖，引起杀惜，不得不流亡江湖，改变了他的人生道路。

亡命江湖

杀惜之后宋江准备躲到何处？想去的三个地方是横海郡柴进，青州清风寨花荣和白虎山孔太公庄上。而没有想上梁山，还没有造反的念头。

宋江亡命江湖，最终造反上了梁山，一波三折。

第一折是宋江去花荣处，路过清风山被小喽啰劫上山，差一点他的心肝成了燕顺等三位头领的“醒酒酸辣汤”。燕顺知道是宋江时，三个大王“纳头便拜”。王矮虎要把劫上山的清风寨知寨刘高的妻子做压寨夫人。宋江想刘高和花荣是同僚，就劝说了王矮虎，放她下山。没想到的是当宋江元宵节在清风镇看花灯时，这个恶妇反诬宋江是强盗，刘高把他抓去，严刑拷打。花荣用神箭惊散刘高部下，救回宋江。他这时并没有想报仇，为了不连累花荣，他独自一人想先去清风山躲几天。可是狡猾的刘高，早已派人在路上等着，把宋江抓回来。花荣也中计被抓。当宋江、花荣被押解去青州时，燕顺等劫了囚车。宋江这时露出豪侠本色，他和花荣等杀了刘高夫妻，攻拔了清风寨，宋江的仁孝被复仇的火焰吞没了，他造反了，成为群雄的头领。他在清风山指挥众好汉，打败并活捉了前来征剿的秦明。又想了一条毒计，将秦明灌醉，让燕顺、王矮虎在夜里带小喽啰，打着秦明的旗号去打青州，杀了许多百姓，烧了大片房子。慕容知府中计，杀了秦明妻子，逼反了秦明。秦明又说降了黄信。慕容彦达是徽宗的慕容贵妃之兄，他报告朝廷，“反了花荣、秦明、黄信。要起大军来征剿扫荡青风山”。在这样危险的情况下，宋江就带领他们投奔梁山泊。

第二折是石勇传假信，说宋江父亲死了。宋江半路把花荣等人抛下回家奔丧。回到家父亲安然无恙。原来是怕他“一时被人撺掇落草去了,做个不忠不孝的人,为此急急寄书去唤你归家”。到了晚上,官府就来抓宋江。他父亲后悔让他回来,但宋江说:“父亲休烦恼。官司见了,倒是有幸。明日孩儿躲在江湖上,撞了一班儿杀人放火的弟兄们,打在网里,如何能勾见父亲面?”当宋江发配江州,他父亲又叮嘱他,路过梁山,“倘或他们下山来劫夺你入伙,切不可依随他,教人骂做不忠不孝。此一节牢记于心”。果然在宋江路过梁山时,刘唐来救他,要杀押解的公人,宋江说:“这个不是你们弟兄抬举宋江,倒要陷我于不忠不孝之地,万劫沉埋。”花荣来了,要给他打开枷锁,他说:“此是国家法度,如何敢擅动!”到山上和晁盖见面,晁盖劝他留下,他说:“小可不争随顺了哥哥,便是上逆天理,下违父教,做了个不忠不孝的人在世,虽生何益。如哥哥不肯放宋江下山,情愿只就兄长手里乞死。”话说得如此决绝,晁盖只好让他走了。

宋江下山去江州路上,在揭阳岭差一点就做了李立的人肉馒头馅;虽然在揭阳镇躲过了穆家兄弟的追赶,却在浔阳江上几乎就要吃了张横的“板刀面”。经过这些凶险,才到了江州牢房。

第三折是“浔阳楼宋江吟反诗”,导致“梁山泊好汉劫法场”。

宋江到江州结识了戴宗、李逵、张顺。张顺送鲤鱼给宋江,不料宋江吃后腹泻不止,经过请医调理,休息了几天后,入城找戴宗、李逵没找到,问及张顺,说是在“城外村里住”。宋江一人闷闷不乐地信步走到浔阳楼,欣赏美景感慨油然而生,一人独自喝着闷酒,不觉沉醉。于是“猛然蓦上心来”:

> “我生在山东,长在郓城,学吏出身,结识了多少江湖上人,虽留得一个虚名,目今三旬之上,名又不成,功又不就,倒被文了双颊,配来在这里,我家乡上父老和兄弟,如何得相见!”不觉酒涌上来,潸然泪下,临风触目,感恨伤怀。忽然做了一首《西江月》词调,便唤来酒保,索借笔砚。起身观玩,见白粉壁上多有先人题

咏。宋江寻思道:“何不就书于此?倘若他日身荣,再来经过,重睹一番,以记岁月,想今日之苦。”

宋江乘着酒兴,在白粉壁上挥毫写道:

自幼曾攻经史,长成亦有权谋。恰如猛虎卧荒丘,潜伏爪牙忍受。

不幸刺文双颊,那堪配在江州!他年若得报冤仇,血染浔阳江口。

写完大喜大笑,又饮了几杯酒,拿起笔来再写下四句诗:

心在山东身在吴,飘蓬江海谩嗟吁。
他时若遂凌云志,敢笑黄巢不丈夫!

宋江写罢诗又去后面大书五个字:“郓城宋江作”。然后又喝了几杯酒,踉踉跄跄回去,一觉睡到天亮,全然不记得昨夜在浔阳楼题诗的事。

宋江题反诗,一方面是醉后吐真言。宋江从来不甘心一辈子只当个小吏,屈沉社会底层,而有着建功立业、封妻荫子的强烈欲望,所以他结交江湖朋友,作为谋取出人头地的资本;他心里早就有违法甚至造反的潜意识,为防范将来可能出事,所以他父亲很早就告了他忤逆,声明跟他脱离父子关系,还在家里挖了藏身的地窖。他为了朋友的“义”,违背国家法度,私放晁盖,显示他的造反精神。他杀惜之后,浪迹江湖,遇到许多风险,心中怨愤越积越深,被压抑的潜意识浮上心头。“恰如猛虎卧荒丘,潜伏爪牙忍受”。借酒发挥,把无法忍受的愤恨发泄出来,是他终于上山,成为梁山泊领袖的思想基础;另一方面,他敢把自己的真实名字写在壁上,并不避讳;第二天醒来,题诗事已忘了;酒保也说是个醉汉:“醉后疏狂,写在这里”等等,说明又是不可全信的醉后狂言,不影响他忠于朝廷的形象,为以后走受招安之路留下空间。作者把这件事写得模棱两可,似是而非,是煞费苦心的高超之处。

黄文炳是在家赋闲的通判,“虽读经书,却是阿谀谄佞之徒”。他为了请蔡京的儿子蔡九知府“引荐出职”再去做官,就常去巴结蔡九知府。当他看到宋江在浔阳楼的题诗后,马上抄下来,去报告蔡知府。他们认定宋江写反诗,接着是吴用疏忽用错了蔡京的图章,黄文炳识破戴宗传的是假信,宋江、戴宗要立即被处斩,虽然黄孔目找借口捱延了五天,到第六天,无法再拖,只等午时三刻,便要开刀。

作者在这段描写里设置了一连串的悬念,造成非常惊险紧张的气氛。梁山好汉如何营救是个悬念。而这时宋江和戴宗的好友李逵、张顺不知去向,这又是个悬念。当第六天,就要处斩宋、戴时,他们会不会被斩首也是个悬念。

对宋江、戴宗立即要被处死这样紧急的事,如金圣叹所说写急事反而用缓笔。先写早晨地方小卒打扫法场,饭后点士兵刀仗刽子,巳牌时分,狱官禀请监斩,孔目呈犯繇牌判斩字等等。这第一段是写牢外众人的准备工作。第二段写牢里打扮宋、戴二人,用胶水刷头发,各插朵红绫纸花,吃长休饭,喝永别酒,然后六七十个狱卒,一齐推拥出来。第三段写押到十字路口,用枪棒团团围住,又细说一个面南背北,一个面北背南,纳坐在地,只等监斩官来。第四段未见监斩官来,众人围观,便去细看两个犯繇牌,犯什么罪,处斩等,不觉知府已到,勒住马,只等午时三刻。

读者从陡然见第六日处斩,“便吃惊起,此后读一句吓一句,读一字吓一字,直至两三叶后,只是一个惊吓。吾尝言:读书之乐,第一莫乐于替人担忧”(金圣叹评语)。

到李逵从茶坊楼跳下,砍翻刽子手;梁山好汉劫法场;再到众人得到张顺、张横、李俊带领的十多位好汉支援,“白龙庙英雄小聚义”,全部的悬念才都解开。写得惊心动魄，充满悬念。让读者对故事发展和人物命运产生急切的期待心理和紧张心情。

“白龙庙小聚义”后，宋江又燃起复仇之火，显出“勇敢狂侠”的本性，指挥“智取无为军”，活割黄文炳，杀了他一家。宋江对晁盖说：“今日同哥哥上山去，这回只得死心塌地与哥哥同生同死。”

宋江一波三折，终于走上梁山。为什么要把他上山的道路写得如此曲折？首先是要写出宋江的思想矛盾，在江湖和朝廷之间徘徊，在忠君与造反之间挣扎。第二是通过宋江上山，串联分散在各地的好汉把他们送上梁山。新上山的好汉二十九位，加上原来的十一位头领，梁山泊头领达到四十位。第三，梁山好汉到江州劫法场，人地生疏，长途奔袭是非常危险的。之所以成功，就是因为有了宋江在揭阳岭、江州等地结识的戴宗、李逵、李俊、张横、张顺、穆家兄弟等当地好汉的支持。

心在朝廷

宋江刚上山就要回郓城接父亲，当他晚上敲家的后门时，宋清出来，告诉他官府正要抓他，日夜都有士兵在巡察。“宋江听了，惊得一身冷汗。不敢进门，转身便走，奔梁山泊路上来”。可是没多久，追捕的人来了，宋江急忙躲进一所古庙。赵能、赵得带着四五十人，拿着火把到庙里寻找。宋江钻入一个神厨里。几次都要搜到，情节跌宕起伏，险象环生，但有神明保护，都化险为夷。在似梦非梦的描写里，宋江见到九天玄女：

> 娘娘法旨道：“宋星主，传汝三卷天书，汝可替天行道，为主全忠仗义，为臣辅国安民。去邪归正，他日功成果满，作为上卿。吾有四句天言，汝当记取，终身佩受，勿忘于心，勿泄于世。……遇宿重重喜，逢高不是凶。北幽南至睦，两处见奇功。”

宋江被两个青衣女童往下一推,惊醒了,原来是南柯一梦,但三卷天书还在。宋江被晁盖率领的梁山好汉救上山,宋江父亲、弟弟也已救到山寨了。

作者把九天玄女授天书,安排在宋江上梁山当义军头领的时候,是寓有深意的。它是《水浒传》后面情节和结局的总括,给宋江上梁山当头领,直到受招安这段历史涂上了神圣的色彩,这一切统统是遵循天意的“替天行道”的正义行动。

王伦,心胸狭窄,目光短浅;晁盖“作事宽洪,疏财仗义”,但是他没有政治远见和决策能力,梁山泊事业没有大的发展。到宋江上山,成为山寨的决策者。他首先提出:“共存忠义于心,同著功勋于国,替天行道,保境安民”,作为梁山泊的共同政治纲领。第二,壮大队伍。他先妥善解决内部关系,避免内部不和。他上山后就宣布:“休分功劳高下,梁山泊一行旧头领,去左边主位上坐。新到头领右边客位上坐。待日后出力多寡,那时再行定夺。”他在江湖上有崇高的威望,一些好汉是仰慕他而投奔梁山;多位被俘的军官被他的义气所感动,而归顺义军。他上山后,逐步聚义了一百零八位豪杰,有了千军万马。第三,他组织指挥了“三打祝家庄”“攻打高唐州”“大破连环马”“聚义打青州”“用计赚华州”“智取大名府”等等,使梁山泊事业达到高峰。这时梁山泊何去何从?成为摆在好汉们面前的生死存亡的问题。是继续占山为王,过着“快活日子”,还是“打到东京,夺了鸟位”,还是接受招安“辅国安民”?

从宋江上山的曲折过程,可以看到他始终在“忠”与“义”之间徘徊、挣扎。他虽然是个小吏,但却有强烈的功名欲望。在奸臣当道,“大贤处下,不肖处上”的社会,他想通过正常的道路成就功名不太可能,于是他就结义江湖好汉,被称为“及时雨”,赢得很高的声望,作为实现其人生追求的资本。

“义”的本义是“宜”,儒家的义就是要符合礼;而墨家的义,是指正义,“助人利人为义”,对江湖社会影响很大,在《水浒传》里是指公平正义,“仗义疏财”“扶危济困”“路见不平,拔刀相助”;是兄弟情义,手足之情,是“准血缘”关系。在《水浒传》里忠和义尖锐对立。因为“乱自上作”,官逼民反,为公平正义就必然和统治者发生激烈的冲突,必然要和朝廷作对,以致武装反抗。忠就是忠于皇帝,就要改邪归正,接受招安。

宋江是“孝义黑三郎”“于家大孝”。在中国宗法社会里,国是家的扩大,忠是孝的扩大。宋江把孝放在义之上,就使他不顾大义,丢下花荣等人回家奔丧;就使他听从父训,不让晁盖救他上山聚义。他的孝是他上山后把忠放在义之上的基础。

《水浒传》前七十回以义为主,但是宋江是“只反贪官,不反皇帝”,正如他所说:“盖为朝廷不明,纵容滥官当道,污吏专权,酷害良民”“因此,权借水泊暂时避难,只待赦罪招安”。

晁盖中箭去世,宋江“权居主位,坐了第一把椅子”。他立即宣布:“聚义厅今改为忠义堂。”李贽的评语说:“改聚义厅为忠义堂,是梁山泊第一关节,不可草草看过。”宋江要改对抗朝廷的聚义为忠于朝廷的忠义,让江湖的侠义皈依于忠君。

宋江曾对武松说:“如得朝廷招安……日后但去边上一刀一枪,博得个封妻荫子,久后青史上留一个好名,也不枉了为人一世。”“封妻荫子,青史留名”是宋江的人生梦想,现在他可以依靠梁山强大的武装力量争取朝廷招安。到宋江正式当了梁山泊的头领,一百零八位好汉排座次时,他就公开宣布:“望天王降诏早招安”的政治主张。虽然遭到李逵、武松、鲁智深等人的反对,但是他用皇帝被奸臣蒙蔽,一旦醒悟,愿意招安,然后同心报国,建功立业,青史留名的大道理说服了好汉们,“众皆称谢不已”。

宋江为了争取朝廷招安,一方面用武力打败高俅、童贯,给奸臣以必要的教训,迫使他们不再干扰破坏;另一方面,收买拉拢“忠臣”宿元景等人,让他们在朝廷里与奸臣作斗争;走李师师的“后门”让皇帝察知真情，不受蒙蔽。总之，梁山义士，朝廷忠臣，以至歌妓舞女统统动员起来，与奸臣破坏招安的阴谋作斗争，最终迎来了全伙受招安的“盛大节日”。

作者写出功名欲望、忠孝思想和江湖义气三者，既矛盾又统一地聚集在宋江身上，让他走了一条曲折的人生之路。

神聚蓼儿洼

作者要把宋江塑造成忠义英雄，但是忠和义的矛盾不可克服。宋江接受招安，奉旨破辽。朝廷在陈桥驿劳军，官员尅扣酒肉，一个军校把贪官杀了。宋江哭道：“我自从上梁山泊以来，大小兄弟，不曾坏过一个。”现在却不得不“挥泪斩小卒”；在征辽后班师途中，燕青误射落雁群中几只雁，宋江预感到“兄弟中要失了几个”，心中凄惨。到征方腊，阵亡、病故等，回朝时天罡三十六中只剩十二人，地煞七十二中，只剩二十人。接受招安，归顺朝廷，使梁山队伍损失殆尽，聚义的事业已经烟消云散。

回朝后宋江被封为楚州安抚使，“惜军爱民，百姓敬之如父母”。他“赴任之后，时常出郭游玩。原来楚州南门外有个去处，地名唤做蓼儿洼”，这个地方风景秀丽，“和梁山泊无异”“俨然似水浒寨一般”。他想死后就埋在这里。作者好像不经意的闲笔，却把梁山泊和蓼儿洼联系起来，是宋江心中对聚义弟兄的思念，对梁山泊事业兴旺的联想，是他潜在意识的流露，也是下面情节的暗示。

忽然朝廷派天使送来御酒。宋江毫无戒心地喝了，但天使却推脱不会喝酒；送他礼物也与当时官场的惯例不同，竟然“不受而去”。这引起宋江的怀疑，派人打听，天使到馆驿又喝了酒。宋江才意识到喝了毒酒。

他虽然痛恨奸臣蒙蔽皇帝，要毒死他，但他想：“我死不争，只有李逵见在润州都统制，他若闻知朝廷行此奸弊，必然再去啸聚山林，把我等一世清名忠义之事坏了。”于是就把在润州的李逵叫来。宋江“管待李逵吃了半晌酒食。将至半酣”，对他说朝廷要派人来赐毒酒，“如死，却是怎的好？”李逵大叫一声：“哥哥，反了罢！”“只是再上梁山泊倒快活，强似在这奸臣们手下受气！”他喊出了梁山好汉受招安后遭到奸臣压迫的愤怒。宋江在送李逵回润州的路上才告诉李逵：

> 兄弟，你休怪我！前日朝廷差天使赐药酒与我服了，死在旦夕。我为人一世，只主张忠义二字，不肯半点欺心。今日朝廷赐死无辜，宁可朝廷负我，我忠心不负朝廷。我死之后，恐怕你造反，坏了我梁山泊替天行道忠义之名，因此请将你来，相见一面。昨日酒中已与你慢药服了，回至润州必死。

宋江死后葬在蓼儿洼，李逵众人也按照他的嘱托“扶柩而往”。吴用、花荣都因宋江托梦而来，自缢于树上，也葬在这里，四位情同手足的兄弟魂聚蓼儿洼。《水浒传》写出了忠义悲歌，催人泪下。

作者“只反奸臣，不反皇帝”，毒死宋江完全是奸臣所为。徽宗不知情。后来在李师师处，梦游梁山泊才知道毒死宋江之事。

作者一方面清醒地看到，“煞曜罡星今已矣，谗臣贼相尚依然”。奸臣未除，忠臣义士仍然没有前途，写了悲剧结局，另一方面，又不违背忠君思想。宋江明知被毒害，却视死如归，忠心不改，而皇帝也不负忠臣，为宋江封侯建祠。“生当鼎食死封侯，男子平生志已酬”，留下了一条虚幻的光明尾巴。

（作者单位：福建师范大学文学院）

机敏忠心的浪子燕青形象

刘海燕

在众多水浒英雄好汉中，燕青不以武勇出名，论排兵布阵，不如秦明、徐宁、呼延灼、林冲；论武力打斗，也不及武松、李逵、鲁智深。然而，“浪子燕青”以其独特的个性和能力，在水浒好汉英雄谱中别具特色，让读者印象深刻。

《水浒传》中，在叙写了武松、林冲、宋江、杨雄等人的英雄传奇之后，燕青和他的主人卢俊义才缓缓登场，演出他们的人生传奇。第六十一回，小说正面描写了燕青的外貌、出身和才艺。小说用韵文描写燕青风流小生的样貌：“六尺以上身材，二十四五年纪；三牙掩口细髯，十分腰细膀阔。戴一顶木瓜心攒顶头巾，穿一领银丝纱团领白衫，系一条蜘蛛斑红线压腰，著一双土黄皮油膀胛靴。脑后一对挨兽金环，护项一枚香罗手帕，腰间斜插名人扇，鬓畔常簪四季花。”白净皮肤加上花绣纹身，让燕青显得英气逼人。第一次出场时就详细介绍燕青独特而全面的才能，也暗示燕青将是较为活跃的一个人物。燕青的故事如草蛇灰线一般，时断时续，时隐时现，却几乎贯穿《水浒传》后半段的大部分情节。其中，燕青的才能得到充分展现，个性心理则较为隐蔽。下面从三个方面进行分析。

谍者的才能与智慧

燕青最出色的表现,是他作为"谍者"的才能。他的才艺中有一点是:"说的诸路乡谈,省的诸行百艺的市语。"燕青的语言天赋配合他绝妙的演技,在侦探谍报事务中屡试不爽,成功助力梁山事业。

说到燕青的表演才能,从六十二回(百回本)燕青给陷入牢狱的卢俊义送饭一段便可窥一二:"只见司前墙下转过一个人来,手里提着饭罐,面带忧容。"燕青能够在牢门口遇到押牢节级蔡福,肯定不是偶然,而是他精心的安排。燕青以情动人,央求蔡福准他进牢给卢俊义送饭:"燕青跪在地下,擎着两行珠泪,告道:'节级哥哥!可怜见小人的主人卢员外,吃屈官司,又无送饭的钱财!小人城外叫化得这半罐子饭,权与主人充饥。节级哥哥怎地做个方便,便是重生父母,再长爷娘!'说罢,泪如雨下,拜倒在地。"这一幕苦情戏,把燕青主仆情深表现得淋漓尽致。燕青因此得以进牢狱中送饭,畅通无阻。

燕青间谍才能的充分表现,是上梁山之后。第七十二回宋江东京观灯时,柴进和燕青先进城探路。柴进看见班直官均头部簪翠叶花,于是让燕青前去打探。燕青假扮柴进的跟随,找了一个"老成的班直官",冒认道:"小人的东人和观察是故交,特使小人来相请。"燕青根本不知道此人姓名,于是故意反问道:"莫非足下是张观察?"那人说自己姓王。燕青马上改口:"正是教小人请王观察,贪慌忘记了。"燕青自降身份,自责错误,在不经意间获得对方身份;王观察正因其老成,交往官员甚多,又见燕青伶俐,竟丝毫未曾觉出破绽。二人来到酒楼上,燕青刚揭起帘子,便报信给柴进:"请到王观察来了。"燕青将王观察骗到酒楼与柴进见面,及时探听到元宵节簪花出入门禁等信息,并在劝酒之际,用麻药将他麻翻;柴进得以借用这位王观察的身份,簪花混入禁院,看到屏风上御书的"四大寇"的姓名,并用暗器挖去"山东宋江"四个字,全身而退,行动迅捷。燕青和柴进配合得天衣无缝,其中又以燕青胆大心细,表现突出。

此后,宋江、柴进、戴宗、燕青四人出游看灯,宋江派燕青去李师师处打探。燕青直接要求见虔婆李妈妈,然后又假拟自己的身份:"老娘忘了,小人是张乙儿的儿子,张闲的便是,从小在外,今日方归。"小说此处解释道:"原来世上姓张、姓李、姓王的最多。"燕青假冒"张闲"之名,自称目前服侍一个大财主,多有金钱,想结识李师师,将主人吹嘘成远近闻名的巨富,慕名拜会:"实有千万两金银,欲送与宅上。"燕青抓住李妈妈爱财的特点,骗得她的信任,顺利打通宋江与李师师见面的通道。

燕青真是一位高级间谍,他的假身份很少会被人识破,这靠的是他察人观色的高超技巧,也靠他非凡的语言天赋。第七十四回,燕青智扑"擎天柱"。燕青的假身份是"山东货郎",且看他"打扮得村村朴朴,将一身花绣,把衲袄包得不见";"腰里插着一把串鼓儿,挑一条高肩杂货担子"。送行时宋江要他唱个山东货郎转调歌来听。"燕青一手拈串鼓,一手打板,唱出《货郎太平歌》,与山东人不差分毫来去。"到泰安州寻客店,燕青"打着乡谈"和店小二攀谈;在擂台上自报家门改换身份:"小人姓张,排行第一,山东莱州人氏。听得任原搦天下人相扑,特来和他争跤。"

燕青和戴宗第二次到东京打听招安信息,路过城门盘查时,燕青"打着乡谈",自称"俺两个从小在开封府勾当",并伶牙俐齿地责问把门军将只顾盘问自己人,"梁山泊人,眼睁睁的都放他过去了。"(第八十一回)盛气凌人,凭着假的开封府公文安全进城。

第九十一回攻打润州城,燕青的间谍身份继续变换。燕青此回扮作被张顺砍死的叶贵,叶贵是方腊手下润州吕枢密处的虞侯,此次派来与暗通方腊的扬州城外定浦村陈将士相交,封陈观为扬州府尹。叶虞侯身系重责,进入陈将士庄后,必然与陈观正面交流,非等闲之辈可以假扮。燕青扮作叶虞侯,解珍、解宝扮作南军,三人深入虎穴,全靠燕青一个人与之周旋。燕青改成"浙人乡谈",用南方方言与庄客以及陈观交流。在酒桌上，燕青声称“小人天戒不饮酒”，谨慎行事，终于在解珍、解宝的配合下，用药蒙翻众人，把暗通方腊的陈观父子制服。第九十六回，柴进力荐燕青一起去方腊营寨内为细作。说燕青“晓得诸路乡谈，更兼见机而作”。正好在卢俊义处的燕青作为特使前来报捷。于是燕青领命同到方腊处卧底。两人同到睦州清溪县帮源洞，柴进自称是“中原一秀士”，姓柯名引，燕青是他的仆人。在取得方腊信任后，由左丞相娄敏中做媒，金芝公主招赘柴进为驸马，封官主爵都尉。燕青改名云璧，人称云奉尉，成功潜伏，直至征讨方腊的梁山大军来到，里应外合，剿平方腊。

燕青的相扑与人际关系

小说在燕青出场时说他“一身本事，无人能比”。尤其重点介绍了他的弩箭神射，后文也多处展现燕青的弩箭技艺。而《沁园春》词中提及燕青“棍棒参差，揎拳飞脚，四百军州到处惊”，百回本第七十八回首赋文说：“燕青能减灶屯兵”，这些军事才能在燕青的故事中并没有得到表现，倒是另有一种技能让燕青形象大放光彩，那就是燕青的“相扑”。

“相扑”，是一种摔跤运动，古时也称作角抵或角力。宋代民间盛行相扑运动，每年三月二十八的东岳庙会上，相扑是重要的礼神酬神活动，吸引不少香客和勇士。“擂台争跤”，一般由地方官充任裁判，香客募献利物（奖品）。胜者不仅有丰厚的物质奖励，而且还有可能破格提拔，得到一官半职。元杂剧《刘千病打独角牛》中，独角牛与“擎天柱”任原一样，连续两年夺了头筹，没有对手。饶阳刘千为报父亲和妻子被独角牛戏辱之仇，抱病打擂。刘千与燕青一般瘦弱，却出奇制胜，两局连胜独角牛，受赏封饶阳县令。《水浒传》第七十四回“燕青智扑擎天柱”中，从旁人眼中看出，燕青和任原身形对比悬殊。主持打擂的武官“部署”警告燕青“性命只在眼前”，还问他有没有保人。太守知州看见燕青一身花绣，甚是喜爱，也提醒道："他（任原）是金刚般一条大汉，你敢近他不得！"又分付部署："这般一个汉子，俊俏后生，可惜了。你去与他分了这扑。"旁人都觉得燕青此次擂台比武凶险异常。只有燕青自己信心十足地要比个输赢高低。充分的铺垫，为后文相扑燕青反胜造势。

后文相扑的场景描写非常精彩：

> 这个相扑，一来一往，最要说得分明。说时迟，那时疾。正如空中星移电掣相似，些儿迟慢不得。当时，燕青做一块儿蹲在右边，任原先在左边立个门户，燕青则不动弹。初时，献台上各占一半，中间心里合交。任原见燕青不动弹，看看逼过右边来，燕青只瞅他下三面。任原暗忖道："这人必来弄我下三面，你看我不消动手，只一脚踢这厮下献台去。"……任原看看逼将入来，虚将左脚卖个破绽，燕青叫一声："不要来！"任原却待奔他，被燕青去任原左胁下穿将过去。任原性起，急转身又来拿燕青，被燕青虚跃一跃，又在右胁下钻过去。大汉转身终是不便，三换换得脚步乱了。燕青却抢将入去，用右手扭住任原，探左手插入任原交裆，用肩胛顶住他胸脯，把任原直托将起来，头重脚轻，借力便旋，四五旋旋到献台边，叫一声："下去！"把任原头在下，脚在上，直撺下献台来。这一扑，名唤做"鹁鸽旋"。数万香官看了，齐声喝采。①

相扑是力量与智慧的较量。燕青以守为攻，引任原先动手，然后瞅准时机，贴身近搏，身手敏捷，让任原自乱阵脚。最后用一个"鹁鸽旋"把任原摔下献台。

与智扑擎天柱比较起来，第八十回燕青与高俅相扑，描写相对简练。

---

① 〔明〕施耐庵撰，罗贯中纂修，冀勤校注：《水浒传 下》（容与堂本），北京：作家出版社，2013年，第794—795页。

“两个在剪绒毯上，吐个门户。高俅抢将入来，燕青手到，把高俅扭得定，只一交，颠翻在地褥上做一块，半晌挣不起。这一扑，唤做‘守命扑’。”燕青轻而易举将酒后吐狂言，号称“天下无对”的高俅掀翻，而且是“半晌挣不起”，真是长梁山志气，灭高俅威风。也让燕青“四两拨千斤”的相扑技艺再一次得到施展发挥。

燕青的才艺，让他上梁山后，如鱼得水，维持着良好的人际关系。比如燕青与李逵。梁山好汉中，除宋江之外，李逵最怕的恐怕就是燕青。这与燕青的相扑技艺有关。小说描写道“为何李逵怕燕青？原来燕青小厮扑天下第一，因此宋公明着令燕青相守李逵。李逵若不随他，燕青小厮扑，手到一交。李逵多曾着他手脚，因此怕他，只得随顺。”而且李逵的粗鲁野蛮、璞真率性，与燕青的俊秀灵巧、多面机变相互照应对比，取得了非常美妙的艺术效果。闹东京后，燕青押李逵最后撤离。李逵误会宋江时，燕青献“负荆请罪”的计策，助其和好；此后，燕青又协助李逵捉拿冒充宋江抢走刘太公女儿的强盗。如果第七十三回是燕青和李逵合作生事，第七十四回则叙述两个人分别的精彩。燕青 “智扑擎天柱”，李逵“寿张乔坐衙”，各得其妙。

《水浒传》中梁山好汉与女性之间的关系，描写得最美的，应该算燕青与李师师。第八十一回“燕青月夜遇道君”，这是燕青第二次见李师师。燕青眼中的李师师，固然“别是一般风韵”。李师师更是垂青于百伶百俐的燕青。二人共吹凤箫，然后李师师拨阮，燕青唱曲儿。推杯换盏之余，李师师还用尖尖玉手，摸燕青身上花绣。你侬我侬之际，燕青却能够收束心性，以八拜之交，认长自己两岁的李师师为姐姐。然后，燕青充当了一个好的说客，巧言将童贯、高俅的败绩讲述给李师师，让李师师了解梁山事业以及招安的意向。此后，燕青扮作李师师的“姑舅兄弟”见到道君皇帝，谎称被掳上梁山为寇三年，方才逃脱，演戏逼真。道君皇帝询问梁山备细，燕青把梁山两次招安的实情相告，道君皇帝方知自己被奸臣蒙蔽。燕青此行还得到私人的一纸赦书，可谓公私兼顾。赦书写道：“神霄王府真主宣和羽士虚靖道君皇帝，特赦燕青本身一应无罪，诸司不许拿问。”接着，他用浪子燕青的真实身份向宿太尉下书，不卑不亢；与戴宗设计，救出陷于高太尉府的萧让、乐和。燕青的故事与其他梁山好汉的故事比较起来，较少血腥暴力，多了一份文雅秀美。

燕青救主与功成身退

燕青是土生土长的北京人，自幼父母双亡，在卢俊义家长大，相当于卢俊义的家养奴仆。卢俊义对于燕青不仅有养育之恩，也有亦兄亦父的亲情。这一段主仆情在“冷箭救主”一段表现最为突出。卢俊义在梁山四个多月，回到北京，还没有入城，就遇见了被李固排挤、无处安身的燕青：“只见一人，头巾破碎，衣裳蓝缕，看着卢俊义纳头便拜。”以燕青的才能，另谋出路定非难事。燕青却选择隐身市井，城外行乞，借住庵内，等候主人，可见对卢俊义情深义重。燕青告诉卢俊义：李固与卢俊义娘子私通，并在官府告发，说卢俊义已经上梁山坐第二把交椅。他劝卢俊义暂回梁山泊，另作商议。谁知卢俊义并不相信娘子有私情。一定要回家问个明白。燕青明知主人此去，羊入虎口。痛哭流涕，拜倒在地，拖住卢俊义的衣服苦苦相留。卢俊义一脚踢倒燕青，大踏步走入城来。结果卢俊义果然被陷狱中，燕青多方设法帮助主人。其中，尤其以林中救卢俊义一段，最为出色：

> 薛霸两只手拿起水火棍，望着卢员外脑门上劈将下来。董超在外面，只听得一声扑地响，慌忙走入林子里来看时，卢员外依旧缚在树下，薛霸倒仰卧在树下，水火棍撇在一边。董超道：“却又作怪！莫不是他使的力猛，倒吃一跤？”仰着脸四下里看时，不见动静。薛霸口里出血，心窝里露出三四寸长一枝小小箭杆，却待要叫，只见东北角树上，坐着一个人。听的叫声：“着！”撒手响处，董超脖项上早中了一箭，两脚蹬空，扑地也倒了。那人托地从树

上跳将下来，拔出解腕尖刀，割断绳索，劈碎盘头枷，就树边抱住卢员外放声大哭①。

押送卢俊义去沙门岛的两位差人，正是押解林冲去沧州的董超、薛霸。二人被李固收买，也要取卢俊义的性命。正当薛霸行凶的危急时刻，燕青以他的神射弩箭，轻而易举地结果了董超、薛霸的性命。这一段描写，以董超的限知叙事视角，从听到声响，到进林观望，再到心里所想，处处设置悬念，最终才露出燕青搭救的真相，动人心弦，是小说中不可多得的精彩片段。

此后，卢俊义只道燕青射死两个公人，罪更添重。燕青却内心笃定，方向明确："当初都是宋公明苦了主人，今日不上梁山时，别无去处。"并决定"事不宜迟，我背着主人去"。此处金圣叹评道："莫伶俐于小乙也，而此时此际，遂宛然李铁牛身分者，至性所发，固当不谋而合也。""只六字，逐抵一篇《陆秀夫张世杰列传》。"②没想到此后却再生波折。燕青背着卢俊义，走了数十里，来到一个小村庄暂歇。当燕青出门觅食的时候，卢俊义再次被捉。燕青苦于孤立无援，决定上梁山求救。在路上因饥饿，取弩弓射喜鹊充饥，因寻中箭的喜鹊下了土冈子，恰巧遇见杨雄和石秀，不打不相识。金圣叹评"方脱一险，又成一险，奇峰怪壑，层间出迭，真欲惊死天下人。""只一喜鹊作波，却又写出燕青绝技，又写出燕青穷途，妙笔妙笔。""中鹊而鹊飞去，后知作者之意，固不在于得鹊也。"燕青打算抢夺二人的包裹作为盘缠，没想到反被二人所制。正在生命攸关之际，燕青为留得青山在，说出自己的使命："好汉！我死不妨，着谁上梁山泊报信？"也因此与杨雄、石秀相认。

燕青参与攻打大名府，众好汉救出陷入牢狱的石秀和卢俊义。燕青和张顺则在河边捉住李固、贾氏，让卢俊义得以雪恨；后又参加攻打

---

① 〔明〕施耐庵撰，罗贯中纂修，冀勤校注：《水浒传 下》(容与堂本)，北京：作家出版社，2013年，第677页。

② 〔明〕施耐庵：《水浒传》(第三册)，〔清〕金圣叹评，上海：上海文艺出版社，2012年，第621页。

曾头市，与卢俊义一起活捉史文恭。第六十八回写道：

> 史文恭正走之间，只见阴云冉冉，冷气飕飕，黑雾漫漫，狂风飒飒，虚空之中一人挡住去路。史文恭疑是神兵，勒马便回。东西南北四边，都是晁盖阴魂缠住。史文恭再回旧路，却撞着浪子燕青；又转过玉麒麟卢俊义来，喝一声："强贼待走哪里去！"腿股上只一朴刀，搠下马来，便把绳索绑了，解投曾头市来。燕青牵了那匹千里龙驹，径到大寨。宋江看了大喜。仇人相见，分外眼明。心中一喜一怒：喜者得卢员外见功；怒者恨史文恭射杀晁天王，冤仇未曾报得。①

虽然燕青与卢俊义合力捉住史文恭，但因众人不服，卢俊义并未能坐上梁山泊头把交椅。此后宋江和卢俊义二人拈阄，宋江攻打东平府，卢俊义攻打东昌府，结果是宋江先破城为梁山泊主。卢俊义攻打东昌府时，遇到"没羽箭"张清，得燕青一弩箭射中张清战马，因此救得郝思文性命。又幸亏燕青的弩箭，活捉了张清手下偏将丁得孙：

> 这边丁得孙舞动飞叉，死命抵敌吕方、郭盛，不提防浪子燕青在阵门里看见，暗忖道："我这里，被他片时连打一十五员大将；若拿他一个偏将不得，有何面目？"放下杆棒，身边取出弩弓，搭上弦，放一箭去，一声响，正中了丁得孙马蹄，那马便倒，却被吕方、郭盛捉过阵来。②

这里描写了燕青的心理活动，说明他的争强好胜。然而在卢俊义和宋江争夺梁山泊主之位一事上，燕青是失语的。燕青协助卢俊义活

---

① 〔明〕施耐庵撰，罗贯中纂修，冀勤校注：《水浒传 下》（容与堂本），北京：作家出版社，2013年，第737页。

② 〔明〕施耐庵：《水浒全传》下册，哈尔滨：黑龙江人民出版社，1997年，第788页。

捉史文恭,攻打东昌府战役时积极主动,发挥优长,这些都可以看做是燕青一心为卢俊义上梁山,做梁山泊主服务。然而最终卢俊义失势,主仆二人都没有任何意见和怨言,这与李逵每次都公然高声叫嚷拥立宋江形成极大反差。不仅如此,在梁山排座次时,燕青为天罡星三十六员之末“天巧星浪子燕青”,受封步军头领。此后,燕青和卢俊义的活动相对分离,燕青比卢俊义更为活跃,描写更生动,在征方腊等战事中屡立战功,主仆关系消融于梁山好汉兄弟关系之中。

《水浒传》百二十回本增加了部分关于燕青的故事,如“双林镇燕青遇故”等。在一百零八回,卢俊义率兵对战淮西将杜壆时,燕青提醒卢俊义,因他昨夜有不祥梦兆,不宜亲自临阵。无奈卢俊义仍坚执要行。燕青便要求拨五百步兵给他。卢俊义看见燕青带兵砍伐树木,甚是不解。杜壆虽然被卢俊义所杀,卢俊义带领的宋军却被毒焰鬼王作法喷火,烧得焦头烂额而大败。撤退时,军士慌张挤踏,以致桥塌。幸亏燕青事先另搭了浮桥,才得全身而退。燕青再次救了卢俊义性命。

燕青与卢俊义的主仆情谊,还体现在征方腊后回京师路上,燕青邀卢俊义一同急流勇退:

> 只见浪子燕青私自来劝主人卢俊义道:“小乙自幼随侍主人,蒙恩感德,一言难尽。今既大事已毕,欲同主人纳还原受官诰,私去隐迹埋名,寻个僻净去处,以终天年。未知主人意下若何?”卢俊义道:“自从梁山泊归顺宋朝已来,北破辽兵,南征方腊,勤劳不易,边塞苦楚,弟兄损折,幸存我一家二人性命。正要衣锦还乡,图个封妻荫子,你如何却寻这等没结果?”燕青笑道:“主人差矣!小乙此去,正有结果,只恐主人此去无结果耳。”①

小说紧接着评论到:“若燕青,可谓知进退存亡之机矣。”燕青劝主

① 〔明〕施耐庵撰,罗贯中纂修,冀勤校注:《水浒传 下》(容与堂本),北京:作家出版社,2013年,第1055页。

不成，纳头拜了八拜，给宋江留下一张字纸告别，连夜收拾了一担金珠宝贝离开，不知所终。而不出燕青所料，卢俊义被奸臣构陷，高俅、杨戬等人将水银放入御赐酒膳。卢俊义回庐州的途中便腰肾疼痛，不能乘马。后坐船坠入淮河而亡。

燕青这一人物形象，在宋元早期水浒故事中就很活跃。根据龚开的《三十六人赞》，燕青排在第八位，“平康巷陌，岂知汝名？太行春色，有一丈青。”[1]应该属于太行山系统的绿林英豪。《大宋宣和遗事》里，燕青却是同晁盖一同劫取生辰纲的八个大汉之一。元代的水浒戏中，燕青是仅次于李逵的重要角色。故而胡适说：“燕青在宋元的水浒故事里本是一个很重要的人物，施耐庵在前六十回竟把他忘了，故不能不勉强把他捉来送给卢俊义做一个家人！”[2]其实在《水浒传》中，燕青的形象发生了质的变化，虽然较迟出场，却在征辽、征田虎、征王庆、征方腊等故事中都有燕青的身影。而且《水浒》续书对燕青也有进一步的塑造。《水浒后传》作者陈忱赞誉燕青为“伟男子”：“忠其主，敏于事，绝其技，全于害，似有大学问、大经济，堪作救时宰相，非梁山泊人物可以比拟也”[3]。

（作者单位：福建师范大学文学院）

① 俞樾《茶香室丛钞》，朱一玄、刘毓忱编：《水浒传资料汇编》，天津：百花文艺出版社，1981年，第113页。

② 胡适：《胡适文存 一》，北京：华文出版社，2013年，第389页。

③ 〔明〕陈忱：《水浒后传论略》，朱一玄、刘毓忱：《水浒传资料汇编》，天津：百花文艺出版社，1981年，第558页。

市井小民演绎的人情江湖

——《水浒传》中小人物形象解读

陈丽媛

一部杰出的小说作品，在书写社会人生的广阔图景时，往往包含了众多的人物形象，有主要人物的精彩演绎，也要有次要人物的陪衬铺垫，才能共同支撑起整部作品的宏大结构。《水浒传》作为英雄传奇的奠基之作，其最为人称叹的是塑造了惊天动地的一百零八位好汉，但作品中也有众多如芥豆之微的小人物。他们渺小又平凡，也许可鄙又可笑，他们是城市的边缘人，没有存在感，没有话语权，没有人在乎他们的苦乐悲欢，但如果没有他们的参与和衬托，水浒的故事将少了许多斑斓的色彩和深厚的韵味，众多英雄好汉的形象也会失色几分，所以他们也是这一大部小说不可或缺的重要组成部分。

书写鲜活生动的市井生活是《水浒传》的主题之一，小说所塑造的市井之中的芸芸众生，有几位比较引人注目，如市井中成长的机智少年乔郓哥、被侮辱与被损害的小商贩武大郎、专管收尸殓人的团头何九叔，还有街头的小帮闲唐牛儿、酒店店主李小二。这些人都来自社会最底层，出身微贱，自食其力，生存艰难却安守本分，他们不仅为我们展示了小说中真实而又丰富的市井人生，对于主要人物的衬托与情节的推进也起到了重要作用。

一、英雄好汉的陪衬人物，情节突转的关键推手

乔郓哥、武大郎、何九叔这几个人物在《水浒传》故事中不是主要人物，但他们往往都与某个重要人物有密切的关系，在这些人踏上梁山的道路上起了重要的作用。乔郓哥和武大是武松杀嫂的关键人物，何九叔是武松为武大复仇，为自己开脱罪行的重要证人。唐牛儿是宋江熟识的小帮闲，也是最后替宋江顶罪，为宋江争取了逃跑时间的人。李小二在林冲刺配沧州之后为林冲打探到陆谦等人陷害林冲的消息，为林冲的自保创造了机会。所以他们不是主要人物，但离开他们，许多故事情节将无法推进。

武松故事中，武大和武松兄弟两人形成了鲜明的对比，武大因武松的缘故，虽不是主角，但与主角同样有名。武大相貌丑陋，懦弱无能，受尽欺凌，与武松的英武果敢，勇力过人形成鲜明的对比。武大与武松是一母所生的亲兄弟，但一个是身长八尺，相貌堂堂，一个是不满五尺，面目丑陋，头脑可笑。武松为人刚强，受不得半点委屈，宋江不小心踢了他烤火的铁锨，他便跳将起来欲打宋江。而武大则懦弱本分，自从娶了潘金莲，被市井浮浪子弟欺辱，在清河县住不牢，只得搬到阳谷县居住。潘金莲对武松一见倾心，仰慕至极，所以一路嘻嘻而笑，又是嘘寒问暖，又是百般挑逗；而对武大，则是不理不睬，任意呵骂，表现了潘金莲的肤浅轻佻，以貌取人的个性。对于潘金莲的轻浮，武松冷面相向，严词拒绝，当武松要离家外出公干时，则对潘金莲旁敲侧击，提醒警告她不要轻举妄动，做出违背道德的事来。说明了武松的粗中有细，做事果敢决断。而武大相比乃弟就显得过分老实而软弱，面对潘金莲的随意辱骂，他毫无反抗，潘金莲与西门庆打得火热，他居然通过郓哥才知道。他一得知妻子的奸情便鲁莽地要去捉奸，审时度势的分析能力还不如郓哥这个小孩子，还要郓哥为他出谋划策。

乔郓哥是武大捉奸、武松复仇的关键人物，他是个走街串巷卖水

果的小贩，靠微薄的收入赡养生病的老父亲。他机灵、乖觉，年龄虽小，对人情世故却颇为通晓。他得知西门庆与潘金莲在王婆家私会时，找上门去，并没有想揭穿他们，只是想找西门庆买他的雪梨，赚几个钱，所以他见到王婆时并未说破，只说找大官人。但王婆欺负他是小孩子，对他大打出手，表现了王婆的贪婪与凶狠。她本也是到处向富人乞食的虔婆，一旦得势就反过来对比她更弱者施暴，而且她只想吃独食，一点好处也不愿分给郓哥。

郓哥被打后气不忿，转而向武大告密，并为武大的捉奸出谋划策。郓哥先是对武大调侃一番，暗示他老婆与人有奸情。接下来又要求武大请他喝酒吃饭，表现了其稚气又老练的特点。稚气本是他的年龄所应有的特点，但老练又是超越他的年龄的，是长期在市井中艰难谋生所训练出来的。武大一听说，便要去捉奸，郓哥说他："你老大一个人，原来没些见识。那王婆老狗恁么厉害人，你如何出得她手？"（二十五回）①接下来又给武大分析，王婆他们三人必有暗号，郓哥与武大应如何兵分两路，一路引开王婆，一路上前捉奸。容与堂本批："一个尖，一个呆，逼真逼真。"（二十四回）②郓哥帮武大设计捉奸一节，语言机巧，计策周全，然而还是令武大送了性命，由于王婆、西门庆与潘金莲的无耻与张狂远远超出了这个孩子可以想象的范围。

何九叔是阳谷县专管收尸殓人的团头，是武松复仇的另一关键人物。他长期沉潜在市井之中，见惯了生生死死，一打眼便能看透事件的来龙去脉，什么都休想逃过他的眼睛。他世故，圆滑，机警，但也胆小怕事，谨小慎微。西门庆一请他吃酒，他便感知这件事有些蹊跷，西门庆再赠银两，更增加了他的疑虑。但一看到武大的娘子，他便知这请酒赠银所为何来了，这里生动地写出了何九的通透练达。再看武大的死状，一切得到了验证。何九叔不仅人情通透，而且反应迅速，他自

---

① 〔明〕施耐庵：《水浒传》，长春：长春出版社，1995年，本文引小说原文皆出此本，下文不再详注。

② 宋杰辑：《〈水浒传〉名家汇评本》，北京：北京图书馆出版社，2008年，第186页。

来惧怕西门庆是个刁徒，把持官府，自己无法与之相抗衡，但一想到武大那个杀人不眨眼的兄弟，自己也是惹不起的。他在夹缝中不知如何自处，急中生智装病拖延时间。他假装晕倒，被抬回家。他老婆九婶以为他得了大病，坐在床边啼哭。何九叔待众人走开后，告诉她自己因为武大殓尸，而陷入西门庆和武松两强人的夹缝中，因此苦恼。他老婆说："这事有甚难处，只使火家自去殓了，就问他几时出丧。若是停丧在家，待武二归来出殡，这个便没甚么皂丝麻线；若他便出去埋葬了，也不妨；若是他便要出去烧化时，必有跷蹊。你到临时，只做去送丧，张人眼错，拿了两块骨头，和这十两银子收着，便是个老大证见。他若回来，不问时便罢，却不留了西门庆面皮，做一碗饭却不好。"（二十五回）她分别提出若停丧，若埋葬，若火化的对策，让何九保留证据，不要声张，一边观察西门庆与潘金莲，一边等武松的反应。既不伤西门庆的面子，又为武松弄清武大的死因留下了关键的证物。如金圣叹批："写得曲折明画，读之字字有声。"（二十五回）①不得不承认九婶的机智更高于何九，她轻松地将杂乱的事件理出头绪，将何九从两难困境中解救出来，成就了武松为兄报仇、惩治恶人的壮举。如果没有他们夫妇二人的机智谋略，武大就算冤沉海底，武松的报仇也不知从何而发。针对这一段故事，袁无涯本评道："何九叔岂无此见识，偏出自其妻，不独变而脱，亦与王婆、金莲辈相形击，用意最精。"（二十五回）②作者为何在何九这个小人物之后还要引出他的妻子说此一番话，袁本评语给了我们启发，一则可使情节变化多姿，二则这一节本就是王婆、潘金莲一众市井女子唱主角，最后让何九婶这个妇人提出对付她们的策略，刚好与前面情节相呼应，也表现了市井中有如王婆、潘金莲等一干无耻恶毒之妇，亦有九婶这等有智有谋的女子。如金圣叹语："看她一群妇人，无不惯家，可发一笑。"（二十五回）③

唐牛儿是郓城县卖糟腌的小商贩，也是与宋江相熟的小帮闲，喜

①②③　宋杰辑：《〈水浒传〉名家汇评本》，北京：北京图书馆出版社，2008年，第192页。

欢给别人帮闲场管闲事，同时也能蹭点闲饭和零花钱。这种人一般街面熟，路子广，消息灵通，所以他还有一个兼职就是给押司宋江做线人，经常向宋江汇报一些街面上的各路消息，得到宋江的一些资助，所以他称呼宋江为孤老，也就是老主顾的意思。所以宋江要用他时便死命向前。这样一个小人物，却在宋江杀了阎婆惜后帮助宋江逃跑，成就了宋江梁山之主的地位。

唐牛儿的出现有两次，先是宋江被阎婆拖去和阎婆惜吃酒，无法脱身。刚好唐牛儿赌输了来找宋江想寻几贯钱，宋江示意他找借口帮自己离开。唐牛儿假说知县找宋江有公事，想帮宋江脱身，结果被阎婆识破，跳起身来向唐牛儿劈脖子只一叉，将唐牛儿叉下楼来，又破口大骂，说唐牛儿坏了她的买卖衣饭，如杀父母妻子。这里可见宋江平日交游广泛，与街面上各色人等都有交情，也表现了阎婆将宋江当作衣食父母，为了捍卫衣食来源不顾一切向唐牛儿大打出手的凶恶嘴脸。

唐牛儿第二次出场是宋江杀了阎婆惜之后，在县衙前被阎婆缠住不放，这时唐牛儿赶来，不明就里，上前向阎婆报了一叉之仇，宋江趁机逃走，唐牛儿被抓。从知县到衙役都明知不干唐牛儿的事，但为了放脱宋江，都故意将罪责问在唐牛儿身上，最后将唐牛儿做成个“故纵凶身在逃”，脊杖二十，刺配五百里外。可怜唐牛儿只是感恩宋江平时的周济，看到他与阎婆撕扯，想上前帮个忙拉个架，当然也有为自己报仇的一点私心，但最后却莫名其妙地当了别人的替罪羊。但如果没有他出来为宋江圆场，宋江虽与县衙上下相熟，但杀人之罪坐实之后，想再脱身恐怕也是千难万难了。所以正是这个不起眼的小人物，成就了宋江出逃与柴进、武松等人的相遇，以及最后踏上梁山的道路。

唐牛儿成为宋江的替罪羊后，小说就再没提起他，宋江上山后也没有再想起他来，唐牛儿似乎太无辜了，虽然他只是个没有人会在乎的小帮闲，但莫名地被套上了这么大个罪名，委实也太冤枉了。这一点也一度引起人们对宋江人品的争议，有人认为宋江不及晁盖讲义气，晁盖将背叛他的白胜都搭救上了梁山，而宋江对替他顶罪的唐牛儿却没有挂在心上，只管自己当上了梁山的大哥。

《水浒传》里写了很多酒店的伙计和店小二，有一位着墨比较多，就是曾经被林冲救助过的李小二。林冲刺配沧州后，一日在街上闲走，听到有人叫他，原来是在东京受他救助过的李小二。李小二是个极小的人物，连正式的名字都没有，只同许多酒生一样，叫作小二。李小二是做酒店生意的，客人来吃饭，他必定好酒好肉侍候着，在做好本职工作的同时，他也没闲着，街头巷尾、张家长李家短、官场笑话、民间新闻等等都汇集在这酒店里。李小二为人机警，只要是客人在他店里谈论的事情，他都乘着端酒送菜的间隙，拉长了耳朵听了个仔细。

陆虞候让李小二约请管营的时候，李小二就把这事记在心里。首先，陆虞候等三人操东京口音，李小二之前在东京谋生，对那里的人和事十分熟悉，加之林冲最近在东京获罪被发配而来，所以他对东京来的人必格外上心；其次，陆虞候找了牢里的差拨、管营，恩人林冲正在牢中归这些个小官管辖，他们的事是否与林冲有关；再次，陆虞候与管营、差拨谈话时，提到“高太尉”三个字；最后，陆虞候要求李小二：“我自有伴当烫酒，不叫你休来。我等自要说话。”（第九回）显然有什么不可告人的秘密要商谈。通过这几点，李小二基本可以判断出：这人莫不与林教头身上有些干碍。他让老婆去阁子背后，听他们说些什么。老婆认为何必去偷听，不如“你去营中寻林教头来认他一认”。李小二道：“你不省得，林教头是个性急的人，摸不着便要杀人放火。倘或叫得他来看了，正是前日说的甚么陆虞候，他肯便罢？做出事来，须连累了我和你。你只去听一听，再理会。”老婆道：“说的是。”（第九回）李小二没有马上告知林冲，而是让老婆悄悄去阁楼背后，偷听陆虞候与管营、差拨等人的谈话内容，表现了李小二办事谨慎，衬托出林冲的性急冲动。所以李小二不敢让林冲来认，而是静观其变，通过让老婆偷听，自己借送汤水的机会观察，最后打探到了陆谦等人要害林冲的消息。

陆谦等人从东京至沧州，身负重任，藏着天大的使命和秘密来设计害死林冲,不想百密一疏,秘密从看似毫不起眼的李小二身上泄露出去,真是人算不如天算。作者安排这个人物,正是为了让林冲得知高俅等人对他要赶尽杀绝,也表现了陆谦见利忘义的无耻行径,为后面林冲性格突变、手刃仇人作了铺垫。如金圣叹评:"如酒生儿李小二夫妻,非真谓林冲于牢城营有此一个相识,与之往来火热也,意自在阁子背后听说话一段绝妙奇文,则不得不作此一个地步,所谓先事而起波也。"(九回回评)①余象斗批:"林冲得遇小二,后通消息,正是恩恩相报,天不绝林冲一义士也。"(第九回)②可见李小二在衬托林冲性格,推进林冲复仇,踏上梁山情节中的重要作用。

二、小人物演绎丰富鲜活的市井人生

这几个小人物在小说中起着抛砖引玉、接引大人物出场、扭转推进情节的重要作用。同时,这些人物的音容笑貌、人品性格、人生遭际,也为我们再现了最真实而又丰富鲜活的市井平民的人生百态,可谓人情江湖。

武大这一形象,善良、憨厚、懦弱又天真,他代表了最安分守己的小市民。他对别人是无害的,但就因为他的相貌丑陋,性格软弱,他就要受到来自社会的欺辱与损害,这是不公平的,但也是现实的。武大身上最感人之处在于兄弟手足之情,古谚有云:"天下无不是的父母,世间最难得者兄弟。"武松是武大一手养大的,武大一见武二时便说:"我又怨你,又想你。"(第二十四回)表现出亦父亦兄的牵挂。当潘金莲诬告武松调戏她时,武大毫不犹豫地说:"我的兄弟不是这等人,从来老实。"(第二十四回)对兄弟的人品笃信不疑。武松出门办差拜别武大时,武大望着武松说:"兄弟去了,早早回来,和你相见。"寥寥数字,令人泪下,手足之情感人至深,武大真乃慈兄也。武大是矮小丑陋

①② 宋杰辑:《〈水浒传〉名家汇评本》,北京:北京图书馆出版社,2008年,第70页。

的，但作为兄长，他又是高大的。

有学者说武大娶潘金莲是没有自知之明，武大之死可以说是自杀。武大以“三寸丁、谷树皮”之形象，怎敢娶“人间尤物”潘金莲为妻，就算天上掉馅饼，也得掂量下自己是否能接得住。武大以为从清河县搬到阳谷县，关上门窗就能安然生活，最后还是招来了杀身之祸，是贪恋祸水，自不量力。这种观点虽然从理性分析也有一定道理，但武大如果如此聪明睿智，那也不成为武大了。武大本来就是一个懦弱忠厚、逆来顺受的小市民，以他的条件娶妻必定十分困难，忽然有一个机会不费一丝半文就能娶到一个如花似玉的妻子，一时昏了头抵不住诱惑也是人之常情，这个形象才真实丰满。

乔郓哥、唐牛儿、李小二，这三个人都是城市的边缘人，是市井中最微不足道的小人物，他们身上有着这一类人的一些共同特点。首先，他们都爱占小便宜，虽然都是出于生计所迫。郓哥靠卖水果养活多病的父亲，他经常去找西门庆做买卖，否则也不会参与到武大捉奸的事件中。而且他向武大告密时，还让武大请他喝酒吃饭，武松来找他问话时，他先说：“我的老爹六十岁，没人养赡，我却难相伴你们吃官司耍。”（二十六回）武松给他五两银子，他才肯向武松说出实情。郓哥是孝子，全为生计着想，有情可原。但唐牛儿和李小二就不同了，他们的爱占便宜多少带点市井的不良风气。唐牛儿是帮闲，李小二是酒生，唐牛儿经常在宋江那儿打秋风得一些小钱，得了钱还去赌博，赌输了又来找宋江。李小二则在东京时偷了店主人家财，被捉住了，要送官司问罪，却得林冲主张陪话，救了他，免送官司。后来在沧州林冲也经常给他些银两做本钱。

其次，他们都嘴巴甜，为人乖觉世故。郓哥虽是小孩，但长期在市井中求生，所以也世故乖觉。他得知西门庆在王婆家时去找，但他深知此事不合礼法，所以他问王婆时很隐晦，并不说明西门庆名字，是要给西门庆和王婆都留脸面，谁知王婆根本不理会他的用意。郓哥被王婆打后，找武大，写得极为生动，又是点醒武大，又是帮他出谋划策，可见思维灵活，言语巧利。李卓吾批：“这回文字，种种逼真。第画王婆易，画武大难；画武大易，画郓哥难。今试着眼看郓哥处，有一语不传神写照乎，怪哉。”（二十四回回评）[①]郓哥讲话，句句是小孩声口，又透出世故老成，乖觉之极，他也不为武大，也不为西门庆，只为出王婆这口恶气。郓哥打王婆一段写得极为精彩，手忙脚乱又妙笔生花，生动再现当时混乱又紧张的气氛。唐牛儿描写较少，但他到阎婆家找宋江时，也是察言观色，见机行事。李小二在这一点上表现突出，他本是酒生，待人接物自是伶俐，见了林冲又是口称恩人，又是要做亲眷，立时便让发配异乡的林冲有了他乡遇故知的亲近感。他恐怕也是凭这一点，才被老店主招为上门女婿的。

再次，他们在街面上人脉广，路子熟，好打听消息。郓哥每天走街串巷，熟知各路人情，所以西门庆与潘金莲的事他一清二楚。唐牛儿虽然是卖糟腌的，但他还有一个副业，就是打听各路消息向宋江汇报，换一些散碎银子。李小二经营的酒店本来就是各种消息集散之地，他又为人机灵，更容易收集各种信息。陆谦要加害林冲的重要消息就由他传给林冲，使得林冲早有防范，躲过了一场杀身之祸。

最后，他们谨小慎微、精于算计，怕惹祸上身。郓哥告知武大潘金莲的不轨行为后，武大立刻要去捉奸，郓哥连忙劝阻，给武大分析各种利害关系，让他不可轻举妄动。武松向他询问情况时，他也以父亲年迈，不能与你们吃官司推拒。唐牛儿得知阎婆惜与张文远的事，宋江又被阎婆拖去，估摸他难以脱身，盘算着自己帮宋江脱身又能赚些零花钱，才惹上了官司。李小二夫妇只听到陆虞候与管营谈话的只言片语后，老婆提醒他立即去告知林冲，李小二却说：“你不省得。林教头是个性急的人，摸不着便要杀人放火。倘或叫的他来看了，正是前日说的甚么陆虞候，他肯便罢？做出事来，须连累了我和你。”（第十回）可见恩人虽然重要，但保全自己更重要。当李小二得知林冲去草料场

① 宋杰辑：《〈水浒传〉名家汇评本》，北京：北京图书馆出版社，2008年，第186页。

管事时，满心欢喜，一方面，看管草料场，有些常例钱钞，林冲可得到补贴，也可周济自己。另一方面，草料场远离沧州牢房及李小二的酒店，林冲就是做出什么事来，应该也不会连累到自己了。这些形象虽然过于现实，却也都刻画得入情入理。

何九叔是一个精明世故的小吏，他在各种强势的威胁与夹缝中艰难求生，他不敢得罪权贵，但同时又良心未泯，他要使真相大白于天下，给苦主一个交代，但又要做得悄无声息，不引起对方的怀疑。在九婶的帮助下，他做到了，他表面按西门庆交待的去做，实际上留下了武大冤死的重要的证据，等武松回来交给了武松，并讲明了自己的怀疑，还给武松介绍了重要证人郓哥。何九不仅成功将自己从这起案件中清楚地摘离出来，而且给了武松证据和线索，给他指明了破案的方向，还了事实真相，也守住了自己的人格底线。何九叔在精明世故中明哲保身，在圆滑通透中见风使舵，既保全了自身，又帮助了他人。这也是市井中千千万万努力求生，又不愿泯灭自我的小市民的代表。

这几个小人物是小说中一闪而过的微星，他们出场的时间很少，言语行为也很简单，大多是别人的陪衬，但他们共同汇集成了多彩鲜活的社会百态。他们各有缺陷，微不足道，却用自己平凡琐碎的人生成就了英雄豪杰们壮丽的人生篇章。他们的存在使得小说情节得以顺利向前推进，使主要人物的个性更加丰满鲜明，也表现了作者对于市井生活与人情世故敏锐而深刻的洞察力，是市井小民演绎的最精彩的人情江湖。

（作者单位：闽南师范大学文学院）

《水浒传》死亡叙事的美学书写

——以“张顺之死”为中心

邓　雷

《水浒传》是一部英雄传奇类型的小说，既然是英雄传奇，自然伴随着英雄的争斗与死亡，从第三回史进杀死赛伯当王四开始，至书末第一百回吴用、花荣自缢身亡，书中充斥着大量的人物死亡。这些死亡的人物，有的作为小说的龙套角色而存在，如王四、李吉、崔道成、邱小乙、王道人等，有的是比较重要的配角，如郑屠、陆谦、潘金莲、西门庆、武大郎、潘巧云等，也有梁山泊的英雄好汉，如董平、张清、徐宁、刘唐、雷横、阮小二等。不同人物的死亡，其死亡描写多有不同，其艺术成就也有高下之分。

第一种，龙套类型人物的死亡。这一类人物的死亡，小说只不过是将其作为一种符号，交代人物最终的结局。这些龙套式人物的死亡描写大都如此，没有铺垫，过程简单，描写粗略而单一，基本没有艺术美感可言，他们的死既牵动不了读者的内心，也很难给予读者艺术上的享受。第二种，重要配角的死亡。这些人绝大多数是小说当中的反派人物，偶尔有一些是小说当中的中立人物。这一类型人物的死亡在小说当中最易为读者所关注，其死亡描写与其说给人以艺术上的美学享受，不如说给予读者情感上的需求。同时，此类型人物的死亡描写也是现当今读者诟病《水浒传》血腥、暴力的源头所在。

第三种，梁山泊英雄人物的死亡。这些人物无论以前的身份是地痞无赖，还是大奸大恶之徒，不可否认的是他们的死亡代表着正义，他们的死亡在小说中被当成正面形象来书写。这些人物的死亡，对于作者以及读者来说，无疑都是悲剧，无论哪一位好汉的死亡，作者以及读者均会为之黯然心伤。但由于征讨方腊的途中战死以及病故的人员太多，阵亡将领有五十九位，病故将领也有十一位，再加之回朝被害死的数位将领，这么多梁山好汉的陨落，不可能每一位都花费浓墨重彩，所以众好汉的死亡描写最为细致的也主要集中在那么几位身上，像宋江、李逵、鲁智深、吴用、花荣、张顺等，而其中死亡描写最为出彩的便是张顺之死。

一

张顺之死位于百回《水浒传》的第九十四回“宁海军宋江吊孝　涌金门张顺归神”。此回位于《水浒传》的最末段，正如容与堂本批语中所言“《水浒传》文字不好处只在说梦、说怪、说阵处；其妙处都在人情物理上，人亦知之否”（第九十七回），“文字至此，都是强弩之末了，妙处还在前半截”（第九十八回），《水浒传》征讨方腊的故事基本都在“说阵处”，故事情节乏善可陈。金圣叹更是不满《水浒传》的后半部分，伪托古本，腰斩《水浒传》，仅保留其前七十一回的内容，也是全书艺术成就最高的部分。

正因为张顺之死的故事所处位置比较尴尬，在小说的最末段，以至于此段情节历来不为人所重视。百回《水浒传》同样如此，七十回之后的情节基本围绕战争进行，艺术成就远逊于前面的文字，但是依旧有一些出彩的情节，张顺之死便是这样的部分。其与《红楼梦》中黛玉之死、《哈姆雷特》中奥菲利亚之死、《源氏物语》中紫姬之死一样，是小说当中死亡描写的经典之作，具有极强的艺术感染力和悲剧效果。

何为悲剧？鲁迅先生曾说到，“悲剧将人生的有价值的东西毁灭给人看”①。越是美好的事物、越是有价值的东西，他们的毁灭与死亡越容易让人感到心痛，张顺的死亡即是如此。

《水浒传》中众多英雄在上梁山之前，都干过不少伤天害理的事情，其中以孙二娘、张青等人为最，这些人若阵亡，读者虽然也有伤感，但容易因为他们之前的所作所为冲淡此种情感。而小说当中的张顺一直以一个良好的英雄形象示人。首先，本领高超，据其兄张横所言“浑身雪练也似一身白肉，没得四五十里水面，水底下伏得七日七夜，水里行一似一根白条，更兼一身好武艺”②，征讨方腊之时，榆柳庄费保曾言“亦闻有个浪里白条张顺”，从侧面可见张顺的水下功夫之强、声名之大。小说中其赞语为“万里长江东到海，内中一个雄夫。面如傅粉体如酥。上山剜虎目，入水拔龙须。七昼波心能暗伏，水晶宫偷得明珠。翻江搅海勇身躯。人将张顺比，浪里白跳鱼”，亦是对其本领的肯定。张顺也仗着其水上的功夫，在水战中多立战功，如与其他水军头领生擒凌振，将高俅的海鳅船凿穿，并生擒高俅等。

其次，为人有情有义。张顺在江州结识宋江之后，听闻宋江有难，马上纠集众人欲劫牢救宋江，却全然不顾势单力薄。攻打大名府时，宋江背染疽疮，热疼难忍，张顺亲去建康府请神医安道全为宋江医治，一路艰辛，几丧性命。而最为感人肺腑的是张顺死后，书中的一段言语，可见张顺平素的为人，“宋江见报了，又哭的昏倒。吴用等众将亦皆伤感。原来张顺为人甚好，深得弟兄情分。宋江道：我丧了父母，也不如此伤恼！不由我连心透骨苦痛”。

就是这样一个可敬可爱的人物，作者在描写他死亡的时候，极尽渲染之能事，似乎用尽了全身的气力。其实在张顺之前，已有梁山好汉在征讨方腊之时阵亡，而且人数还不少，计有宋万、焦挺、陶

---

① 鲁迅：《再论雷峰塔的倒掉》，《鲁迅全集》第一卷《坟》，北京：人民文学出版社，2005年，第203页。

② 施耐庵、罗贯中：《李卓吾批评忠义水浒传》，《古本小说集成》第二辑，上海：上海古籍出版社，1992年，第三十七回。按：文章原文出自容与堂本，下不另出注。

宗旺、韩滔、彭玘、郑天寿、曹正、王定六、宣赞、施恩、孔亮、郝思文、徐宁等十三位，但是作者均未对他们的死亡注入过多的笔墨，有的甚至非常草草，像宋万、焦挺、陶宗旺三人之死的描写，竟然是在战后，清点死亡人数的时候才发现，“宋江点本部将佐，折了三个偏将，都是乱军中被箭射死，马踏身亡。那三个？一个是云里金刚宋万，一个是没面目焦挺，一个是九尾龟陶宗旺”。其余将领的死亡也都是三言两语。

甚至同样作为天罡星，排名还在张顺之上的徐宁，其死亡的描写也较为简略，仅用了一段不足三百字的篇幅进行记叙，而且其死亡还是与郝思文并在一起。“此日又该徐宁、郝思文，两个带了数十骑马，直哨到北前门来，见城门大开着。两个来到吊桥边看时，城上一声擂鼓响，城里早撞出一彪马军来。徐宁、郝思文急回马时，城西偏路喊声又起，一百余骑马军冲在前面。徐宁并力死战，杀出马军人里，回头不见了郝思文；再回来看时，见数员将校，把郝思文活捉了入城去。徐宁急待回身，项上早中了一箭，带着箭飞马走时，六将背后赶来；路上正逢着关胜，救得回来，血晕倒了。六员南将，已被关胜杀退，自回城里去了。慌忙报与宋先锋知道。宋江急来看徐宁时，七窍内流血……宋江使人送徐宁到秀州去养病。不想箭中药毒，调治半月之上，金疮不痊身死”。

而张顺的死亡却用了一千三百余字的篇幅进行细致地描绘，并且其死亡之事还出现在回目当中，“涌金门张顺归神”。这样的待遇，这样的死亡描写篇幅，在整个《水浒传》故事当中都寥寥无几，即便精彩如鲁提辖拳打镇关西的篇幅也不如张顺之死，而在张顺死亡之后的将领也无人再有如此待遇。可以想见，作者在描写张顺死亡之前的将领，一直是按捺住、压抑住自己内心的情感以及情绪，为的就是在描写张顺之死时爆发，而张顺之死也正如《红楼梦》中晴雯之死一般，真正拉开了梁山好汉飞鸟各投林的序幕。

二

张顺之死的描写从大军久攻杭州城不破，张顺打算由西湖水路潜入涌金门始。小说中运用了死亡预叙的方式，让读者预知张顺死亡的到来。还未行动之前，张顺就说了一句不祥的话，“便把这命报答先锋哥哥许多年好情分，也不多了”。行动甫一开始书中便预示着张顺此行的不祥，“当晚，张顺身边藏了一把蓼叶尖刀，饱吃了一顿酒食，来到西湖岸边，看见那三面青山，一湖绿水，远望城郭，四座禁门，临着湖岸”，小说特意强调张顺饱吃了一顿，这并不是一个好的信号，古代犯人常在行刑之前会有最后一顿，称为断头饭，这顿饭一般来说都比较丰盛，能够饱餐。此处张顺临行前的一顿饱餐寓意若何，暂且不知，但无疑给读者心头蒙上了一层阴云。

随后情节的继续，加深了读者心中的这层忧虑。小说通过张顺之眼，极尽赞美西湖的风光，引用了苏轼的《饮湖上初晴后雨》、林升的《题临安邸》以及无名氏的《水调歌头》《临江仙》四首诗词，但也正因为如此优美的水上风光，让半辈子经历了大风大浪的张顺心生感慨，又说出了一句不祥的谶语，“我身生在浔阳江上，大风巨浪，经了万千，何曾见这一湖好水！便死在这里，也做个快活鬼”。未战先言死，何等不利。

至此时，一股浓郁的不祥之兆，混合着极致之美的西湖之景，“时当春暖，西湖水色拖蓝，四面山光叠翠”，在极静谧的夜晚，“城上更鼓却打一更四点，城外静悄悄地没一个人”，干着极其危险的事情。这是怎样一种诡异的氛围！在这样的气氛之下，不知身处其中的张顺会否紧张，但可以肯定的是，身处其外的读者定然是随着张顺的一举一动而提心吊胆。试看正文：

> 城上女墙边，有四五个人在那里探望。张顺再伏在水里去了。又等半回，再探起头来看时，女墙边不见了一个人。张顺摸

到水口边看时,一带都是铁窗棂隔着。摸里面时,都是水帘护定。帘子上有绳索,索上缚着一串铜铃。张顺见窗棂牢固,不能勾入城,舒只手入去扯那水帘时,牵得索子上铃响。城上人早发起喊来。张顺从水底下再钻入湖里伏了。听得城上人马下来看那水帘时,又不见有人,都在城上说道:"铃子响得跷蹊,莫不是个大鱼顺水游来,撞动了水帘?"众军汉看了一回,并不见一物,又各自去睡了。

张顺再听时,城上已打三更。打了好一回更点,想必军人各自去东倒西歪睡熟了。张顺再钻向城边去,料是水里入不得城,扒上岸来看时,那城上不见一个人在上面,便欲要扒上城去。且又寻思道:"倘或城上有人,却不干折了性命。我且试探一试探。"摸些土块,掷撒上城去。有不曾睡的军士叫将起来。再下来看水门时,又没动静。再上城来敌楼上看湖面上时,又没一只船只。原来西湖上船只,已奉方天定令旨,都收入清波门外和净慈港内,别门俱不许泊船。众人道:"却是作怪!"口里说道:"定是个鬼。我们各自睡去,休要采他。"口里虽说,却不去睡,尽伏在女墙边。张顺又听了一个更次,不见些动静。却钻到城边来,听上面更鼓不响。张顺不敢便上去,又把些土石抛掷上城去,又没动静。张顺寻思道:"已是四更,将及天亮。不上城去,更待几时!"却才扒到半城,只听得上面一声梆子响,众军一齐起。张顺从半城上跳下水池里去,待要趁水汊时,城上踏弩硬弓、苦竹枪、鹅卵石,一齐都射打下来。可怜张顺英雄,就涌金门内水池中身死。

张顺与方腊军的斗智斗勇,虽然仅仅是短短的数百字,但是其间一波三折,先是张顺的试探,牵得铃响,引来搜寻,躲避后又欲扒上城去,拿些土块投石问路,再次惊动军士,引来探查,又潜伏了一个更次,再抛石块之时,未见回应,以为城上无人,爬上城去。作者通过控制情节进展的节奏,回环往复,一步一步制造紧张的气氛,将读者的心慢慢地提到嗓子眼，最后结局凭空落下，仅用了两句话便将张顺的死亡交代了。使得一直以来担惊受怕的读者若受重击，心中的冀望一击破碎，只徒留得无限的哀伤、惆怅与叹惋。

张顺之死的描写极富艺术张力，具有浓厚的悲剧效果，将人物的心境、自然环境完美地融入到情节的发展之中，而又步步为营制造紧张的气氛与悬念，最终将美好的事物硬生生地毁灭。小说选择西湖这一优美的环境作为张顺的死亡之地，既算给予张顺一个与之身份相匹的归宿，清清白白而来，干干净净而走，让其死后能够享受这一湖的风水，不至于像其他将领一样陨落于沙场土坑之中，同时也寓示着张顺就如西湖一样让人留恋、难以忘怀，其生命之花如同西湖的风景一般绚烂。

优美宁静的西湖，与张顺暴风骤雨一般的死亡方式，形成了强烈的反差。这种反差，作者在死亡描写中不仅仅用了一次，其后鲁智深的死亡再一次用到，将钱塘江战鼓般的潮信响声与鲁智深静静的坐化结合在一起。这种强弱动静具有鲜明对比的写作手法，在《水浒传》的其他文字描写当中时有出现，其中最具有代表性的便是血溅鸳鸯楼之后，描写城壕边的月色，这一动一静的反差也极为明显，金圣叹将此种方法称之为“獭尾法”，即“一段大文字后，不好寂然便住，更作余波演漾之”。不同的是，张顺之死的描写与獭尾法正好相反，獭尾法是暴风雨过后的宁静，而张顺之死则是暴风雨前的宁静。

张顺之死的悲剧效果还在于，张顺通过死亡，践行了他个人对情义的执着与追求，是张顺个人理念的最后完成。当张顺说出“便把这命报答先锋哥哥许多年好情分，也不多了”这句话时，已然可见其心中兄弟之义，再看他一步步走向死亡，用生命来践行自己的承诺，这种死亡的震撼力与感染力可想而知。更令人感动的是，即便身死，张顺的魂魄也要来到宋江的身边，与之告别，并说出感人至深之语，“小弟跟随哥哥许多年，恩爱至厚。今以杀身报答，死于涌金门下枪箭之中。今特来辞别哥哥”。正如宗白华所言，悲剧的人物宁愿毁灭生命以求真、求美、求权利、求神圣、求自由、求人类的上升、求最高的善,而张顺的死亡所求的便是情义。

三

张顺之死的美学意蕴在与其他人物死亡叙事的对比中表现得越发明显。其他人物的死亡,尤其是龙套人物以及配角人物的死亡极少能让人感觉到艺术的美感。如龙套人物的死亡,王四之死,“史进下梯子,来到厅前,先叫王四,带进后园,把来一刀杀了”;李吉之死,“史进见了大怒,仇人相见,分外眼明。两个都头见势头不好,转身便走。李吉也却待回身,史进早到,手起一朴刀,把李吉斩做两段”。此类人物的死亡,小说只不过是将其作为一种符号,毫无艺术美感可言。既无铺垫,描写也过于简单,仅仅是为了顺应情节的需要,交代人物最终的结局,有的也作为一种社会现象或者英雄铲奸除恶的死亡符号而出现。

再如配角人物的死亡,潘金莲之死,“那妇人见头势不好,却待要叫,被武松脑揪倒来,两只脚踏住他两只胳膊,扯开胸脯衣裳。说时迟,那时快,把尖刀去胸前只一剜,口里衔着刀,双手斡开胸脯,取出心肝五脏,供养在灵前。肐查一刀,便割下那妇人头来,血流满地”。此类人物的死亡,已不仅仅是一个死亡符号,交代人物的结局,而是有着比较详尽的死亡过程。这些死亡过程伴随着大量的血腥与暴力,虽然这些血腥与暴力正如齐裕焜先生所言,不少会消解在其描写文字的喜剧化、戏谑化、公式化之中,[①]像杀人的公式化描写,林冲杀死陆谦的过程,与武松杀死潘金莲的过程基本相同,“把陆谦上身衣服扯开,把尖刀向心窝里只一剜,七窍迸出血来,将心肝提在手里”,但是小说当中血腥与暴力的客观事实依旧存在。

---

① 齐裕焜:《对〈水浒传〉中血腥、暴力问题的思考》,《明清小说研究》2011年第2期。

这一类人物的死亡描写，若说存在艺术上的美感，那仅能说得通的就是暴力美学。而《水浒传》中所描写的暴力在艺术上的完美体现，便是历来为人所称道的鲁提辖打镇关西的三拳，“扑的只一拳，正打在鼻子上，打得鲜血迸流，鼻子歪在半边，却便似开了个油酱铺：咸的、酸的、辣的，一发都滚出来……提起拳头来就眼眶际眉梢只一拳，打得眼睖缝裂，乌珠迸出，也似开了个彩帛铺的：红的、黑的、绛的，都滚将出来……又只一拳，太阳上正着，却似做了一个全堂水陆的道场：磬儿、钹儿、铙儿一齐响”。这看似平平无奇的三拳，却是致人死命的三拳，将暴力与美学完美地融合在一起，运用了通感的艺术手法，由味觉到视觉再向听觉迁移，将杀人的文字上升到了艺术的层面，不仅有效地消解了杀人所带来的血腥与恐惧，同时带给读者以艺术上的享受。

当然，这一类人物的死亡描写绝大多数并不能如鲁提辖拳打镇关西一般给人以美学上的体验。此类死亡描写与其说给人以艺术上的美学享受，不如说给予读者情感上的需求。由此观之，张顺之死将情、景以及艺术手法熔铸于一体，是《水浒传》人物死亡描写中最精彩的几个片段之一，将其置之于世界名著的精彩死亡描写行列之中，亦丝毫不会逊色。

可惜的是，金圣叹批点的文字仅有七十一回，我们已然无法看到其对张顺之死的精彩评论。而容与堂本的批点者似乎全然未看到如此精彩的描写，仅在总评部分索然无味地批道，“张顺没水入城，极莽极痴，不是白着送了性命”。此种观点与百二十回本的改写者类似，容与堂本在张顺死后有一首诗作叹道，“浔阳江上英雄汉，水浒城中义烈人。天数尽时无可救，涌金门外已归神”，对张顺之死表示叹惋。百二十回本将此首诗改为了“曾闻善战死兵戎，善溺终然丧水中。瓦罐不离井上破，劝君莫但逞英雄”，如此改易，可见改写者不仅未为张顺之死所动容，反而发出了庸俗的劝谏。百二十回本的评点者则抓住了张顺之死描写的一些艺术性特征，有批“此一段写出悄惨徘徊情景，使人凄飒”“疑鱼疑鬼，似睡不睡，一路来俱说得精细有情”，发现了小说以景入文以及制造紧张气氛与悬念的写作手法。

可以说张顺之死的描写，是小说后半部分极为精彩的片段之一，也是小说死亡叙事中美学意蕴的体现，展现了《水浒传》高超的艺术手法以及独特的艺术魅力。可能正因为张顺之死描写的艺术张力过大，悲剧氛围过于浓厚，作者害怕读者无法接受张顺的死亡，或是为了让读者心中能够好受一些，又用庸俗的手法使张顺复活，让其幽魂到了西湖的震泽龙宫，被收做金华太保，留于水府龙宫为神。这在《水浒传》中也是独一份的。

也正是这种庸俗的手法，使得张顺死后附身于张横身上，在方天定从南门出逃之时，将其杀死，并来营中拜见宋江。这种描写与关羽死后的显圣一般，已然将死亡变成了神话，让张顺之死在后人的敬仰以及追念中实现了不朽。

（作者单位：复旦大学中文系）

文心细品

恬静、温馨中的真理

——读乔治·欧品的抒情短章《赞美诗》

姜玉琴

1984年去世的美国著名作家乔治·欧品(George Oppen,1908—1984)是一位创作历程丰富而独特的诗人。身为一名受压迫的犹太人,他的一生经受了无数次的风风雨雨。作为一位诗人,他曾义无反顾地为他那在历史上蒙受过太多灾难与屈辱的民族呐喊、歌唱。可是,当他晚年历经坎坷,重新回归诗坛后,他的创作风格发生了变化:在内容上由原来的直面人生、对抗生活,转向了宗教、哲学的冥想与超越;在语言上由尖锐的批判、呐喊转向了温情脉脉低声细语的诉说。这首即将欣赏到的《赞美诗》便是欧品创作风格转变以后的代表作。

这首意境温馨、纯净而内涵丰厚的抒情佳作写于1965年,发表后曾给诗人带来了巨大的声誉。欧品尽管不是小说家,但显然是一位擅长讲故事的高手——用诗歌来讲述故事。在诗歌的开始,他便用淡淡而深情的语言把我们领进了一个静谧、远离尘世人烟的"美丽的小树林"中。然而,诗人并没有沿着这一思路进一步地描写、讴歌树林是如何的浪漫、美丽,而是把笔触锁定在了一群"野鹿"的身上:

在那座美丽的小树林中 / 野鹿在安顿床铺——/ 它们就在

那儿！①。

“美丽的小树林中”，一定会有许许多多美丽的事物，这与该诗的题目“赞美诗”所透露出来的信息是一致的——诗人的本意就是要用这首诗来赞美美好的事物或美好的人。诗人在开篇中的坚定语气，表明这座“美丽的小树林”中的“野鹿”，才是这首《赞美诗》中的真正主角，即诗人要“赞美”的就是它们。

“美丽的小树林”里藏有那么多美好而有趣的事物。即便动物，也有各式各样的，诗人为何独独要赞美“野鹿”？

一首诗歌的写作看上去是自由自在、天马行空，好像是诗人信手拈来的。其实不然，对于诗人而言，写诗也是个潜在的、隐形的系统工程，选用这个意象，不选用那个意象；选用这个词语，不选用那个词语，都是有其内在的关联与讲究的，即是诗人内在思想逻辑的一种外化。欧品在该首诗歌中借“野鹿”这一意象，到底想表达何样的思想和立场？

通往诗歌王国的路径有许多条，汉代的董仲舒在《春秋繁露》中就曾说“诗无达诂”。不过，阅读经验不是很丰富的读者，面对一首陌生的诗歌时，有时会产生不知从何处破译的茫然之感。其实，看上去奔腾肆意、没有规律可循的诗歌写作也是有章法可循的。即任何一首诗歌，严格说能称得上是一首好诗的诗歌，都有一个或明或暗或隐或显的关键句。纵览欧品的《赞美诗》，发现能把这首诗的五个段落串联在一起的关键诗句是“野鹿在安顿床铺”。换句话说，虽然整首诗歌的头绪繁多，但是诗人并没有跑野马似的写，而是紧紧围绕着“野鹿”为自己“安顿床铺”这一细节来构思、铺叙整首诗歌的。有了这一认识作前提，就可以顺利地过渡到下面的段落了。

诗歌是感性、抒情的，但这不意味着会完全摈弃逻辑性。“野鹿”既

---

① 这首诗歌译自英文版《诺顿美国犹太文学选集》(*Jewish American Literature: A Norton Anthology*)，W. W. 诺顿出版公司，2001年，第645页。

然要“安顿床铺”,也就是想为自己搭建起一个温暖、舒适的窝,必然需要有大量的青草作为保障。于是,从第二段开始,诗人便开始描写“野鹿”是如何采集“青草”:

它们的眸子/倦慵,柔软的唇/触碰,陌生的小牙/撕扯着青草。

鹿儿吃草或采草原本是司空见惯的一件事,诗人的高超、绝妙之处在于,他笔下的这群“野鹿”并不是那种充满野性和戒备之心的成年鹿,而是一群懵懂的、稚嫩的、“小牙”还不习惯“青草”的坚硬、“柔软的唇”常被“青草”的锋芒刺疼了的小雏鹿。它们生活在这片远离尘世,静谧、优雅的小树林里,阳光辉映着林子中的片片树叶,“野鹿”们徜徉在缕缕的余晖中,什么也不想,什么也不看,只是一心一意地用它们粉红色的小唇撕扯着青草,任凭“根须上的泥土散落在陌生的树丛里”。

这群年幼的小“野鹿”没有经历过暴力、掠夺的摧残,因而它们的“眸子”中没有一丝的惶惑、惊恐,有的只是没有心机的“倦慵”。生活是什么?日子是什么?不就是让“青草的根须”,在“嘴上摇晃”吗?正如欧品对它们的描绘:

它们的路/一点、一点啃过田野和为它们遮荫的树。

这几句诗实际概述出了“野鹿”的一生。它们活着,不去探求什么,而是专注地“啃过”“田野”和“遮荫的树”。为自己“安顿”一个歇息的窝,似乎就是它们活着的全部意义。至此,诗歌已经接近尾声了,但内容好像仅停留于“野鹿”采集“青草”来“安顿床铺”的这样一个细节交待上。

“鹿”,在古今中外的诗人笔下都曾多次出现过,但像欧品这样通篇为写“鹿”而写“鹿”,并把每一行、每一字都写得感人至深,甚至让人嗅到了鹿儿身上散发出的体香,还是并不多见的。应该说,一首诗能给人带来一份美感或者感动,就已经足够了。不过,对于这首诗而言,到此为止还是远远不够的。因为,该诗的最后一段还隐含着一些特殊的意义,这也是这首诗的特殊之处;可能也是该诗成为名诗的原因。

这首诗最难懂的部分便是这最后的一段。该段的开头两句是:“那些小名词/哀求着信仰”,这两句诗看上去与前面所分析的句子、意境有所游离。那些“哀求着信仰”的“小名词”是指什么?和正在低头觅草、“安顿床铺”的“野鹿”有什么关系?无疑,仅凭诗句间的逻辑关系是难以阐释清楚的,这需要回到诗歌的题目上来。①

这首诗歌的英文题目是Psalm,而这个词本是源于《圣经·旧约》中。《圣经·旧约》是由“法律书”“历史书”“诗歌·智慧书”和“先知书”四部分构成。其中,“诗歌·智慧书”中的“诗歌”,就是Psalm一词翻译过来的。也就是说,欧品这首诗歌的题目是有典故的,即从《圣经》中直接“引用”过来的。这种“引用”不能视为是没有意味的举动。相反,它和诗人对诗歌文体的认识有直接的因果关系。欧品认为,“诗歌构成宗教和哲学的更好的一部分”。②通俗说,诗歌在欧品的意识中并不是一个简单的抒情工具,而是宗教、哲学的构成部分,而且还是“更好的一部分”。所以,他断言“只有诗句才能‘发现真正的天堂’。”③ 显然,对欧品而言,诗歌并不单纯是诗歌,而是通往“天堂”阶梯的象征。可见,这首以“野鹿”为题旨的诗歌决非是为写鹿而写鹿,是寓指“野鹿”之外的另一些更为幽静而深邃的东西。

除了“赞美诗”外,这首诗还有一个副标题,即“真理跟随”。这四个字也不是欧品随意拟定的,而是从欧洲中世纪神学大师圣·托马斯·阿奎纳斯的诗句 *Veritas sequitur esse rerum*(真理跟随存在的事物)中摘取而来的。如要解读这句话,可以理解成“真理”存在于“存在的事物”中,即“真理”不是一个高高在上、供人顶礼膜拜的抽象理念,而是活生生

① 一首诗歌的题目非常重要,它与内容常常是一种互为辉映、补充的关系。

②③ 《诺顿美国犹太文学选集》(*Jewish American Literature: A Norton Anthology*),W. W. 诺顿出版公司,2001年,第644页。

地存在于具体的事物中——有事物存在,就有真理的存在。这无疑是对“真理”概念的一种解构。欧品在诗歌中引用这句名言,说明他赞赏阿奎纳斯给“真理”所下的定义。而且,“存在的事物”这几个字给了他一个很大的启发:如想捕捉到“真理”,首先要捕捉到“存在的事物”。换言之,“真理”寓于或者说源自于“存在”之中。从这个意义上说,《赞美诗》就是一首通过描写“存在”来揭示真理的诗歌:“野鹿”撕扯“青草”是一种存在;“野鹿”用“青草”“安顿床铺”也是一种存在。虽然这些“存在”看上去都是最为低级的本能欲望,但又有谁能说这些关系到生存大计问题的“存在”不是最高级的要求呢?诗人实际是借“野鹿筑窝”这一意象告诉人们,那些看上去最没有思想和意义的行为本身可能就是一种真理。真理都是最平凡的,就像“野鹿”存在于树林中一样。由此不难看出,诗人在副标题中只留用“真理跟随”,而把“存在的事物”省略掉是别有一番用意的,即用具体的诗句来予以补充和解答。

标题上的曲径幽深,意味着这首诗歌内涵的不一般。实际也是如此,这首通篇读来倍感纯净、温馨的诗歌竟然充满着复杂的宗教、哲学思考。欧品在诗歌创作中所做出的这番努力,一方面是受到20世纪50年代风靡于欧洲的存在主义哲学思潮的影响,另一方面更是出于他的真实体验。欧品曾经有过寻求“信仰”和“真理”的狂热时期:20世纪30年代,面对美国社会中所存在的贫富不均等问题,他与妻子一起加入了共产党;“二战”爆发后,他又在所谓“正义”“真理”的鼓舞下奔赴欧洲战场,一直到1945年因负伤而不得不回国。令人始料未及的是,欧品对“信仰”的执著换来的竟然是迫害与流亡。1950年,随着镇压民主运动的麦卡锡主义的兴起,美国社会掀起了一股肃清“共产主义渗透”的潮流。在这场运动中,大批坚持正义、寻求真理的知识分子遭到指控并被查处,信仰并追随共产主义的欧品自然被列入“黑名单”中。为了逃避残酷的迫害,他不得不带领全家流亡墨西哥。这一逃亡就是八年,待到重新返回美国时,他已经五十出头了。如果说年轻的时候,一句“为真理而战”的口号就令他热血沸腾,那么,这时反而不知道“真理”是什么了，“……那些小名词／哀求着信仰”。从小处说，该处的“小名词”就是欧品的自拟——为了追求信仰而最终迷失在信仰中；从大处说，“小名词”就是整个人类的象征。人看起来庞大无比，无所不能，其实与诸如“信仰”“真理”等宏大的话语机器相比，就宛如一个踉踉跄跄、无所适从的小字符。欧品称之为“小名词”。

总之，“哀求着信仰”的“小名词”，就是指代那些盲目追求“信仰”，而对最平常、最恒久、最有意义的事情往往视而不见的人类。至此，诗人为何要赞美“野鹿”的心路历程也就坦露出来：与逍遥自在的“野鹿”相比，被欲望、信仰所包裹的人类实在是不懂得该如何活着，难怪鹿儿们要“惊讶”与“张望”了。

可见，这是一篇没有“我”，但处处都是“我”的诗作；这是一篇看上去没有纷争、喧嚷，但处处都留有心灵搏斗痕迹的诗作；这是一篇充满抒情气息，但通篇又有理性思考作底蕴的诗作。不少人不承认有“纯诗”之说，其实这就是一首典型的“纯诗”。“纯诗”并非是指没有社会意识和思想内容，即“纯”的导向不是单一、空洞，而是大火过后的纯净和静谧。诗歌要达到这样一个大有大无的境界，除了对诗人的学识、功力是一个考验外，还要求诗人有相当的人生积累与生命的体悟。

附：

赞美诗

——真理跟随

乔治·欧品

在那座美丽的小树林中
野鹿在安顿床铺——
它们就在那儿！

　　它们的眸子
倦慵，柔软的唇
触碰，陌生的小牙
撕扯着青草

　　青草的根须
在它们嘴上摇晃
根须上的泥土散落在陌生的树丛里。
它们在那儿。

　　它们的路
一点点地啃过田野，为它们遮荫的树叶
悬挂在远方的
阳光里

　　那些小名词
哀求着信仰
在此中那野鹿
惊讶，向外张望。

（姜玉琴译）

（作者单位：上海外国语大学文学研究院）

古典戏曲的“团圆之趣”

李连生

“团圆”是描述男女主人公因各种原因分离、失散、遭受磨难后再度重逢相聚的情形，“始于悲者终于欢，始于离者终于合，始于困者终于亨”（王国维《〈红楼梦〉评论》）。对于古典戏曲而言，这几乎是大多数作品的选择，因此大团圆结局被诟病也不在少。其利弊究竟如何，已有不少解说，本文试从“庶民心理”角度作一分剖，以就正于方家。

一

“大团圆”结局受到批判，往往还很严厉，尤其近代以来西风东渐，西方思想观念影响较大，如胡适说“中国文学最缺乏的是悲剧的观念”，且批判这样的作品为“说谎的文学”：“这种‘团圆的迷信’乃是中国人思想薄弱的铁证。”“不耐人寻思，不能引人反省。”[①]鲁迅也把“团圆心理”上升到“国民性”缺陷的问题，认为这是中国人自我麻醉，“瞒和骗”的表现。其实大可不必，世界上的故事，无论古今中外，大多还

① 胡适：《文学进化观念与戏剧改良》，欧阳哲生编：《胡适文集·胡适文存》(2)，北京：北京大学出版社，1988年，第122—123页。

是以团圆的结局为主,和中国人的国民性应该扯不上必然的关系。当代小剧场、跨剧种、跨文化等各种实验、创新戏曲逐渐盛行,文人学者早对“生旦团圆”“善恶昭彰”等传统价值观表示不满,而是努力发掘“团圆之后”会怎样。刻意探索“人性善恶之间的灰暗地带”,这固然是时代变化所需,但对于大多数普通群众而言,思想太过深刻复杂的戏曲未见得受到欢迎。鲁迅曾批评梅兰芳的几部“雅戏”:“缓缓的《天女散花》,扭扭的《黛玉葬花》,先前是他做戏的,这时却成了戏为他而做,……雅是雅了,但多数人看不懂,不要看,还觉得自己不配看了。”[①]假使把“雅”字换做“深刻”二字,那么对于当今许多现代戏曲来说,似乎也颇为合适。其实如果还原到戏剧的诞生之初,便能帮助我们更好地理解戏曲的这种性质。戏曲不是话剧、电影这种近代以来的舶来品,它是自民间形成的,从一开始就是与百姓的日常生活紧密联系的一种艺术形式。因为戏剧起源与原始宗教和仪式活动有密切联系。“仪式就是艺术的胚胎和初始形态。”[②]“仪式是戏剧之源。”[③]上古一直持续至今的祭祀礼仪的民俗活动,可以说就是一场戏剧的表演,它具备了剧场、演员、观众和表演这几大要素。民间日常的祭祀典庆、婚丧嫁娶、许愿还愿、民间社团活动等常伴有戏剧演出,故戏剧的演出往往与各种民俗礼仪活动相重叠,成为民俗活动的一个组成部分。这时候戏剧已经融入到民俗生活中,有学者称之为“拟生活”,[④]其实当它和老百姓日常生活密切相关,以致无法分离时,戏剧就不单纯是一种仪式、艺术表演或者娱乐活动,它已内化为普通民众的一种生活方式了。

而当它成为一种生活方式时,也就演变为一种文化模式。它不是个别的,一次性的,而是无数次生活的重复和再现,戏剧就是对这套模

---

① 鲁迅:《略论梅兰芳及其他(上)》,《鲁迅全集》第五卷《花边文学》,北京:人民文学出版社,2005年,第609页。

② [英]简·哈里森:《古代艺术与仪式》,刘宗迪译,北京:三联书店,2008年,第134页。

③ 同上,第108页。

④ 参见刘祯:《20世纪中国戏剧史学与民间戏剧研究》,胡忌主编《戏史辨》第二辑,北京:中国戏剧出版社,2001年,第256页。

式的摹仿和再现罢了。从这个角度而言，戏剧会反过来成为指导生活的榜样，恰如王尔德所言"生活模仿艺术远甚于艺术模仿生活"（《谎言的衰落》）。所以，戏剧表演行为发生的空间和时间，就是戏剧的根性深植所在，即民间的世俗生活。理解了这一点，中国的古典戏曲为何必须团圆也就不难索解了，因为团圆是庶民百姓的共同需要和共同心理，而戏曲的大团圆结局也正是在此基础上所形成的必然结果。我们常常从文学角度进行剖析的各种戏曲类型，包括杂剧、南戏和传奇，如关汉卿《窦娥冤》、高明《琵琶记》、汤显祖《牡丹亭》等作家作品，其实质也都建立在这个基础之上。

二

从故事情节、叙事笔法等角度而言，一本戏必须历经悲欢离合、曲折往复，波澜起伏，但从结局而言，历尽劫波，终究是为了苦尽甘来，走向团圆。古代戏曲的团圆模式多种多样，如丁乃通《中国民间故事类型索引》有一种"夫妻离散各执信物终得团圆"型故事："这一对夫妻在战时离散。然而各自持着一个信物以便识别对方（往往是将一件信物分为两半，各持一半）。战争结束后，丈夫长期寻找失去的妻子，终于由信物而问到她的下落。她已被卖给（或住在）一个有权势的富贵人家。当这家主人得知这悲惨故事时，就释放了那位妻子，使得夫妻重新团圆。"[①]这是以镜为离合线索的"破镜重圆"的故事模式，戏曲中以信物而得以团圆者大多类似这种模式，如《玉玦记》《玉簪记》《长生殿》《秣陵春》等。

古代的爱情剧基本上是生旦团圆，打破团圆格套的只是个别之例，如元杂剧《汉宫秋》与《梧桐雨》就是悲剧结尾，日本学者青木正儿认为《汉宫秋》第四折汉元帝在秋夜中思念昭君，接着就在梦中看到昭君

① ［美］丁乃通编：《中国民间故事类型索引》，郑建威等译，武汉：华中师范大学出版社，2008年，第186页。

归来而醒:“完全和《梧桐雨》同一情趣:彼为秋夜,此亦秋夜;彼梦杨贵妃,此梦王昭君;彼诅咒落在梧桐上的雨声,此诅咒雁声。……而这两种戏曲的收场法,是元曲中不见他例的有力的作品。神韵飘渺,洵为妙绝。”①《西厢记》第四本结尾“草桥惊梦”折与此二剧亦有类似,也是梦里相见而梦觉人亡的怅惘失意,也有“烟波渺然无尽”的神韵,由此还引发《西厢记》到底是结束于第四本还是第五本以及二本优劣等争执不休的问题。晚明曲家徐复祚就认为《西厢记》当以“草桥惊梦”结束全篇为最好:“《西厢》之妙,正在于《草桥》一梦,似假疑真,乍离乍合,情尽而意无穷,何必金榜题名、洞房花烛而后乃愉快也?”金圣叹对第五本也是恨得牙根痒痒,诅咒似的说:“何用续?何可续?何能续?今偏要续,我便看你续!”明清一些《西厢记》的改编本中,因对第五本不满,或对团圆结局不满,而改为张生科考落榜,莺莺最终与郑恒洞房花烛,如碧蕉轩主人的《不了缘》;晚明曲家卓人月创作《新西厢》(已佚)即明确反对大团圆方式,称之为“窠臼”:“天下欢之日短而悲之日长,生之日短而死之日长,此定局也;且也欢必居悲前,死必在生后。今演剧者,必始于穷愁泣别,而终于团圞宴笑,似乎悲极得欢,而欢后更无悲也;死中得生,而生后更无死也,岂不大谬耶?”②但可惜的是,《西厢记》翻改增续之作虽多,但都难免“狗尾续貂”之讥,更遑论演出于舞台了。

又如《桃花扇》最后生旦历尽艰险终于相逢,却被道士张薇将桃花扇撕破,并当头棒喝:

> 当此地覆天翻,还恋情根欲种,岂不可笑![生]此言差矣!从来男女室家,人之大伦,离合悲欢,情有所钟,先生如何管得?[外怒介]呵呸!两个痴虫,你看国在那里,家在那里,君在那里,父在那里,偏是这点花月情根,割他不断么?

---

① [日]青木正儿:《元人杂剧概说》,隋树森译,北京:中国戏剧出版社,1957年,第92页。
② 吴毓华:《中国古代戏曲序跋集》,北京:中国戏剧出版社,1990年,第298页。

这也是一种说法与点化，令侯方域与李香君当场省悟，于是出家修道，从度脱剧模式的角度来看也算团圆。此出原评语云："离合之情，兴亡之感，融洽一处，细细归结，最散、最整、最幻、最实、最曲迂、最直截，此灵山一会是人天大道场，而观者必使生旦同堂拜舞乃为团圆，何其小家子样也！"但孔尚任友人顾采却不满此剧之结局，将其改编为《南桃花扇》："令生旦当场团圞，以快观者之目。"孔尚任虽流露出不满，也无可奈何。梁廷楠《曲话》评论说："《桃花扇》以《余韵》折作结，曲终人杳，江上峰青，留有余不尽之意于烟波缥缈间，脱尽团圆俗套。乃顾天石改作《南桃花扇》，使生旦当场团圆，虽其排场可快一时之耳目，然较之原作，孰劣孰优，识者自能辨之。"梁廷楠虽然力挺孔尚任，但"《桃花扇》问世之后到清亡的二百年之间，作为文学读物的《桃花扇》流行的程度超过了舞台脚本的《桃花扇》"①，舞台上演出较多的不过是《访翠》《寄扇》《题画》几出而已。

另有一种生时不能团圆，而死后于天上团圆，如《娇红记》第五十出《仙圆》：

> 【糖多令】[生、旦仙妆上]花落水空流，天台古渡头。忆真情，生死相投，镜约钗盟今始就，携手向碧云游。……
>
> [生]【一封书】棠梨花正幽，更芙蓉开暮秋。[旦]浮生水上沤，则我和你两恩情，无了休。夜夜月明凉似水，照见鸳鸯新冢头。[合]上瀛洲，赴琼楼，把尘世相思一笔勾。……
>
> 【尾声】死生交，鸾凤友，一点真诚永不负。则愿普天下有情人做夫妻，一一的皆如心所求。

申纯、娇娘生不能聚首，死后方得重圆，与亲人又仙凡永隔，幽明异

① 蒋星煜：《〈桃花扇〉从未被表演艺术所漠视——二百多年来〈桃花扇〉演出盛况述略》，《艺术百家》2001年第1期。

路，说是悲剧亦无不可，但魂化鸳鸯，天长地久，与焦仲卿、刘兰芝化鸟，梁山伯、祝英台化蝶，同一机杼，理想也好，幻想也罢，从象征的角度而言，毕竟也是一种团圆。只是剧情太苦，无戏班愿意搬演。①

《长生殿》第五十出《重圆》描绘的情景与《娇红记》相似，唐皇李隆基本系元始孔昇真人、贵妃杨玉环乃是蓬莱仙子。偶因小谴，暂住人间。当谪限已满，玉帝怜其心坚情深，命居忉利天宫，永为夫妇。仙果重成，情缘永证。成为天上夫妻，不比人世：

> 【黄钟过曲·永团圆】神仙本是多情种，蓬山远，有情通。情根历劫无生死，看到底终相共。尘缘倥偬，忉利有天情更永。不比凡间梦，悲欢和哄，恩与爱总成空。跳出痴迷洞，割断相思鞚；金枷脱，玉锁松。笑骑双飞凤，潇洒到天宫。

人间不能成就的，只要有情，仍可天上团圆，故这种"仙圆"的模式其实仍是对爱情的一种肯定。

类似"仙圆"的，还有神仙道化剧的度脱模式，往往以最后悟道升仙为结束，与众仙瑶池相会，共赏蟠桃盛宴为团圆，同时多有皇帝（或玉帝等神仙）的封赠旌奖，所谓"戏不够，神仙凑"，恐与此有关。

三

后世传奇剧本通常例分上、下两本（部），即李渔所谓"小收煞、大收煞"。即上本的末出为小收煞，下本结尾为大收煞。所谓小收煞："上半部之末出，暂摄情形，略收锣鼓，名为小收煞。宜紧忌宽，宜热忌

① 按：《娇红记》创作于明崇祯中叶，有刻本传世，但沉埋三百多年，于20世纪80年代才被学者发掘出来，称之为"古今罕有的杰作"，然而缺乏演出的记载，谢柏良先生认为，"也许正因为《娇红记》的情太苦，境太悲，恨太长，意太深，该剧自问世以来，一向没有剧团敢搬演于场上。"参见陈多：《戏史何以需辨》，载胡忌主编《戏史辨》，北京：中国戏剧出版社，1999年，第20页。

冷，宜作郑五歇后，令人揣摩下文，不知此事如何结果”。郑之珍的《目连救母劝善戏文》比较特殊，因长达一百余出，则共分三本，一般至少演三天。上本末出是《母子团圆》，“母子仍前修善果，戏文到此小团圆。”中本末出《见佛团圆》：“师生兄弟共团圆”。下本末出《盂兰大会》则是天上与人间、阴间“三世”的大团圆：“一家今日皆仙眷，喜骨肉共团圆。”小收煞因未完篇，即便团圆也是“小团圆”，故总要留有余地和悬念，如歇后语之类。

只有大收煞才是大团圆，李渔是赞同大团圆结局的，但主张不要平淡收束，要有所变化，故提出“团圆之趣”：

> 全本收场，名为“大收煞”。此折之难，在无包括之痕，而有团圆之趣。如一部之内，要紧脚色共有五人，其先东西南北各自分开，至此必须会合。此理谁不知之？但其会合之故，须要自然而然，水到渠成，非由车戽。最忌无因而至，突如其来，与勉强生情，拉成一处，令观者识其有心如此，与恕其无可奈何者，皆非此道中绝技，因有包括之痕也。骨肉团聚，不过欢笑一场，以此收锣罢鼓，有何趣味？水穷山尽之处，偏宜突起波澜，或先惊而后喜，或始疑而终信，或喜极信极而反致惊疑，务使一折之中，七情俱备，始为到底不懈之笔，愈远愈大之才，所谓有团圆之趣者也。……收场一出，即勾魂摄魄之具，使人看过数日，而犹觉声音在耳、情形在目者，全亏此出撒娇，作“临去秋波那一转”也。①

汤显祖《牡丹亭》已首开此例，臧懋循评《牡丹亭》末出《圆驾》云：“传奇至底板，其间情意已竭尽无余矣。独此折夫妻、父子俱不相认，又做一重公案，当是千古绝调。”明末仿此者极多，如范文若、吴炳、阮大铖

---

① 李渔：《闲情偶寄》卷三，《中国古典戏曲论著集成》第七册，北京：中国戏剧出版社，1960年，第69页。

等。李渔的十种曲，每本收场都有一番意外的波折，即是其“撒娇体”的证明。①

如《刘希必金钗记》叙刘文龙娶妻萧氏，三日便上京赶考，临行许下八大誓愿，赠与三件信物。刘文龙高中状元，因拒绝丞相招赘，被其陷害，羁留匈奴十八年。后终于回国，皇帝嘉奖，封为列侯，荣归故里。此时家人以为文龙早已客死他乡，歹人宋忠想娶萧氏为妻，公婆也逼萧氏改嫁。萧氏无奈，提出要为刘文龙守孝三年，三年期满，萧氏欲投水自尽，为太白星君所救。文龙乔装归来，遇见自己妻子，妻子却不认得丈夫。宋忠迎娶萧氏，刘文龙叫人取来一条鲤鱼、一根竹竿、一盆水。如果宋忠拜得鲤鱼上竿，就让他迎娶。宋忠办不到，只得投水而死。刘文龙却拜得鲤鱼上竿，然后出示三件信物，一家团圆。这个结尾很类似古希腊神话奥德修斯返乡认亲的故事，故有“临去秋波那一转”的余韵。

民间故事常有“主人公改头换面”的情景，而在戏曲中，“改头换面”往往出现在结尾，作为大团圆结局的必要条件，实即是主人公地位的提升。如《白兔记》刘知远以将军的身份返乡，惩处奸人。②地位的提升意味着权力的增大，或者得到了皇帝的信任，在消除对头的同时也往往收获了婚姻或者爱情。

不过，戏曲中还有一种“夙世因果”的结局，在这种结局中“改头换面”的不是权力或者地位，恰恰是对权力、地位甚至爱情的否定，实即是对人世欲望的消解。汤显祖《南柯记》末出淳于棼情思难尽，尚妄想与公主重做夫妻，被禅师慧剑割断，这才醒悟，参破因缘，一切皆空，立地成佛：

> 人间君臣眷属，蝼蚁何殊。一切苦乐兴衰，南柯无二。等为

---

① 参见郭英德：《明清传奇戏曲文体研究》，北京：商务印书馆，2004年，第327页。

② 按：《白兔记》大团圆结局之前一出《私会》叙刘知远乔装成最初投军时的穷样子返乡和三娘相会，演绎了一段“撒娇体”的“团圆之趣”。

梦境，何处生天？

【南园林好】咱为人被虫蚁儿面欺，一点情千场影戏。做的来无明无记，都则是起处起，教何处立因依。

【清江引】笑空花眼角无根系，梦境将人殢。长梦不多时，短梦无碑记，普天下梦南柯人似蚁。

吴梅评汤显祖《南柯记》揭橥此剧之主旨云：“此记畅演玄风，为临川度世之作，亦为见道之言。其自序云：‘世人妄以眷属富贵影象，执为我想，不知虚空中一大穴也。倏来而去，有何家之可到哉。’是其勘破世幻，方得有此妙谛。……盖临川有慨于不及情之人，而借至微至细之蚁，为一切有情物说法。又有慨于溺情之人，而托喻乎落魄沉醉之淳于生，以寄其感喟。淳于未醒，无情而之有情也，淳于既醒，有情而之无情也；此临川填词之旨也。”①

四

一些我们现在视作“悲剧”的作品，其实换个角度看，也是一种团圆。比如历史剧中，忠臣虽死，但死后封神，冥勘仇人，或后人为之报仇雪恨，一家得以封赠褒奖，如《精忠记》岳飞死后，皇帝赐精忠庙，封鄂国武穆王，妻张氏封鄂国夫人，岳云封左武大夫安边将军承宣使，张宪封烈侯，女银瓶小姐追赠仙娥等。《鸣凤记》最后亦是“封赠忠臣”，为了“旌善惩恶，申公匪私。生者享爵禄之荣，死者沐恩光之贲”。

公案剧没有爱情剧那么浪漫，主人公能够在危急时刻得到解救。公案剧中主人公大多仍被杀害，从现世的角度看，毕竟肉体死亡，称为悲剧亦可，但冤仇总能得到清官明断，从沉冤昭雪的角度看，契合庶民“善有善报，恶有恶报”的“正义论”，如戏文里常说的：“善恶到头终有

---

① 吴梅：《顾曲麈谈·中国戏曲概论》，上海：上海古籍出版社，2000年，第168页。

报，只争来早与来迟。”今人也说：正义也许迟到，但永远不会缺席。故此也算一种团圆。有时主人公身死后封神或者魂灵升天，或者将来转世托生到富贵人家，也算是一种正义的补偿。

例如我们一般认为悲剧的《窦娥冤》，虽然是肉体的毁灭，但换来的还是一种正义的胜利和肯定。虽然没有人真的相信窦娥所发的三桩誓愿在现实中能够实现，但也没有人不希望它能够在现实中实现。正如亚里士多德《诗学》所谓：“一桩不可能发生而可能成为可信的事，比一桩可能发生而不能成为可信的事更为可取。”所谓可信，于《窦娥冤》，即是“人同此心，心同此理”的同情与正义。在亚里士多德看来，文学比历史（单纯的历史事实）更富于哲学意味，就在于它描述的事情带有普遍性和必然性。人们宁愿相信窦娥的这三桩誓愿能够实现，且应该实现，这不是浪漫主义，不是空想主义，也不是逃避主义，而是出于对信仰、真理和正义的坚持和笃信，故窦娥虽死，其行为却带有榜样的激励作用，肉体可灭，精魂永存。迄今民间祈雨祭祀时还经常搬演《东海孝妇》或《六月雪》，当是“冤结叫天”、伸张正义的信仰在民俗活动中的体现。①从这个角度来看，胡适和鲁迅等人的批判是片面的，因为他们忽视了观众，尤其是普通民众的感情以及这种感情的巨大力量。

被称之为“南戏之祖”的名剧《琵琶记》试图翻案，改原有宋元南戏《赵贞女蔡二郎》里“弃亲背妇，为暴雷震死”的蔡伯喈为不忘糟糠之妻且“全忠全孝”，但民间演剧却不以为然，今湖南湘剧高腔中仍有“棒打三不孝”的情节。焦循《花部农谭》里提到他最喜欢的一部剧《赛琵琶》，演陈世美弃妻事。其剧前半部分实则照搬《琵琶记》，后半其妻子弹琵琶乞食寻夫，陈世美为保富贵，不仅不愿相认，反派人刺杀，其妻被三官神救下并授兵法，后竟以此立军功：“妻及儿女皆得显秩”。陈世美则因“有前妻欺君事劾之，下诸狱。……妻乃数其罪，责让之，洋

① 参见王馗：《〈窦娥冤〉的民间品格与祭祀功能》，《文化遗产》2008年第1期。

洋千余言。”作者认为“未有快于《赛琵琶·女审》一出者也”，因“此剧自《三官堂》以上，不啻坐凄风苦雨中，咀茶啮檗，郁抑而气不得申，忽聆此快，真久病顿苏，奇痒得搔，心融意畅，莫可名言，……高氏《琵琶》，未能及也。”[①]今淮剧《书房相会》中，赵五娘历数自己的坎坷遭际，并痛斥蔡伯喈的不忠不孝、不仁不义，也是洋洋洒洒数千言，令人动心骇目，真可谓“其词直质，虽妇孺亦能解；其音慷慨，血气为之动荡。”焦循还提到一部戏《清风亭》（即京剧《天雷报》），剧叙张氏子忘恩负义，将养父母逼死，后被暴雷劈死，描写观众看后的现场反应：“其始无不切齿，既而无不大快。”观众因痛恨不孝子而“切齿”，又因天道报应不爽而“大快”。因感人甚深，即便戏已演罢，仍觉惊魂动魄，念念不已：“铙鼓既歇，相视肃然，罔有戏色；归而称说，浃旬未已。”这是戏曲的力量、也是伦理的力量！“女审”或者“雷劈”，在今天看来未免荒诞不经，而戏曲中类似“荒谬”的情节所在多有，为何能常演不衰？说来也简单，不过是满足了百姓的“善恶有报”的共同心理罢了，正是“湛湛青天不可欺”“举头三尺有神明”！如此，即便是“悲剧”，也得让人“痛并快乐着”才能餍心快意，这或许才是戏曲能绵延千年的力量所系吧。

（作者单位：福建师范大学文学院）

① 焦循：《花部农谭》，《中国古典戏曲论著集成》第八册，北京：中国戏剧出版社，1960年，第231页。

世界上最遥远的距离

——说朱彝尊《桂殿秋·思往事》

夏志颖

思往事，渡江干。青蛾低映越山看。共眠一舸听秋雨，小簟轻衾各自寒。

清末民初的词学家况周颐对朱彝尊（1629—1709，字锡鬯，号竹垞）的这首《桂殿秋》评价极高：“或问国初词人当以谁氏为冠。再三审度，举金风亭长对。问佳构奚若。举《捣练子》云……”（《蕙风词话》卷五）从此以后，凡涉清词的选本，恐怕还没有舍弃这首小词的，而后人也早已对词中的佳处作了丰富、深入的阐发。下面，笔者拟在前人解说的基础上，再对此词及相关问题作一些补充说明。

况周颐在评论时以《捣练子》来指称这首小令，严格说来，这并不确切。无论是在稿本《静志堂诗馀》中，还是在《浙西六家词》本和《曝书亭全集》本的《江湖载酒集》中，该词的词调均作《桂殿秋》。《捣练子》与《桂殿秋》两个词调的文字形式完全一致，但在清初词集中，二调往往分列，《捣练子》以对仗之两个三字句领起、以对仗之两个七字句结束的情况要远比《桂殿秋》常见。《词律》与《钦定词谱》都是分别著录两个词调，正符合它们在清初的运用实情。

朱词以“思往事”发端，从“渡江干”一直到词末，就是将“往事”具体地复述一遍。从词意结构上说,“思往事”为一层,以下各句合为一层。随着朱彝尊词的流播,这首《桂殿秋》中略显质拙的首句也直接被某些词人借用,比如下面的几首:

杨学林《桂殿秋·六月望日夜坐》其二:思往事,看牵牛。人间天上总离愁。夜长不寐浑无赖,一片银河冷似秋。

姚尚桂《桂殿秋·春思》:思往事,盼青鸾。杏花开懒为春寒。一帘微雨双飞燕,白玉堂东独倚阑。

熊裕棠《桂殿秋》:思往事,望江南。凉宵花月笛声残。一湾河汉疏星迥,歌舞楼头酒半酣。

高篃《桂殿秋》:思往事,倚阑干。多愁多恨不成欢。露华雾草知何限,翠袖牵萝日暮寒。①

这几首词的重点都在“思”,也就是在寂寞凄冷中“思”的状态,而朱词的重点则在“往事”,词人好像是沉浸在对往事的追忆中,那一刻他已忘记自身的现实处境。后人对朱词起笔印象深刻,但对“思往事”以下各句的处理方式却各有不同。

“渡江干”一句,其意浅明,注家或略去不注,或联系竹垞生平予以坐实。有谓此词作于桐江舟中,所谓“桐江舟”即“江山船”,也就是供客人饮酒狎妓的花船,那下句“青蛾”的身份自然是歌妓(郭则沄《清词玉屑》卷六“《闲情》之累”条),不过这种说法毫无影响,暂且存而不论。有谓“江干”指嘉兴练浦塘者,然以“江”称练浦塘,似不合常理;联系下句中的“越山”,此“江”当即钱塘江。古代吴、越曾以钱塘江为界,江北为吴地,江南为越地,这次渡江或为南渡,故下句才有“越山看”之

① 杨学林,雍正、乾隆间人,生卒年不详,字耐圃,号六榆居士,湖南新化人,著有《绿阴山馆词》。姚尚桂(1762—?),字秋岚,直隶河间(今河北省河间市)人,乾隆间诸生,著有《种月词》。熊裕棠(1790—1865),原名德庆,字兰坡,江苏山阳(今淮安市)人,著有《浣花阁词钞》。高篃(1796—1850),字湘筠,江苏元和(今苏州市)人,举人朱绶妻,著有《绣篋词》。

语。李富孙注《桂殿秋》引唐人处默诗“到江吴地尽，隔岸越山多”(《曝书亭集词注》卷一)，与词意较为切合，可从。

朱词开篇并不见得精彩，至“青蛾低映越山看”一句，方渐出妙境。各家释此句，有的说“舟中美人凝视水中的越山，越山也似乎注视水中的佳人”①，有的还把“低映”解成越山倒映在水中，而她则垂首看着水中的倒影。这些解释都将“看”的主体当成了那位女子(青蛾)，当然，词中也因此隐藏有另一双眼神——词人正在旁观着她。这么一来，词中所写的情形就有点类似于现代诗人卞之琳的名句“你站在桥上看风景／看风景的人在楼上看你”(《断章》)，只消把桥、楼换成船就行了。这样去理解词意当然也很好，但笔者认为严迪昌先生的解读似更能抉出其中妙处，他说：“‘青蛾’句之妙，在于将‘我’之‘看’藏掩于‘青蛾’与‘越山’的映合中，你说我在看她？哪里！我在看山。我在看山吗？那山焉有此‘青蛾’美？我何尝要看山！”②“青蛾”本是女子眉毛的代称，而远山也同样用来比喻女子之眉，这样，青蛾与越山就具有了内涵上的统一性，而“看”的主体也即“思往事”之人。这一对有情人并非是热恋中的光明正大的情侣，词人不可能长久地、毫无顾忌地凝视面前的少女，当他的眼神偷瞥过女子时，她必因羞涩而俯下脸庞，词人也随之将目光移向远处和“青蛾”一样秀美的越山。眼神在越山与青蛾之间流连切换，似有若无，这才是“低映”之本意吧。他既不可能直视面前的女子，那样既不合乎二人的身份，也不合乎船中的环境，而他也不可能真的去眺望远处的风景，对近在咫尺的佳人无动于衷。诗人顾城曾写过一首小诗《远与近》：“你／一会儿看我／一会儿看云／我觉得／你看我时很远／你看云时很近。”我想，这位灵慧的少女，也许正在心里悄悄地这样打趣词人呢。

“往事”从渡江开始，在“青蛾”句的“目成”之后，词人用一个“共”

① 孙文光等注评：《明清词三百首》，合肥：黄山书社，1999年，第120页。
② 严迪昌编选：《金元明清词精选》，南京：江苏古籍出版社，2002年，第126页。

字将二人的距离拉得更近，“渡江干”缓缓蓄势至“共眠一舸听秋雨”，无疑会强化读者的阅读期待。二人分享着共有的乘船、休憩、听雨的经验，他们的视觉、听觉交融交织，你中有我，我中有你。江面是宽广的，而比江面更宽广的是无边的细雨，韦庄《菩萨蛮》曾用“春水碧于天，画船听雨眠”写足了这美好清丽的境界，朱词却以“小簟轻衾各自寒”作结，从抒情的顶点走下来——尽管有“皓腕凝霜雪”的佳人在侧，可还是难免“各自寒”的结局。叶嘉莹先生在赏析此词时，对“一舸”与“听雨”特别留意，并对末二句所包蕴的感发潜能作了极好的发挥：“我们也可以把这两句延伸到我们每一个人，我们在一起的，在一个屋顶上的，在一个天空下的，可以说都是‘共眠一舸’，但各有各的‘小簟轻衾’，各自忍受承担自己的苦难和寒冷。”[①]“小簟轻衾”没有让他们相偎相依，反倒是加重了“寒”的体感，而词中写到的江面和细雨也从韦庄笔下的温馨惬意变成了寂寞与凄冷。古代评论家在论析小令的艺术特点时，常拿绝句作为参照，张炎《词源》卷下云：“词之难于令曲，如诗之难于绝句，不过十数句，一句一字闲不得。末句最当留意，有有余不尽之意始佳。”王国维也曾直言“词中小令如绝句”（《人间词话》）。《桂殿秋》一调只有五句、二十七个字，如果视前面的两个三字句为整体，则其形式几乎同于一首七绝，而对于绝句中第三、四两句的运用，诗学领域已经积累了很多经验。元人杨载在其《诗法家数》中说绝句“多以第三句为主，而第四句发之，有实接，有虚接，承接之间，开与合相关，反与正相依，顺与逆相应，一呼一吸，宫商自谐。大抵起承二句固难，然不过平直叙起为佳，从容承之为是，至如婉转变化工夫全在第三句”。当代批评家孙绍振先生也强调绝句体制的抒情特性就是“情绪在第三、四句的微观的瞬间转换”[②]。由此观之，朱词“首句”以“思往事，渡江干”平直叙起，次句以“青蛾低映越山看”从容承之而渐入佳

① 叶嘉莹：《清代名家词选讲》，北京：北京大学出版社，2007年，第96页。
② 孙绍振：《绝句：瞬间转换的情绪结构》，《文艺理论研究》2010年第6期。

境，三、四两句，起自“共眠”，结于“各自寒”，上句高高举起，下句轻轻落下，词人不露声色地营造出情调的起伏与转折。

朱彝尊的《桂殿秋》是一首写男女之情的词，其中的情是否有本事可寻，真是说来话长。有种流传极广，甚至可说是深入人心的说法，称朱彝尊入赘冯家后，与年少的妻妹冯寿常（字静志）相恋，然朱氏终究未能娶冯氏姐妹，静志后来的婚姻亦不美满，享年不永，成为朱彝尊终生难忘的憾恨，以至于他为此写下长诗《风怀》及一卷《静志居琴趣》。《桂殿秋》虽非出自《静志居琴趣》[①]，但历来论者，无一例外地，都会在解说时引证《静志居琴趣》，视二者所写为同一恋情；上文在解释词意时，也仍然是以此“本事”为前提的。鉴于当时的社会情境，我们很难想象，朱氏会与妻妹独处江上舟中。《静志居琴趣》中有一阕《鹊桥仙·十一月八日》：“一箱书卷，一盘茶磨，移住早梅花下。全家刚上五湖舟，恰添了、个人如画。月弦新直，霜花乍紧，兰桨中流徐打。寒威不到小篷窗，渐坐近、越罗裙衩。”词中“个人”即被认为是冯寿常，“全家刚上五湖舟”才是家族出行的常态，因而《桂殿秋》所写的“舸”中，理应有其他人在，“共眠”也绝非他二人的共眠，时值秋雨，江行缓慢，其意不过是指家人于舱中躺卧休憩而已。惟有如此，词人的眼神才不得不游移飘忽，严迪昌先生的解说才能说是恰到好处。

陈廷焯对朱彝尊的艳词评价极高：“《静志居琴趣》一卷，尽扫陈言，独出机杼。艳词有此，匪独晏、欧所不能，即李后主、牛松卿亦未尝梦见，真古今绝构也。惜托体未为大雅。”（《白雨斋词话》卷三）虽然陈氏论词的语调常显夸张，态度又多变，但后来论竹垞情词、艳词者，无不于《静志居琴趣》推崇备至，并多将其与朱、冯氏的独特恋情联系起来，况周颐在“再三审度”时，也势必会联想到《静志居琴趣》以及这段似有若无的恋情。然而这种分析思路实有观念先行的嫌疑，并不十分可取。

---

① 《桂殿秋》（思往事）收入稿本《静志堂诗馀》中，《曝书亭全集》本《静志居琴趣》刊落。

李富孙在《曝书亭词注凡例》中说“《静志居琴趣》一卷，大抵与《闲情》《风怀》同意，只笺释故实，不别援引他事以证之”，于朱氏恋情避而不谈，但后人仍津津乐道于此，特别是冒广生的说法，影响尤大：“世传竹垞《风怀》二百韵为其妻妹作，其实《静志居琴趣》一卷，皆《风怀》注脚也。”（《小三吾亭词话》卷三）“《风怀》诗案”，论者夥矣，邓之诚《骨董琐记》卷四“风怀诗案辨证”条曾予以辩驳。不论朱彝尊是否曾与妻妹相恋，简单地将《静志居琴趣》视作《风怀》诗的注脚，显然与事实不符，因为其中部分词作的写作对象可以确定为歌妓，如：“劝客且留今日住，催归深悔那时还。断肠朝雨赋阳关。”（《浣溪沙》）“忆食忆眠忆坐，好春长定相逢。侍儿一一小名重。卷衣孙秀秀，灭烛许冬冬。”（《临江仙》）明确这一点后，再读集中其他词作，如有名的《忆少年》：“飞花时节，垂杨巷陌，东风庭院。重帘尚如昔，但窥帘人远。 叶底歌莺梁上燕。一声声、伴人幽怨。相思了无益，悔当初相见。”由“垂杨巷陌”与莺、燕来看，词中相思对象不更像是坊曲中人吗？另外，《静志居琴趣》中有不少写艳情而大胆直露的句子，像“兰汤浴罢纳新凉，携纤手、夜深尔汝”（《玉阑干》）、“随意楚台云，抱玉挨香，冰雪净、素肌新浴”（《洞仙歌》）等等。如果这卷词真的是为妻妹冯静志而作，在她嫁为人妇后，这些词句流传开来，不是置她于道德的绝境吗？如果真是如此，那我们就不得不说朱彝尊爱得太自私了！

汪孟鋗（1721—1770）《题本朝词十首》其一：“落魄江湖载酒行，首低心下玉田生。洞仙歌冷平生梦，绮语尤难字字清。”“绮语尤难字字清”和陈廷焯所说“托体未为大雅”大概都是有惩于竹垞“盗姨”有违礼教。当然，这些评论的前提都是存疑的。能以理性的态度评论竹垞情词者，也不是没有，钱斐仲《雨花盦词话》云：“迷离惝恍，若近若远，若隐若现，此善言情者也。若忒煞头头尾尾说来，不为合作。竹垞先生《静志居词》未免此病。”“头头尾尾说来”点出了《静志居琴趣》中多数词作所具有的叙事性特点，而《桂殿秋》虽也叙情事，但其体制极短小，作者的笔触正在近远、隐现之间，如一首含蓄的绝句，欲言又止，迷离惝恍，堪称是“善言情者”，因此早就引起了词人和评论家的注意；为诗词间的立意、构思做推源溯流的工作，向来是他们擅长的。丁绍仪《听秋声馆词话》卷二云：“史梅溪《燕归梁》云：‘独卧秋窗桂未香。怕雨点飘凉。玉人只在楚云旁。也著泪、过昏黄。 西风今夜梧桐冷，断无梦、到鸳鸯。秋钲二十五声长。请各自、耐思量。’竹垞太史仿其意而变其辞为《桂殿秋》云……较梅溪词尤含意无尽。”吴世昌先生把“源”溯得更远：“竹垞《桂殿秋》……结联颇佳，本李商隐‘芭蕉不展丁香结，同向春风各自愁’。”①史达祖词只写当下有情人分隔两地，思念彼此，以抒情者的独卧无眠为实，玉人为虚，相思泪、鸳鸯梦、各思量云云，用意至显。李商隐诗句出自其绝句《代赠二首》其一，该诗前二句云“楼上黄昏欲望休，玉梯横绝月如钩”，就已是闺怨诗的传统写法，后二句移情于物，较为含蓄，从诗意来看，所思之人也是在远方。概而言之，这些都只是“同心而离居，忧伤以终老”（《古诗十九首·涉江采芙蓉》）的不同版本罢了，而朱词其实更进一层，有情人已然越过了空间的重重阻隔，可即使二人近到不能再近，“共眠一舸”又如何呢？咫尺天涯，脉脉不得语，二人中间仍有一道无法逾越的鸿沟，也正因如此，才造成了彼此间这种无形的、也是最遥远的距离。

以上说的是“源”，再说说“流”。前引的几首《桂殿秋》径以“思往事”起笔，即是受朱词影响的最直接的例证。有意思的是，后人同样注意到了词末“各自”的用法。郭则沄《清词玉屑》卷八：“（袁棠，字湘湄）有姬三多，姓柳，家金陵，初为夫人媵婢，及笄遣归，湘湄意不能忘。后赴白门，遇姬，尚未嫁，喜甚……赋《浪淘沙》云：‘迷路得花看。暂解雕鞍。缫丝门巷雨漫漫。借问小姑团扇上，可画乘鸾。 山果配蔬盘。菰翠梅酸。隔窗灯影夜阑干。闲煞半窗青绮被，各自宵寒。’盖袭用竹垞‘小簟轻衾各自寒’句意也。后竟以双桨载还，夫人无如何也。”这首《浪淘沙》的上片意同“后赴白门，遇姬，尚未嫁”，下片写二人相遇后，

---

① 吴世昌：《词林新话》，吴令华辑注，北京：北京出版社，2000年，第328页。

各处一室,“闲煞”句可见词人对纳姬的期待。无独有偶,嘉道时期的词人金望欣也写过一首《桂殿秋》:“风片紧,雨丝稠。芭蕉声里酿残秋。怜伊自在天涯宿,一样孤衾两样愁。”(《清惠堂词》)和前面的几首写相思的作品一样,仍然写分隔两地而心意相通的思念,不过,既然也用了《桂殿秋》这个词调,则我们能断言它一定也受到了朱彝尊同调名作的启发。

回到朱彝尊的《桂殿秋》,只有他把笔触全部用于对往事的复现。我们无法证实(或证伪)词中情事关乎朱氏的妻妹,我们能确认的是,时隔多年,词人仍然对那情那景念兹在兹,当日的越山、秋雨,当日的佳人与“目成”,哪怕是当日的温馨或孤冷,都深深地印刻在作者心间。这一对有情人感同身受,却又无可奈何。况周颐论词心有“万不得已”(《蕙风词话》卷一)之语,顾随则说“在中国诗史上,所有人的作品可以四字括之——无可奈何”(《驼庵诗话·分论之部》),其是之谓乎!

时间仿佛永远停在了那一刻,在词人的沉吟中,它化为彼此生命中的永恒。前文既然已经引用过几句新诗,那在本文的末尾,我还是想再引一次,但愿这才是对词人那段无果恋情的最好的纪念方式:

> 我是天空里的一片云/偶尔投影在你的波心/你不必讶异/更无须欢喜/在转瞬间消灭了踪影//你我相逢在黑夜的海上/你有你的,我有我的,方向/你记得也好/最好你忘掉/在这交会时互放的光亮 (徐志摩《偶然》)

(作者单位:西南大学文学院)

爱情并不是最主要的

——周作人散文《初恋》解读

黄　键

阅读一篇作品，把握作品的主题无疑是一个非常重要的事情，而这件事在许多情况下似乎并不困难——尤其是当作者给出了或显或隐的提示的时候。周作人的散文《初恋》似乎就是如此，从《初恋》题目所提示的看来，顾名思义，这篇文章的主题显然应该是爱情。但是，事实果真如此吗？

一

文章一上来就介绍“我”和“她”的年纪：“那时我十四岁，她大约是十三岁罢。”看来这很符合我们从题目得到的预期。这样年轻的两个少年男女，正是发生“初恋”的时候。下文继续讲述两人当时的基本状况：“我跟着祖父的妾宋姨太太寄寓在杭州的花牌楼，间壁住着一家姚姓，她便是那家的女儿。”这看上去也很平常，也非常符合我们的预期，邻家的女孩，这个空间关系也很适合发生“初恋”。但是，仔细品味一下这里的叙述，是否有些奇怪的地方？我们看到作者说自己当时“跟着祖父的妾宋姨太太寄寓在杭州的花牌楼”，这显然是一个很不正常的生活状态，首先是寄住在异乡，其次是跟着所谓“祖父的妾宋姨太太"住在一起,这里用的是一个很生分的称谓,也就是说一个十四岁的小孩,跟一个很生分的家庭成员一起住在异乡,尤其是考虑到作者的母亲显然健在——后文说因母亲生病,周作人回家——这显然是一个很奇怪的生活状态。尤其奇怪的是,既然讲到这样一个不正常的生活状态,按照正常的写法,应该要解释一下造成这种状况的原因,可是,在这里并没有解释,而是就此滑了过去,去介绍"她"那边的情况,为什么会这样?

当然,按理说,要解答这个问题,必须是在对文章的整体有所理解之后才有可能。我们继续看下去。下面写到对方家长和"我"的家长——宋姨太太有矛盾,但是,"三姑娘并不管这些事,仍旧推进门来游嬉"。这又是一个有些奇怪的事情。本来两家的家长关系不好,往往会导致两家的小孩也会彼此隔绝,但是这个杨三姑娘似乎不受这个影响,那么,是她不懂得这些情况吗?文章继续写这个女孩子进来之后的行为:"她大抵先到楼上去,同宋姨太太搭讪一回,随后走下楼来,站在我同仆人阮升公用的一张板桌旁边,抱着名叫'三花'的一只大猫,看我映写陆润庠的木刻的字帖。"在这段话中,有几个比较关键的词,一个是"大抵",这表示一般情况,也就是说三姑娘一般都要先到楼上,同这个家的家长——宋姨太太搭讪一会儿,另一个比较关键的词自然就是这个"搭讪",所谓"搭讪",就是没话找话讲,目的显然是为了把关系弄得热络一些。完成了这个程序,三姑娘才下楼去找"我"。从这些迹象看来,这个女孩很可能对于两家关系不好的状况是心知肚明的,所以她的行为显得很有计划性和目的性,并不是一个懵懵懂懂的女孩子,无所用心地跑进来玩的。

但是这个女孩似乎很刻意地推门进来,是为了什么目的呢?根据周作人的叙述,她就是来看"我"练字,难道她热爱书法?应该不是。那么能不能就认为她对"我"怀着一种特殊的情感呢,或者干脆就认为她是出于对"我"的爱恋呢?我们还不能这样说,因为文章中没有写,就"我"的角度而言,也不知道对方心里是怎么一回事。这只能朦朦胧胧、似有似无地去猜测,却无法落实。这种若有若无的朦胧模糊似乎也正符合这一阶段少年男女的情感的特征。

对方心里的状况你不知道,自己这边是什么情况总应该比较清楚吧。我们看看周作人对自己的状况的描述:“我不曾和她谈过一句话,也不曾仔细的看过她的面貌与姿态。”没有交流过,甚至没有太多的哪怕是肤浅的对外表的了解,怎么可能产生爱恋之情——或者所谓的爱情呢?从正常的恋情关系的角度来说,这种状况很奇怪。作者给出了一个解释:“大约我在那时已经很是近视。”这似乎是一个非常客观的原因,当然,因此同时也是一个很令人丧气的无趣的原因。但是,接下去周作人立即又给出了一个非常动人而且符合题目给我们的预期的原因:“但是还有一层缘故,虽然非意识的对于她很是感到亲近,一面却似乎为她的光辉所掩,开不起眼来去端详她了。”对方居然有一种“光辉”,会压制得“我”无法开眼去端详她,这几乎是一种浪漫主义的书写方式,我们想想浪漫主义诗歌中表现爱情、描写爱人的诗句,往往把爱人比喻成会发光的月亮或者太阳,就可以明白这里叙述中所包含的情感的强烈程度。如果周作人照这个路子写下去,他可能会写成一种类似徐志摩式的浪漫主义风格的作品,但是周作人并不是徐志摩,他接下来写道:“在此刻回想起来,仿佛是一个尖面庞,乌眼睛,瘦小身材,而且有尖小的脚的少女,并没有什么殊胜的地方。”有“此刻”就有“那时”,这两者之间存在着一个漫长的时间距离,“回想”,就是理性的反思,隔着漫长的时间距离,无论什么样的激情都会在这种理性反思的冰水中遭到冷处理。在这种反思中,这个女孩就“没有什么殊胜的地方”了。那少年周作人为什么又对这个女孩产生了一种恋慕之情呢?作者给出的理由是“第一个”,但是在这里用了一种很特殊的方式来对这个“第一个”进行界定——“但在我的性的生活里总是第一个人,使我于自己以外感到对于别人的爱着,引起我没有明了的性的概念的,对于异性的恋慕的第一个人了。”这句话很拗口,在整篇文章中其实很扎眼,前面和后面都没有这样的欧化的复句。这很像写论文所用的句式。是一种缜密的严谨的思维与判断。可以说,在这如同做学术研究的严密的逻辑思维中,前面仅有的一点浪漫主义的“光辉”已经被削减得几乎要荡然无存了。

但是这些都是多年以后的反思,在当时,小小少年的心中仍然是怀着一种爱恋的,周作人继续描写这种爱恋在他的身上所引起的反应,这个反应就是每逢女孩抱着猫来看他写字,他“便不自觉的振作起来,用了平常所无的努力去映写,感着一种无所希求迷蒙的喜乐”。这里写了一个自己的动作“用了平常所无的努力去映写”,写字本来就不是一个大幅度的动作,中国人的毛笔又是软的,这里又是在描红,有严格的规范限制,再努力,又能显示出什么东西来呢? 所以说,这个动作很小,很内敛,几乎可以说没有外部的动作,而主要是内部的、心理上的动作。而实际上这种情绪也确实只是一种朦胧的、尚不明确的、不自觉的无意识的情感,对此,周作人这样界定说:“自己的情绪大约只是淡淡的一种恋慕,始终没有想到男女夫妇的问题。”对于十几岁少年的这种情窦初开时的这种情感萌芽,这种叙述的分寸可以说是拿捏得非常准确的了。

二

紧接着出现了文章的一个高潮。宋姨太太咒骂杨三姑娘将来要流落去做婊子的时候,少年周作人出现了一个反应,就是在心里想:“她如果真是流落做了婊子,我必定去救她出来。”这是一个比较强烈的心理动作,比前面的努力映写当然要强烈得多,但仍然是一个内部的心理动作。但这个心理动作已经清楚地体现出了少年周作人的一种男性的豪侠气概。可以说,他身上出现了一种阳刚的、勇敢的、敢于承诺的男性的气质,这显然是他对杨三姑娘的情感在他的心灵中催生出来的一种突变。

但是随后文章出现了一个突转,大半年之后,周作人因母亲生病回家，一个月后，仆人带来杨三姑娘患病死去的消息，文章最后写了“我”对这个消息的反应：虽然觉得很是不快，“但同时却又似乎很是安静，仿佛心里有一块大石头已经放下了”。文章到此戛然而止。

周作人的反应无疑是令人费解的。当听到爱恋对象死亡的消息时，他居然觉得“心里有一块大石头已经放下了”。怎么会这样呢？这种反应的心理逻辑是什么？显然，“心里有一块大石头”意味着一种心理的负担，现在这块大石头放下了，必定就有放上去的时候，是什么时候、因为什么原因放上去的？对于这块费解的“石头”，有许多解释，一般而言，这些解释都与爱情有关。例如，有人认为：

> 三姑娘死，“我”却安静，大石头放下。——和前面的执著投入痴迷相矛盾，其实骨子里更热：一是分别，无法联系，七上八下，忐忑不安，疑疑惑惑，不知如何是好。像一块大石头压在心上。须知，他们并没有山盟海誓，也没有外在压力，完全是自己把一个精神十字架背在肩上，是精神的自觉，也就是说，他完全忠诚地守卫着自己这一点恋情，尽管是单相思。①

这样的描述与解说可以说是体现了一种比较典型的理解模式，它显然将少年周作人对三姑娘的情感描述成了一种成熟的成年男女的爱情。但是，这种解释很牵强，且不论少年周作人对于三姑娘的爱恋是否达到了这样强烈与自觉的程度，也不论少年周作人的心智发展水平是否达到了如此成熟的高度，即便这一解说可以成立，它也只能解释“大石头”是怎么放上去，却不能解释这块“大石头”放下来的逻辑。稍微有一点人生经验，对于人的情感逻辑有一点了解的人都知道，无论是双方相爱相知的恋情也好，或是单相思也好，当对方死去时，带来

① 《周作人〈初恋〉赏析》，引自孤雪残荷的博客。

的决不会是轻松与安静，而应该是悲伤与痛苦。“天长地久有时尽，此恨绵绵无绝期”就是中国人都熟悉的对这种情感状态的最经典的表述。

而对于这块“石头”的“放下”，有不少人是这样理解的：认为周作人是怕三姑娘真的最终堕落，而他负有搭救的责任，因而现在她死了，就不存在这种危险了，因而一块大石头落了地①；还有人认为是因为封建礼教的婚姻制度使得周作人虽然爱三姑娘，却怕有情人不能终成眷属，因而心里有压力，现在对方死了就不用再为这个问题忧虑了。②

所有这些解释显然都很成问题，可以想见，对于一个十四岁的孩子来说，一种无来由的咒骂与一种现实的危险应该还是分得清的，而且他并不很知道做婊子是怎么回事，断不至于因为担心三姑娘将来流落做婊子这些虚幻而抽象的东西背上沉重的精神负担，成天为一种无根由的危险而担心。至于说因为担心自己承诺了将来要救三姑娘出来，怕无法实现这种承诺而忧虑，这种解释也犯了相同的错误——以虚幻的假设为真实。

三

所有这些解释，都犯了一个共同的毛病，就是因为题目是“初恋”，就认为这篇文章是写爱情的，因而把少年周作人对三姑娘的这种感情理解为真正意义上的爱情。但实际上，对于这么小的孩子来说，这种感情还很难说得上是真正意义上的爱情——当然，也不能说它跟爱情一点关系都没有。实际上，这只是一个孩子在情窦初开的年纪上，正

---

① 关峰：《怀念的清纯——周作人〈初恋〉赏析》，《名作欣赏》2008年第7期，就持这种观点。

② 张放：《希声窈渺 素以为绚——赏析周作人〈初恋〉兼议〈娱园〉》，《名作欣赏》，1985第2期，王廷：《为周作人在〈初恋〉中的“我”剖析少年情怀》，《徐州工程学院学报》，2006年第4期，都表达了类似观点。

好遇上了这样一个异性，因而把对异性的爱慕的心理寄托与投射在这个对象身上了，而正是这种情感心理的发育与萌生，促使他产生了这样一种成年人的心理与人格的萌芽，他不由自主地愿意为另一个人担当与奉献，少年周作人的那个想法，即如果三姑娘流落做婊子，他必定救他出来，正是这种心理的一种表现。实际上，这只是一种意愿，表现的是一种心理状态，并不是真正的承诺，连对自己的承诺都算不上，因为这个事情只是假设而已，说得更明确一些，这只是宋姨太太出于愤恨心理的一种无根由的咒骂，说周作人会因为这个所谓的承诺而背负沉重的精神负担，岂不是痴人说梦吗？

但是怎么又会出现这块“大石头”呢？我们说周作人因为三姑娘的缘故而产生了一种成年男性的心理，这其中最主要的就是一种责任感，一种要为别人承当点什么的心理，必须注意的是，这只是一种心理，一种责任“感”，因为这个时候，这里面并没有实际的内容，甚至也很难说他对于三姑娘就有真正意义上的爱情与责任感，只是这种成年人的意识与感觉投射到了身边的这个姑娘身上而已。但是，这种刚刚萌芽产生的心理感觉又超出了他的负荷能力，因为作为孩子，从来都是别人照顾他，保护他，为他负责任，尤其是作为家中老二的周作人，照顾他与保护他的不仅有长辈，还有兄长——我们从周氏兄弟的传记中可以知道，鲁迅甚至在周作人成年以后还承担着照顾与保护他的责任——因此，这种责任感使他稚嫩的心灵感到了沉重的压力，有些力不能支。正是因此，当知道三姑娘死去的时候，这种责任感所投射的对象消失了，连带责任感也似乎消失了，两相对比，自然感到如同心里一块大石头放下了一样的轻松了。

至此，我们终于明白，这篇文章的主题不是爱情，而是成长，至少，这其中最重要的不是爱情，是成长。文中的少年周作人，正站在成人的门槛上，三姑娘促成了他心理意义上的成人礼，只是这个成人礼还未完成，十四岁的周作人正是身处这个将完未完的成人礼上，在孩子与成人的临界线上——对于这个从孩子到成人的门槛，这个临界线，大多数都浑浑噩噩地没有意识,或者忘记了,但是因为三姑娘的死,使得周作人对这条临界线有了意识与记忆,并在多年之后将自己站在这个临界线上的微妙的心理感受写了出来,让我们了解了人性的丰富复杂与微妙。

周作人在文末说"心里有一块大石头已经放下了",似乎已经从这样的情感与心理的负担下解脱出来了,这显然是个悖论,因为如果真已经放下了,何来这篇文章?事实上,这篇文章作于1922年,作者时年三十八岁,早已成家立业,但是二十四年的人生风雨与情感沧桑并未洗去这点少年的记忆,甚而发而为文,足见这点记忆之深刻,不仅如此,同年周作人又作了一首题为《高楼》的新诗记述这段经历:"那高楼上的半年,/她给我的多少烦恼,/只如无心的春风,/吹过一棵青青的小草,/她飘然的过去了,/却吹开了我的花朵,/我不怨她的无情,/长怀抱着她那神秘的痴笑。"诗歌文体的表达与散文不同,诗中这点少年恋情似乎并不像散文中的那样淡,甚至承认她给我"多少烦恼",对于"飘然的过去了","却吹开了我的花朵"的女孩,周作人显然难以忘怀。不仅如此,1928年,周作人四十四岁,在一篇文章中又一次回忆了这段感情:"可惜我与杭州没有很深的情分,十四五岁曾经住过两个年头,虽然因了幼稚的心的感动,提起塔儿头与清波门都还感到一种亲近,本来很是嫌憎的杭州话也并不觉得怎么讨厌,……我每想到杭州,常不免感到些忧郁,……我所不愿多想的杭州的我所不知道的事情,却很愿意听,有如听人家说失却的情人的行踪及近状,能够得到一种寂寞的悦乐。"(《永日集·〈燕知草〉跋》)一种感情能够让一个地方与一种方言感到亲近,甚至通过听听这个地方的事情也能得到一种"寂寞的悦乐",这种感情与怀恋还能说淡吗?

1946年,周作人六十二岁,因为在抗日战争期间参加日伪政权,做了汉奸,被国民政府关押在南京老虎桥监狱,在狱中他写了《老虎桥杂诗》,其中三首诗回忆杭州花牌楼的生活,叙说了当年的情景。原来,周作人少年时,他的祖父因科场舞弊案以"斩监候"的罪名被关押在杭州的监狱，作者往杭州陪侍祖父，住在花牌楼。生活环境恶劣，整日为臭虫所苦，加之以饥饿，而宋姨太太对这个孙儿辈显然又并不经心照顾，以致周作人常需偷自家冷饭果腹。祖父又有被处死刑的可能，就在这样一种阴惨的背景下，身心不宁中，发生了两个少年男女之间的微妙的情愫。显然，周作人如此深刻的记忆，深深怀恋的是自己的成人礼，是自己在这样的困苦生活中的成长，而杨三姑娘就是因为促成了他的成人礼，成了他孤寂中情感的投射与寄托的对象，也成了他心灵成长的记忆，这才一直为他所铭记。

颇有意味的是，所有这些背景在这篇散文中都没有记述，虽然在开头写了一句自己那时不太正常的生活状态，但并不做丝毫的解释与说明，这其实并不符合叙事的常规，如果换了别的作者很可能会对此大书特书的，这可以说恰恰构成了周作人散文一直为人所称道的一大特点——平淡的风格。所谓平淡，并不是说生活果真平淡如水，没有什么能令人情感激动的事情。周作人所记述的这段生活，本来是阴惨、焦虑与痛苦的，对于一个十四岁的少年来说，这段生活算是颇为艰难，就是在这种艰难的日子里，少年周作人对于身边出现的这个三姑娘产生了一种恋慕之情，也正是在这个过程中，这个少年来到了成年的门槛前，经历了未完成的成人礼。但是，周作人并没有着意去写这些东西，他虽然稍微透露了一点迹象，但既不加以渲染，也不加以解释，似乎不经意地忽略掉了这其中的反常，而在他与三姑娘的关系中，他似乎也并不像许多同类题材的作品那样去着意渲染，虽然写了三姑娘的有些奇怪的行为方式——如每次都要上楼与宋姨太太搭讪一回，这些行为虽然颇为引人遐想，但仅限于外部行为描写，对于三姑娘的内心实际状况却始终无法落实。而写到自己这边的情感，则更显出了一种可以说是有意的克制。虽然也写了对方有一种“光辉”，但是很快就以理性的反思加以冷却，反思的结果是，对方“并没有什么殊胜的地方”，凡此种种，都显示出周作人在努力削弱这种情感的锋芒，但又并不是将它完全消灭，而是留下一点点，而这一点点则能让读者心中若有所感。因此,所谓平淡,并不是果真没有什么令人动情的东西,而是一种有节制的叙述——尽管心中有一个大海,流出来的却只是一滴眼泪。周作人正是通过这种节制甚而克制的叙述,达到了言简而意深,文短而情长的效果。

(作者单位:福建师范大学文学院)

舒婷《祖国啊,我亲爱的祖国》中的称谓与隐喻

徐可超

读了舒婷的《祖国啊,我亲爱的祖国》(以下简称《祖国》),我们在受到强烈感染和震撼的同时,或许也会心存疑问,而这种疑问主要是由于其中称谓上的一种"混乱"引发的。从第一节来看,抒情者"我"是"老水车""矿灯""稻穗""路基""驳船"。"驳船"一句句尾和前三句一样用的是分号,按照正规用法这里似乎不该用分号,但用分号可以表明"驳船"之后,还并列着以上诸物之外的其他物。这种拟物的修辞方法是我们常见的,也是容易理解的,而较难理解的是"你"。按照标题和节末那一声"祖国啊",这个"你"是指祖国,而按照节中诗句,这个"你"却应该是指"老水车"等物的主人,即一个个艰辛劳作的人。为什么"我"的抒情对象"你"会同时是"祖国"和"人"呢?要明白这个问题,就需要先对现代诗歌语言的特点有所了解。"朦胧诗"从1970年代诞生之始,就一直被普遍认为晦涩难懂,这也与人们不熟悉现代诗歌语言的特点有很大关系。

现代诗歌在词句搭配方面具有一个重要特点,就是往往突破词句、意象之间的习惯性关联,把一些似乎毫无关联甚至完全对立的词句、意象并置在一起,以致英美新批评派文论的开拓者之一I. A. 瑞恰兹宣称:"当我们用突然的、惊人的方式把两个完全不同的东西放在一

起时……最重要的东西是意识努力把这两者结合起来，正因为缺乏清晰陈述的中间环节，我们解读时就必须放进关系，这就是诗的力量之主要来源。”①确实，我们刚读《祖国》的第一节，就会感受到一种特殊而强大的感染和震撼力，这种感染和震撼力在很大程度上来自于诗人采取了一种拟物的手法，把“祖国”和“人”非同寻常地结合到了“你”这一个称谓当中，从而敲醒我们某种原先处于沉睡状态的感觉。

这种“把两个完全不同的东西放在一起”的表现手法，后来又被新批评派的代表人物之一克林斯·布鲁克斯称为“悖论语言”，并且推举到诗歌语言至高无上的本质地位：“诗的语言是悖论语言。……可以说，悖论正合诗歌的用途，并且是诗不可避免的语言。科学家的真理要求语言清除悖论的一切痕迹；很明显，诗人要表达的真理只能用悖论语言。……悖论出自诗人语言的本质。……科学的趋势必须是使其用语稳定，把它冻结在严格的外延之中，诗人的趋势恰好相反，是破坏性的，他用的词不断在相互修饰，从而相互破坏彼此的词典意义。”②布鲁克斯此论或许有些夸大，然而这种悖论语言确实在《祖国》中发挥着巨大的魔力。这种魔力起于作为抒情者的“我”是不稳定的，没有冻结在严格的外延之中。在第一节，“我”是“老水车”等各种具体的劳作工具及收获，到了第二节，“我”又突然变化而为“贫穷”“悲哀”这种较为抽象的普遍的处境与情感。这种变化看似突然，其实又有一个渐进的过程，也就是说，“贫穷”“悲哀”是由上一节“破旧的”“疲惫的”“熏黑的”“干瘪的”“失修的”“淤滩上的”等一系列形容词凝聚而成。随着“我”的这一变化，抒情的对象“你”的外延也发生了变化，由具体的、个别的人一变而成拥有相同处境与情感的一个群体。“悲哀”之后用了句号，不再像上一节及下面诗节那样一直用分号，这是因为句号之前的

① 转引自赵毅衡：《新批评——一种独特的形式主义文论》，北京：中国社会科学出版社，1986年，第144页。

② ［美］克林斯·布鲁克斯：《悖论语言》，赵毅衡译，赵毅衡编选：《“新批评”文集》，北京：中国社会科学出版社，1988年，第314—319页。

“我”属于一类情调，句号是对这种苍凉、沉郁的情调的总结。而在句号之后“我”又明显地发生了变化，一变而成“希望”“花朵”，情调由苍凉、沉郁转向鲜亮、健朗。然而，这里的“希望”仍然用“痛苦”而“花朵”仍然用“未落到地面”来修饰，鲜亮、健朗中带着苍凉、沉郁，与上文的情调相衔接。随着“我”的这一变化，“你”的外延又溯流而上，与“祖祖辈辈”“千百年”连接起来，而“祖祖辈辈”“千百年”又和第一节“数百年来纺着疲惫的歌”句中的“数百年”和“照你在历史的隧洞里蜗行摸索”句中的“历史”相呼应。在第三节，“我”由“希望”变化为“理想”，由“未落到地面的花朵”变化为“雪被下古莲的胚芽”，由“悲哀”变化为“笑涡”，进而变化为“起跑线”“黎明”，情调由鲜亮、健朗提升至昂奋、激越。随着“我”的这一变化，“你”从久远的历史回到了当时历经磨难后重新起步的祖国。

悖论语言属于一种“隐喻”，布鲁克斯说：“我们可以用这样一句话来总结现代诗歌的技巧：重新发现隐喻并且充分运用隐喻。诗人必须首先通过特殊性的窄门才能合法地进入普遍性。诗人并不是选定抽象的主题，然后用具体的细节去修饰它。相反，他必须建立细节，依靠细节，通过细节的具体化而获得他所能获得的一般意义。意义必须从特殊性产生，它必须不是武断地强加在特殊性上面的。这样，我们对待诗歌的时候必要把老一套的语言习惯颠倒过来。”[①]舒婷在《祖国》中重新发现并充分运用的诗歌技巧正是隐喻，这首诗不是从某种抽象的普遍的“祖国”的主题开始，然后用具体的细节去修饰它，而是从生活在这片国土上的一个个人的切身体验开始，通过对这些人的感情抒发，而一步步达到对一个重大的主题、意义的表现。正是因为以特殊性的切身体验为基础，才使得这首诗更具感染力和震撼力，也更合诗的本真。

---

① ［美］克林斯·布鲁克斯：《反讽——一种结构原则》，袁可嘉译，赵毅衡编选：《“新批评”文集》，北京：中国社会科学出版社，1988年，第334页。

勒内·韦勒克和奥斯汀·沃伦说："如果我们……考虑诗歌隐喻的目的性，那就必然牵涉一个更广大的范围，这就是想象性文学的整个功能问题。我们的'隐喻'整个概念中的四个基本因素似乎可能是类比、双重视野、揭示无法理解却可诉诸感官的意象、泛灵论的投射。"①想象性文学的整个功能在于直接诉诸人的感受，而祖国是一个极为伟大深广的对象，其丰厚的意义绝对超出每个人的直接感受力之外，更是超出一首必须遵守凝练性要求的抒情诗用屈指可数的一行行文字所能描述的范围，这就是文学特别是抒情诗在表现重大题材时需要面对的一个重大难题。当然，诗人可以采取"母亲""青松气质""红梅品格""长江""长城""黄山""黄河"等比喻、象征来增强祖国的形象感，换言之用具体的细节去修饰祖国，但这类比喻、象征和祖国相比无论如何都是片面的。比如说，祖国除了具有"母亲"的特征之外，还具有"父亲"的特征，以"母亲"来修饰祖国，必然失掉了祖国作为"父亲"的意义。因此通过这类片面的比喻、象征乃至它们的总和所获得的感受仍旧会是间接的，并且它们经过很长时期的反复使用即将耗尽了能量，而难以兴奋人们的神经，特别是内心最深处的神经。因此除非发现和运用一种新的语言、新的技巧、新的形式，就无法传达一个新时期的人对新时期的祖国的全新的感受，这时隐喻确乎是一种最佳的语言、技巧、形式。

我们无法在瞬间完整地体验到伟大深广的祖国，却可以在瞬间完整地体验一个人、一群人，因为我们和他们生活在一起，他们的艰辛与贫穷、悲哀与希望就是我们的艰辛与贫穷、悲哀与希望，对这些人的体验其实一直深埋在我们心底，正如深埋在诗人的心底。诗人把自己的一颗赤子之心投射到了伴随着这一个人、一群人生活的"老水车""矿灯""稻穗""路基""驳船""贫穷""悲哀""希望""理想"

---

① [美]勒内·韦勒克、奥斯汀·沃伦：《文学理论》，刘象愚等译，南京：江苏教育出版社，2005年，第226页。

之上，正如自己与这些人生活在一起，实际上是以自己的热诚和这些人的生活本身来讴歌他们。这种“泛灵论的投射”唤醒了我们心底的真切体验，与诗人发生强烈的共鸣。而每一个人可以说都是祖国的代表，身上凝结着祖国的全部历史和文化，祖国也是以每一个人为目的，因此对生活在同一片国土上的人的完整体验，足以和对祖国的完整体验形成一种“类比”。这一类比即便不能让我们在瞬间清楚理解祖国的含义，却把一个个祖国的“意象”真切地诉诸我们的感官，比任何比喻、象征都更完整、更具体，因此也最近似于我们对祖国的体验。

隐喻也解放了诗人的抒情角度，使之不断变化、更新，从而形成了从个体到集体、从历史到未来、从自我到人民等多种“双重视野”，其中最值得注意的是国本位与人本位两种立场的交错。以往对祖国的讴歌大多采取单一视野，即一种仰视的角度，颂扬祖国养育其子民的恩德。这种单一视野不可避免地忽视了一个事实，即人民以及其中的一个个个体是祖国的主体与生命，他们缔造了祖国，构成了祖国，并用辛勤的劳动推动着祖国，养育着祖国。这些人让祖国获得了生命，离开了对这些人的讴歌，或者只是从一个被动地接受着祖国的养育之恩的人的角度讴歌祖国，其实还没有讴歌一个具有真实生命的祖国，而祖国仅是一个高高在上的“理念”。隐喻的双重视野让诗人既站在国的立场也站在人的立场，因此“我是你十亿分之一”，同时“是你九百六十万平方的总和”。这个“我”，既“把纤绳深深／勒进你的肩膊”，也“照你在历史的隧洞里蜗行摸索”；既歌颂“你以伤痕累累的乳房／喂养了／迷惘的我、深思的我、沸腾的我”，也宣示“那就从我的血肉之躯上／去取得／你的富饶、你的荣光、你的自由”。两种立场的差别与融合，一似双色立体镜，让我们看到的不是平面的、片面的祖国，而是立体的、整体的祖国，并感受到这样的祖国当中正在孕育着的一种新生的旺盛的主体精神力量。所以说诗人把“祖国”和“人”并在“你”这一个称谓当中，“表面上自相矛盾，而实质上却包含着真知灼见的陈述”。①

隐喻的双重视野也使得《祖国》所表达的情感既具有强烈的个性色彩，又具有一种“非个性化”的倾向。“非个性化”是英国诗人T. S. 艾略特在19世纪后期提出的诗学观点，后来成为现代诗歌成功的一种标志。艾略特说：“诗人之所以能引人注意，能令人感到兴趣，并不是为了他个人的情感，为了他生活中特殊事件所激发的感情。……诗是许多经验的集中，集中后所发生的新的东西……诗不是放纵感情，而是逃避感情，不是表现个性，而是逃避个性。自然，只有有个性和感情的人才会知道要逃避这种东西是什么意义。”②这种非个性化不是缺失或舍弃了个性，而是在高度个性化之上建立起的一种普遍化，正如艾略特后来又更清楚地表述的那样：“有两种非个性化：其中一种只要是熟练的匠人就会具有，另一种则只有不断成熟的艺术家才能逐步取得。……后者是这样一些诗人的非个性化：他们能用强烈的个人经验，表达一种普遍的真理；并保持其经验的独特性，目的是使之成为一种普遍的象征。”③舒婷的《祖国》之所以与以往歌咏祖国的诗歌有所不同，首先在于其中的抒情者与以往的抒情者有所不同。这是一个“迷惘的我、深思的我、沸腾的我”，明显带有诗人自身的个性特征，但这种特征也是当时一代知识青年的总体特征。例如，老鬼《血色黄昏》中的一位善于思考的知识青年徐佐说：“祖国是什么？她和民族、山河、领袖等等，并不完全等同。在这许多概念中，她的主体只有一个——那就是人民。人民并非一个抽象的集合名词，而是千千万万活生生的个体。”④这段话表达的思想与《祖国》表达的思想是完全一样的，只不过

① [英]罗吉·福勒：《现代西方文学批评术语词典》，袁德成译，成都：四川人民出版社，1987年，第191页。

② [英]T. S. 艾略特：《传统与个人才能》，卞之琳译，赵毅衡编选：《“新批评”文集》，北京：中国社会科学出版社，1988年，第31—32页。

③ [英]T. S. 艾略特：《叶芝》，王恩衷编译：《艾略特诗学文集》，北京：国际文化出版公司，1989年，第167页。

④ 老鬼：《血色黄昏》，北京：工人出版社，1987年，第583页。

它是用明晰的散文语言表达的,而《祖国》是用富于激情的诗的语言表达的。诗人与小说家老鬼及其笔下的人物同属于这一代知识青年,因此诗人作为这一代人中的一员,她的放歌其实唱出的是这一代人的心声。

岂止是这一代人,她也为中国人的“老水车”“矿灯”“稻穗”“路基”“驳船”“贫穷”“悲哀”“希望”“理想”“胚芽”“笑涡”“起跑线”“黎明”放歌,也唱出个中国人的心声。正如美国符号学家苏珊·朗格所说:“艺术家表现的决不是他自己的真实情感,而是他认识到的人类情感。一旦艺术家掌握了操纵符号的本领,他所掌握的知识就大大超出了他全部个人经验的总和。艺术品表现的是关于生命、情感和内在现实的概念,它既不是一种自我吐露,又不是一种凝固的‘个性’,而是一种较为发达的隐喻或一种非推理性的符号,它表现的是语言无法表达的东西——意识本身的逻辑。”①所以说舒婷的这首诗能打动人,与其在于它强烈的个性色彩,毋宁在于它的非个性化的倾向。而这种非个性化倾向的形成,则得力于诗人掌握了操纵“隐喻”这种艺术符号的本领。

以上我们借助西方关于“悖论语言”“隐喻”等的现代诗歌理论来分析舒婷的一首诗歌,这不等于说这首诗歌的产生是受到西方现代诗歌及其理论的影响。因为在当时的条件下,诗人很难接触到西方现代诗歌,更难接触到关于这类诗歌的理论。应该说诗人采用“悖论语言”“隐喻”来抒发情感,一方面是她的天才使然,一方面是她的时代使然,正如西方现代诗人采取“悖论语言”“隐喻”来抒发情感,也一方面是诗人的天才使然,一方面是诗人的时代使然。其实,“隐喻”作为一种最基本的语言模式之一天然地存在于人的语言活动当中。按照结构主义语言学创始人索绪尔的观点,人的语言活动是在两个坐标轴上进行的:一是纵向的联想关系,语言符号按照相似性(similarity)原则并置、聚合在一起;二是横向的连锁关系,即语言符号按照毗连性(contigui-

---

① [美]苏珊·朗格:《艺术问题》,滕守尧、朱疆源译,北京:中国社会科学出版社,1983年,第25页。

ty)原则呈线性排列,表现为时空的、逻辑的前后相邻和限制。之后语言学家、文学理论家罗曼·雅克布森认为:“由于这两种关系分别在隐喻和换喻当中得到最集中的体现,看来最好用‘隐喻过程’这一术语来称谓前一种前形,而用‘换喻过程’来说明后一种前形。……在正常的言语行为中,这两个过程是始终在发挥效用的;当然,若仔细观察便会发现,在不同的文化模式、个性和语言风格的影响下,往往是其中一方——不是隐喻过程便是换喻过程——取得对另一方的优势。……在诗歌当中,有不同的原因对这两种比喻手法(tropes)的取舍。人们已经多次指出过隐喻手法在浪漫主义和象征主义流派当中所占据的优势地位,然而却尚未充分认识到:正是换喻手法支配了并实际上决定着所谓‘现实主义’的文学潮流。……现实主义作家循着毗连性关系的路线,从情节到气质以及从人物到时空背景都采用换喻式的离题话。……在诗歌当中支配一切的原则是相似性原则……散文则相反,它主要在毗连性关系上做文章。结果使隐喻之对于诗歌,换喻之对于散文分别构成阻力最小的路线。”①舒婷把“祖国”和“人”相类比,从原则上说是相似性的或称隐喻的。尽管隐喻之对于诗歌构成阻力最小的路线,但是由于中国长期以来“现实主义”的文学观念占据着绝对统治地位,这样在诗歌中换喻手法便取代了隐喻手法而居于要津,比如把祖国比作“母亲”就是典型的换喻手法,隐喻手法则因受到抑制不但没有发展反而销声匿迹了。虽然销声匿迹,可它作为人的“元语言”和诗的支配性原则绝不会死亡,必然要蕤醒,而它的蕤醒与复归也需要等待一个天才和一个时代。因此在很多“朦胧诗”特别是舒婷这首《祖国》中突然之间娴熟得令人惊异的隐喻手法,貌似为空降到中国诗坛的,而其实是诗歌不可避免的本性在新时期“思想解放”的空气中,借着天才的心与笔的蕤醒与复归。

---

① [美]罗曼·雅克布逊:《隐喻和换喻的两极》,张祖健译,武蠡甫、胡经之主编:《西方文艺理论名著选编》(下卷),北京:北京大学出版社,1987年,第429—435页。

在《祖国》中，隐喻手法之所以能达到极佳的抒情效果，也得益于其韵律的精心组织。韵律被当代有些诗人当作过时的东西而弃如敝履，其实作为一种表现力和感染力，韵律在诗歌中十分重要，正如乔纳森·卡勒所说："通过韵律的组织和声音的重复达到突出语言，并使语言富有新奇感是诗歌的基础。"①《祖国啊，我亲爱的祖国》的这个基础非同凡响，这首先表现在它极富创造性地采用了"e/o""n/ng""ɑ"和"i"四种韵脚，它们交错穿插又有主次、强弱之分。其中"e/o"是重复率最大的而且在每节结尾处这一关键位置重复出现的主韵脚；"n/ng"出现11次，重复率较低于主韵脚；"ɑ"出现6次，"i"出现4次，属于最弱的韵脚。这两个最弱的韵脚一个响亮，一个细微，有对比，有反差，形成一种张力，因此虽弱尤强。四种韵脚犹如绘画中的重重渲染，更似音乐中的多个声部，把诗的情调与主题烘托得非常壮丽。全诗唯有倒数的三行的"由"一字不在四种韵脚上，而这个"由"字又仿佛交响乐结束之前的短暂停顿，让随后"祖国啊，/我亲爱的祖国"一句成为一声钟鼓齐鸣的爆发。其次，诗的节奏非整齐匀称，而是以情驭声，极具变化之能事。音步有二字的和三字的，也有一字的和四字的，音步的不同组合形成了或徐或疾、或滞重或激昂的效果；诗句与诗行也时长时短，时并联时分断，参差错落，跌宕多姿，这种非整齐匀称的节奏要比整齐匀称的节奏更适于表现一种复杂而深沉的情感。另外，每节"祖国啊"的迭唱不仅增强了咏叹，也对诗中颇为复杂的韵脚与节奏的变化起到了收束作用，使之杂而不越。《祖国啊，我亲爱的祖国》精美的音乐性可谓先声夺人，在我们领会语义之前早已触发调动起我们的那份情感。

无论从各个方面还是整体效果来看，《祖国》都是一篇不可多得的天才佳作，但似乎一些现当代文学史对之评价偏低，如洪子诚《中国当代文学史》认为："她（指舒婷）的诗'复活'了中国新诗中表达个人内心

---

① [美]乔纳森·卡勒：《当代学术入门　文学理论》，李平译，沈阳：辽宁教育出版社，牛津大学出版社，1998年，第83页。

情感的那一线索……这一写作'路线',使她的诗从整体上表现了对个性价值的尊重。她也会希望承担重大主题,表达某种社会性问题的'哲理',但这样的诗(如《土地情诗》《这也是一切》《祖国啊,我亲爱的祖国》等)总是较为逊色。"①就《祖国》来说,这里的"逊色"可能有两种含义:一是其与舒婷的其他诗作相比,二是其与其他诗人同类题材的诗作相比。然而其与舒婷的其他诗作如脍炙人口的《致橡树》相比不仅毫不逊色,反而在形式与内涵两个方面都超越了这类诗作。《致橡树》成功地运用了比喻、象征的手法,《祖国》则完美地运用了其中更合于诗的本质的隐喻手法。《致橡树》更多地表达的是一种极具个性化的个人情感,与之相比《祖国》表现的情感同样极具个性化,但同时它也是一种"非个性化"的一代人的情感,而且这种情感中又蕴含着深刻的诗性真理。由于这种艺术高度,虽然还不能说《祖国》超越了其他同类题材的诗歌,但可以肯定地说,古今中外同类题材的诗歌同样不能超越《祖国》。

(作者单位:辽宁大学文学院)

① 洪子诚:《中国当代文学史》,北京:北京大学出版社,1999年,第297—298页。

“不得不解脱而不得解脱”

——论周梦蝶诗歌之“我”

曾颖　李章斌

一、“自我”与“解脱”

叶芝曾对诗歌有此定义：“我们在与他人的争辩中创造修辞，却在与自己的争辩之中创造诗。”①诗歌撕裂般的精神争辩以直面之态度对待着人在生命中需面对的诸多疑难。他亦执着于诗人这不躲不闪的勇士身份：歌者在犹豫中歌唱，但却拥有孤独而庄重的人格，逐步寻求着人生的出路。而写作《还魂草》时的周梦蝶也正是如此。周梦蝶的名字就源于《庄子》，取“庄周梦蝶”之意，表达他对自由的向往。劳思光对这一典故作此解读：

> 庄子为说明此义，乃借梦蝶之喻显出“我”与“蝴蝶”及“庄周”皆无一定关系；自以为“蝶”之“我”，即自以为“周”之“我”；为蝶为周，乃形躯之异，“我”固仍是“我”也。而“蝶”与“周”固非“我”与“非我”之对立，由此推之，一切经验意义之“我”亦不能与外界中

---

① ［爱尔兰］叶芝：《为月亮的友善和沉默》，转引自［美］埃德蒙·威尔逊：《阿克瑟尔的城堡》，黄念欣译，南京：江苏教育出版社，2006年，第35页。

之“他人”对立。①

庄子于混沌中探索生命的本根问题,最后瓦解了世俗世界中最深刻固执的对自我根源的疑问。②他最重要的一笔即是将“我”抹去,剩下一个“吾丧我”后留下的“真我”,将其作为逍遥境界中“无待”之基础,这是他的境界。他显示出的无束与大智,显然是凡人不可及的。

于是虽崇尚于庄子之学说,周梦蝶的“自我”之执似又违背了庄子深意。周梦蝶在写作《孤独国》时便已明确提及“自我寻觅”:“生命——/所有的,都在寻觅自己/寻觅已失落,或掘发点醒更多的自己……”③自我的完整被当作他生命之意义。“追寻自我”不光是他生命的意义,也是(至少曾是)唯一意义。这种对生命的考量正来源于他对自我性情的深刻了解。周梦蝶在写给友人或自我彰显的信笺中自述道:

> 吾生本静,其扰也,吾自作之。④
>
> 生活的光与热,十九得之于自我摩擦。此外的一切寻求,对我而言,无非蜉蝣撼树的徒劳而已。⑤

一来此举满足他对静的需求,二来,环境与时代之残酷、身世之颠沛流离都让他有一种徒劳的无力感,作为一个无奈的智慧人,这种更靠近生活意味的“自我”成为他唯一可依仗并给予信任的支点。

他虽然因“自遁”的智慧而离于世俗所重,但仍有所追寻的事物与境界,毕竟称其为“扰”,这一定程度上违背了他的“好静”和“徒劳”

---

① 劳思光:《新编中国哲学史》(卷一),桂林:广西师范大学出版社,2005年,第196页。

② 颜世安:《庄子评传》,南京:南京大学出版社,1999年,第300页。

③ 周梦蝶:《孤独国·默契》语。

④ 周梦蝶:《风耳楼坠简》,曾进丰编,台北:印刻文学,2009年,第80页。

⑤ 同上,第50页。

观。笔者认为,一者生活不乏不可控因素,二者这种“扰”兴许也是他所甘愿与默许的。正如“藤生树死缠到死,藤死树生死也缠”一言所表明的,在追寻中始终面对“求不得”的苦,他认为那也是一种解脱之途径:

> “求不得”为人生八苦之一。其解脱之途,约有四端……二曰取:竹枝词所谓“藤生树死缠到死,藤死树生死也缠”是也……此四端者,因人禀气不同,而简别从违亦异……第二,举凡“我执”未忘之一切含识,率皆难于自外。
>
> C曰:“藤生树死二语,缠之甚也!何有于解脱?”余应之曰:“人之至悲,非关缚解;而端倪其中之有无主宰与定向。如:僧问洞山:‘劫火洞然,向何处回避?’曰:‘镬汤炉炭!’可证。故经云:‘愚人空境不空心,智者空心不空境。’”①

将“纠缠”视作解脱之法正是“自扰”一说的反映,亦是周梦蝶诗歌中自我书写的实质。为求得不必“空境”的“空心”,他抓住了“主宰与定向”的概念。因说“至悲”,则“缚解”与“有无”二词当作偏义复词理解,那么他的意思就是:“至悲”不在“缚”,而在于有主宰与定向。这里所涉及的“主宰”便是佛家所说的“我执”。而此处正合庄子“吾丧我”之意,认为去了“我”之后方能除“物我之碍”,得“逍遥”之境,正是“至人无己”之意。

而此观本身就有矛盾。倘能做到空心,便无须畏惧纠缠,但这一破除我执的处境又何须蹚纠缠这一浑水呢?倘做不到空心,那何以空境,何以能在纠缠中得到解脱呢?既寻求“忘我”之真宰,又确信自己有难以企及之处,则他的处境便似他早期带有自我言说意味的诗歌《云》中所述的那样:“羡我舒卷之自如么?/我却缠裹着既不得不解脱/而又解脱不得的紫色的镣铐”(《云》)。

---

① 周梦蝶:《风耳楼坠简》,第68—69页。此上所引诸篇写作时间在《还魂草》出版后几年。

借叶嘉莹一语:"周梦蝶是以哲思铸造悲苦之人。"①笔者改一词,以为:"周梦蝶是以自我凝铸悲苦的诗人。"他诗中一切悲苦都生于"自我"的执着与解脱的矛盾之中;而既然说他所遇之悲苦都因追寻自我而生,那么某种程度上,也因凝铸自我而终。我们若深入这一看似充满"自知之明"的逻辑,便可读出他深坚而执拗的心意:他那甘愿自扰的意味,又和佛家所云"我不入地狱,谁入地狱"有相合之处。叶嘉莹推测道:"周先生之不得解脱之感情,则似乎是源于其内心深处仍孤绝无望之悲苦。"②而陈玲玲引了尤利巴基之言深入这一观点:"他有一颗敏感的心。一颗容于怜悯,编织梦幻的心;充满热情,富于理想的心……这种人一生都会遭遇着不幸。"总述诗人之特质,并认为作为诗人的周梦蝶也在做着"知其不可而为"之事③。我们可借用叔本华的一句话来作解:"我们生活中的所有事件,不管是多么悲惨,如同梦中的不幸一样,都是自我的创造物。"④一言以蔽之,他既选择此下的生活,便必选择了遭遇着悲苦的心灵;或倒过来说亦然。既然为"不得解脱"所牵制,那便将"不得解脱"看作"解脱"的必经之路。也正如胡安岚所言:"挣扎既是解脱的险阻,同时却又是此一解脱的希望之所在,以及要获得此一解脱的必要的内在工程。"⑤

由此可知,情感最为炙热的《还魂草》一集中,"自寻"和"自囚"书写的核心126

也正在"我执"。除挣扎之甘愿外,其同样源于那不得不承受的本能而发的生命意志。这种生命本能,依王国维引叔本华之解释,是先于生命存在的。⑥周梦蝶诗中亦有句话:"在未有眼睛之前便已先有了

①② 叶嘉莹:《序周梦蝶先生〈还魂草〉》,曾进丰编选:《台湾现当代作家研究资料汇编.18.周梦蝶》(以下简称《资料汇编》),台北:台湾文学馆,2012年,第149页。

③ 陈玲玲:《鸟到青天倦亦飞》,第201页。

④ [阿根廷]博尔赫斯:《博尔赫斯全集·散文卷(下)》,王永年,林之木等译,杭州:浙江文艺出版社,1999年,第500页。

⑤ 胡安岚:《一个欧洲人读周梦蝶》,辑于曾进丰编选:《资料汇编》,第284页。

⑥ 王国维:《〈红楼梦〉评论》,杭州:浙江古籍出版社,2012年,第7页。

泪／便已先有了感激／便已先有了展示泪与感激的二月。"(《二月》)林黛玉需承受还泪之命运，诗人，或说所有人，亦需承受"欲"，承受着"蛇与苹果""豹"，"心有天花"和未尽的"余习"。他亦深受悬望，以及苦空、断灭、伶俜、疾蹙的牵制[①]，这一点渗透在他诗歌中每一个展露"火"的角落，成为其诗歌挣扎的欲望底色。

二、向外的"自寻"

自我寻求为寻求自我之完整而发，它假定人生初始只拥有一个破碎或残缺的自我。周梦蝶号称"孤独国"中的臣仆与国王，自矜又自怜，想必对此种孤独深有体会。不同于庄子将"我"取消、从而取消"物"与"我"的隔阂的理念，在相对的经验世界中，现象学家认为，人对外界的经验感知将唤醒他对自我存在的认识[②]，则向外的自我寻觅通过介入世界来获得自我感觉层面的完整。[③]这种依赖外界的寻求在《还魂草》中并不罕见，第四辑的《寻》中便是对此观念的表露：

从每一滴金檀花底泪光中
从世尊没遮拦的指间
窥探你。像月在月中窥月
你在你与非你中无言、震栗！

此境固然可说已是内省行为，但金檀花、世尊、佛指等仍正是外物的表征。且诗的第三段遂表明了彻悟所不该有的情感：

……倘若梦亦非真

① 周梦蝶：《两封信》，辑于曾进丰编选：《资料汇编》，第89页。
② [英]尼古拉斯·汉弗里：《看见红色》，梁永安译，杭州：浙江大学出版社，2012年，第20页。
③ 同上，第49页。

当甜梦去后，噩梦醒时
你已哭过——这斑斑的酸热
曾将三千婆娑的尘埃照亮、染湿！

“哭”与“三千婆娑的尘埃”同为寻觅自我的代价，意味着情感的经历乃是通往无情之解脱的必经之路。严复所译《天演论》中一篇《真幻》，借笛卡尔和赫胥黎之学说阐述了唯意非幻的思想：倘若舍弃掉“我”与“意”，则就将陷入广大的“幻”之中①。周梦蝶自述曾因这篇大恸②。他珍重地看待“自我”，因自我正是应对似真似幻、甜苦交织的世界的唯一立足点；而丈量、体验实践之悲苦也是认识自我的方式。同时，“自寻”需要面对还有无数“自我”涌起的奇境：

当你泪已散尽；当每一粒飞沙
齐蝉化为白莲。你将微笑着
看千百个你涌起来，冉冉地
自千花千叶，自滔滔的火海。

——《寻》

实际上，他运用的大量典故很大程度都有为“自我”代言的倾向③，或能为一时之情愫、思绪发声。典故们不似寓言以评判、讽喻为旨，而是保持其内涵完整独立的同时，确定了立体的多种“自我的”存在：东西方的哲人们、圣人们、宗教圣徒、受难者们、文学作品中经历着相似情境的角色们，以及他们所体察的喜乐悲愁，他们受的难与生活方式，都成为他不同情境下追寻历程的“重复”。

① ［英］托马斯·赫胥黎：《天演论》，严复译，南京：译林出版社，2014年，第86—89页。

② 周梦蝶：《两封信》，辑于曾进丰编选：《资料汇编》，第89页。

③ “代言”的思想亦可在《孤独国》中《默契》一诗得到验证：“每一闪蝴蝶都是罗密欧痴爱的化身，而每一朵花无非朱丽叶哀艳的投影。”

这种多我代言并非共时的，而以“流转”为其法则。随时日而更迭的形象出没于他诗歌的角落：“昨日你是积雪，今日你是积雪下惺忪的春草”（《骈指》），“今日的云／已不复是昨日的蔷薇”（《车中驰思》）。“流转”源于佛教理念：“言流转者，以识为体，于死中流转故。”[①]它意味着一种“无住”的境界[②]，在此境界中，生命的尽头是生命的开始，生命的开始也是生命的尽头，此之谓“生灭法”[③]。而“流转”正是不得解脱的体现，因它牵涉到“妄业”与“妄想”[④]。在“红与黑”一辑中，这些典故所指的形象曾因结合了时月的隐喻，而沾染上周循不殆、似无出路的特质，这与题首对哈代的充满悲观色彩的引语暗合。

同时，“流转”正是“涅槃”必经的道路[⑤]。《托钵者》中有一语“隔着重重的／流转与流转——你可能窥见／那一粒泡沫是你的名字？”[⑥]正透露出破除“我执”而“常住真心”[⑦]的理念。诚如周梦蝶自己所言：“另外的最高的真理是不受生灭法的约束的，它是超然的，永远在那儿，但它永远不疲倦。”[⑧]这使他得以超出生灭流转的范畴，于是之后仍有“十三月”与“闰月”这一跳出常规范畴的概念出现。也正出于此故，前文所引《寻》的末段中，主角才得以微笑地看着千百个轮回同时涌起。

同时，他的经验中亦潜藏着另一通向超脱境界的可能，正赖自寻来“点醒更多自我”而实现。由此，他不免徘徊于“欲”的原发冲动与高

---

① 丁福保编：《佛学大辞典》，南京：江苏人民出版社，2014年，第514页，“流转”词条。

② 萧萧：《台湾新诗美学》，台北：尔雅出版社，2004年，第138页。

③ 周梦蝶：《诗人与歌者》，《书评书目》第69期研讨会，1979年，此处转引自萧萧：《台湾新诗的出世情怀》，《台湾新诗美学》，第138页。

④ 丁福保编：《佛学大辞典》，第514页。

⑤ 同上，见“流转”词条：“《圆觉经》曰：‘有妄业故有流转，厌流转者妄见涅槃。’”

⑥ 引周梦蝶《还魂草·托钵者》语。

⑦ 赖永海主编，刘鹿鸣译注：《楞严经》，北京：中华书局，2012年，前言，第11页：“‘大佛顶’，指心自性之理体，即本经（《楞严经》）所言‘常住真心、性净明体’”语。而周梦蝶有言：“幸而为时不久，就碰上了大圆寂、大佛顶等经，这才渐渐从苦空、断灭、伶俜、疾蹙的边缘，给引渡了过来。”（周梦蝶语见周梦蝶，《两封信》，辑于曾进丰编选《资料汇编》，第89页。）

⑧ 周梦蝶：《诗人与歌者》，《书评书目》第69期研讨会，1979年，转引自萧萧：《台湾新诗美学》，第138页。

寒信仰的指引间,《豹》一诗正是体现,下引此诗正文:

你把眼睛埋在宿草里了
这儿是荒原——
你底孤寂和我底孤寂在这儿
相拥而睡。如神明
在没有祝祷与馨香的夜夜。

欧尼尔底灵魂坐在七色泡沫中
他不赞美但丁。不信
一朵微笑能使地狱容光焕发
而七块麦饼,一尾咸鱼
可分啖三千饥者。

雪在高处亮着
五月的梅花在你愁边点燃着——
由卢梭街到康德里
再由鸡头山直趋信天翁酒店
琵琶湖上,不闻琵琶
胭脂井中,惟有鬼哭……

终于,终于你把眼睛
埋在宿草里了
当跳月的鼓声喧沸着夜。
"什么风也不能动摇我了"
你说。虽然夜夜夜心有天花散落
枕着贝壳,你依然能听见海啸。

——《豹》

陈玲玲认为,这首诗在所属分辑中排行第二,与辑名“七指”合解当为“食指”之代表,意在指“欲”。[1]同时,诗题源于《乞力马扎罗的雪》里面的豹子意象[2],像是对辑首对海明威的引语“不管命运索价多高,我总得买一点”的呼应。但无论周梦蝶或者海明威,他们的追求都超越了单纯回应命运这一层级,于是对悲观的自在超脱便为海明威所代表的精神强力所接替,尽管这份坚毅背后潜藏着仍是无数挣扎与悲哀。“豹”的意象便夹杂在这两者之间,一方面它四顾茫然,死于白雪皑皑的高山之巅,但同时这亦是它精神向往之地,是他本打算洗涤灵魂污垢、清除负担之所,而当他真正意识到这点时,死亡反以慈悲赠他灵魂以平静。正合《乞力马扎罗的雪》中哈里看透世事的真言,周梦蝶在此诗中否定了神明的祝祷与苦难的意义,而突出刚强信念之力。这种信念并不要求弃绝以“风”“天花”等象征着未断的余习,因它强大得足以排除它们的干扰:[3]它震慑心灵,可使贝壳的余音放大为海啸。而诗人又诉诸冷静的笔调,使“欲”的底色和凄、寒、静之氛围间形成了独特的张力,将矛盾的双面都展露得透彻。

三、向内的“自囚”

洞山良介禅师[4]曾以“照影开悟”的公案表明体悟本体不能向外求取,只能反观本心而得[5]。周梦蝶也有其独特的内省空间,无论需面对的是哲学意义的“真宰”,抑或是经验意义的自我。正如他所形容:“诗乃门窗乍乍开合时一笑相逢之偶然”[6],“门窗”即是构成这个

① 陈玲玲:《鸟到青天倦亦飞》,曾进丰编选:《资料汇编》,第199页。

② 周梦蝶著,曾进丰编:《风耳楼坠简》,第33页。

③ 对于“天花”与“余习未尽”的解释见于南怀瑾(讲述):《维摩诘的花雨满天(下)》,北京:东方出版社,2010年,第43—44页。

④ 即前文周梦蝶解脱观处所说的“僧问洞山”之“洞山”。

⑤ 刘崧:《庄子“吾丧我”思想追问》,复旦大学2012年博士论文,第119页。

⑥ 周梦蝶:《周梦蝶诗话》,辑于曾进丰编选:《资料汇编》,第95页。

空间的初始意象。“囚”“门”“铁锁”“钥匙”“铁门”、得以“没入”的“黑暗”遍布他的诗歌，当苦痛随“欲”或外界纷扰陡然降临，那片空间就成为他笔下抒情主体隐遁的去所，成为诗歌酿造和“自我”锻造的地窖。

尽管命名孤冷，这些密闭之所却受其青睐，这正表明空间本身具备矛盾又多重的涵义。《关着的夜》正是反映这一意图的佳例：

关着的夜——
这是人世的冷眼
永远投射不到的所在。

“关着的夜”提供了一个与世人评判相隔之处，使“我”和“你”得以秘密相遇，得以温柔地互相问候、倾听，互相安慰、救赎，释放难以遏制的激情。此诗用了《聊斋》中连琐典，而比起原文，诗歌集中表现的是叙述者决定协助连琐复活的前一夜晚，所以主人公形象因强烈的抒情性而带上更多与世隔绝的色彩。当然，诗人无意宣扬孤僻心理，只是他在此塑造的叙述者世界观十分特殊，叙述者正是从一个封闭的空间把连琐请来，接着又隔入另一个封闭空间中：

而我应及时打开那墓门，寒鸦色的
足足囚了你十九年的；
而之后是，以锦褥裹覆，
以心与心口与口的嘘吹；

——《关着的夜》

“一夜”代替了“十九年”，取代“墓门”和“这扇不可能的铁门”的却仍是“锦褥”和“关着的夜”，空间的同质性在时间差异的对比下更加突出。在不断构造、拆除的隔绝中，叙述者比起关注“自由”，追寻的更是一处容身之所。空间的黑暗与封闭性在他的眼中并未表现消极，他全然享受并在其中发现生命的可能性。而在《还魂草》一集的众多诗中，无论是“关着的夜”或是墓室，或是“开合的阴阳扇”(《守墓者》)、“没入的黑暗”(《一瞥》)，都成为心灵安放和沉思的寓所，是隔离于现实世界的一个超然而离奇的世界。

或是“以自己拉响自己”(《九行》)，或是寻索着“你底自我”(《寻》)，或是“向绝处斟酌自己”(《还魂草》)，都将自我看作面临困境与劫后重生时的唯一依靠。正如《六月／双灯》中一针见血点出的“除非你能自你眼中／自愈陷愈深的昨日的你中／脱蛹而出”一般，诗人亦只相信自救的可能。这样的思路备具现世精神亦不乏基督教色彩，同时亦是他自我执着的无奈体现。在一些极度压抑的语境中，他亦不将同情作为施舍物，而是以坚忍而反讽的让叙述者锻造这条自救的血路。书写妓女生活的《六月之外》以一处低暗天窗所管控的囚所为背景，表现在忍受每日需要“忘记我是谁”的痛苦生活中，叙述者以自己的血肉寄养自己的情境。这处域所像极但丁的地狱，是审判前的必经之路，也恰好造就了被审判的原因。对她的审判是极其残忍的“一口一口咽下你底自己”，但诗人相信自救带来的痛苦孕育着新生，且是成就她更新的一种慈悲。

自救依赖着的强烈自省意识被诗人形象地寄予在“自囚”这一举动中。这一举动先是开始于对自我的观照，而后就要求抵御外界的纷扰。正因“无待”境界实难实现，主体遂朝着更执着于自我的方向行进，他们在“自囚”中展现强有力的主动和掌控，他正是盘古，封闭空间带来与“黑暗”同色的斗争，但自己正是这黑暗中的“一道光”(《一月》)，他将黑暗与同来的苦难视为养料，视黑暗为孵育他、供给他乳汁的母亲。这种信念使他面对前路的悲哀依旧拥有继续出发的勇气。

实际上，在写作《还魂草》的初期，周梦蝶曾有守墓者的体验，据他所述，那是一次彻夜难眠的经历，但也因此迸发出诗思，孕育出《守墓者》等一系列短诗。[①]笔者推测，这次经历刺激了他对黑暗空间这一可能世界的探寻，使《还魂草》较《孤独国》对此景此境的书写大幅增长。无论是出于自我安慰，或是当真于极端处境有了可遇不可求的领悟，《守墓者》一诗都触及了"物我同一，有无相生"的理念[②]。在他早期的诗歌中，地下空间也带着孕育生命的植物化的宗教色彩，墓室充当了孕育重生或新生之所，土地也常作为具有埋人特质的人生路的一部分[③]。而在《还魂草》一集中，墓室进一步容纳了鬼魂，表现生意作为超生命方式的存在。陈玲玲这样理解：

> "是什么？绿了你的，也绿了我的眼睛。"此一"是什么"，如雷震狮吼，解开了宇宙万物和大根大本，最最古老而又永远年轻的，亦即老子所极为称叹："独立而不改，周行而不殆"的那个东西——"道"。[④]

固然这种生意是"生灭法"的体现，但诗中亦有对"生灭中，自有不生灭者在"之至理的体现。则往宽了说，这一切"黑暗"，乃至前文提及的"流转"，都因欲和悬望"春风吹又生"的特质而在"生灭"与"不生灭"间周旋。

也正因为此，作为诗集的结尾的《孤峰顶上》一诗，其结尾并不能被直白地诠释为修行得道的胜利。毕竟"欣喜"是"孤危与惊栗"（《孤峰顶上》），而这种抗拒单一的感情而描绘的"自囚"和蜕变都是复杂的。此处结尾的淡然或许来自于一种突显意境的"语言策略"，但他所欲呈现的幽远感正是他对其结果的态度："自囚"不是一次彻悟或解

---

① 陈玲玲：《鸟到青天倦亦飞》，辑于曾进丰编选：《资料汇编》，第192页。

② 同上，第194页。

③ 参照《孤独国》一集中《错失》《在路上》等诗。

④ 陈玲玲：《鸟到青天倦亦飞》，第191页。

脱，而是个不断持续的行动，不断提供从虚无中寻求生存可能的契机。“自囚”的存在心理或许本身就是悖论，但这也指认了人生的实质。而接受下一次的矛盾的考验、自囚的决定、反复的争辩正是人生继续下去的前提，也是他得以面对人生的独特经验。

四、“自我争辩”的特质

周梦蝶的诗徘徊在孤绝和无待、流转与涅槃、“欲”和去“欲”、“我执”与去“我执”、“不得解脱”和“不得不解脱”之间。正如前文分析触及到的，《还魂草》一集中张力十足，尽显挣扎。许多学者、评论家也有相似的阅读体验，认为许多诗读来“泣肺肝而裂金石”[①]，“声嘶力竭”[②]。《还魂草》中第四辑题为“焚麝十九首”，典故来源自《红楼梦》中宝玉所仿庄子文风书写的“焚麝”一篇。王国维认为，这一举动正体现出宝玉早早埋下的解脱之根。[③]周梦蝶是否也是如此呢？然而这一辑的绝大多数诗篇都是压抑而激烈，欲望的直露与随之而来的抑制、挣扎都十分动人。和宝玉留恋红尘一样，周梦蝶也受他的“自我”之牵制。于是，虽要“庄周梦蝶”的“忘我”，但亦不忘：“每一只蝴蝶，都是一朵花底鬼魂，回来寻访它自己。”[④]

无法解决的矛盾遂成为诗歌形成的动力。而“自我争辩”的特质直面人与生命的困境，正是现代诗歌的核心。叶维廉认为，现代激烈动荡的生活节奏要求现代中国诗人把握与捕捉现象的波动，而非解剖现象，[⑤]由此便能实现对古典诗歌擅于暗示的“静态式悲剧”缺憾的突破。而周梦蝶在生活中尽管对动荡刻意保持了距离，但他对心灵的波

---

① 陈玲玲：《鸟到青天倦亦飞》，第201页。

② 陈耀成：《庄周误我？我误庄周?》，辑于曾进丰编选：《资料汇编》，第224页。

③ 王国维：《〈红楼梦〉之精神》，《〈红楼梦〉评论》，长沙：岳麓书社，1999年，第10页。

④ 《还魂草》卷前语，引自张爱玲《炎樱语录》。

⑤ 叶维廉：《中国诗学》，合肥：黄山书社，2016年，第337页。

动是敏感且擅于捕捉入诗的。

陈耀成在点评《还魂草》时则认为，这部诗集所体现的强烈挣扎并不该仅仅被视为先于圆融境界的不成熟状态，相反，它的吸引力正在那“雄赳赳的戏剧效果”①。笔者揣测此“戏剧效果”与西方戏剧所推崇的“把史诗和抒情诗结合成一体”②的理论相通，旨在关注内心的分裂和矛盾，使冲突的双方都具合理性，从而构筑出富有浪漫主义精神的两难局面。《还魂草》戏剧效果一来表现为“情感的戏剧”，一来也表现为“叙事的戏剧”，二者常交迭着出现，也正是叙事意味增加了其对不同感情的容纳程度，强调了“我”的在场。譬如《双灯》一诗，其情感来回往复于“当时”和“此下”“永劫”的必然与“除非”的偶然之间，对立的双方分别陈词，短短四行历尽千回百转，恒存的是悔恨。将场景放置于荒野和悬崖上营造了一种有距离的真实感，塾生、阿难和暴风雨之典则使古今中外诸人“刹那”的思绪都有了存放之处；叙事元素使炽热的情感更有安放之处，取代了单一情感或概念而生发出的成篇的吟咏——后者更适合孤冷情感的表露，因其不同凡俗，足以包容单一的形式，不至落入俗套。这也是《还魂草》所区别于《孤独国》的。

炽热的情感外露与经验自我的感觉不可分割。周梦蝶正是敏感而好奇之人，他的诗于“惊惑”最有表露。③这种由“！”和“？”表达的情绪在《还魂草》中表达最甚。④与此同时，诗中具有力量的词汇和语句数不胜数，意象亦然。它们潜藏于这些具有冰冷外壳的诗的角落，冷不防一跃而出，让读者亦体会得那“颤栗”“涔涔复涔涔”的心。而这种外露的情绪表达有许多种变形。若是直抒之愿望，则往往用希望和欣喜交糅的姿态显出，让人感到极致的纯真；若是被压抑的欲望，让人感到触目的残酷。试比较以下二句：

---

① 陈耀成：《庄周误我？我误庄周？》，辑于曾进丰编：《资料汇编》第224页。

② 余秋雨：《戏剧理论史稿》，上海：上海文艺出版社，1983年，第282页。

③ 白灵：《偶然与必然——周梦蝶诗中的惊与惑》所述，辑于《台湾诗学学刊》第15期，第119—153页。

④ 同上，第122页。

总在梦中梦见雪崩/梦见断崖上常春藤荡着秋千(《十二月》)
总在梦里梦见天坠/梦见千指与千目网罟般落下来(《囚》)

前面一句关乎春日萌动,用力量意味着新生。而抛开情感色彩不谈,这也适用于后者。凶险的苦境书写乃是“忧怖”的外化,而这“盲目”而瞬息万变的情感动力却同样显示出原发的生机,是他诗禅里的一片坚忍又固执的异色。在谈及《还魂草》一集时,他曾有这样的表示:

(我的诗是)唯其不如此,所以如此。因为在我的现实生活中,天天都是读书,内心非常孤独寂寞,所以才写这些抒情诗,来滋润滋润我的生活……另外我每天受感情的折磨,如果我不读佛经,我怎么办,不是会愈陷愈深吗?……所以《孤峰顶上》《菩提树下》,你不要注意那很空灵的一面,要在字里行间去体会。在《菩提树下》有一句话:‘在菩提树下/有一个只有半个面孔的人’,要注意这‘半个面孔的人’:这一半的面孔,是很理智的、清醒的、超然的;另一半则是相反的。①

虽他欲两股力量能融合而抵达和解,它们却往往互不相让。《还魂草》的诗虽以原发的生机为底色,且这生机常常漫上台面来,但大多时候,或说它们本该,都因刻意的克制而隐在他一贯孤冷的底色之下的。这构成了其诗“外冷内热”的风格。尤其当他书写关乎“我”之欲望时,这种张力得到了最直白的体现。《一瞥》一诗便是典型:

一道虹彩笔直射来

① 翁文娴:《谁能于雪中取火》,辑于曾进丰编:《资料汇编》第224页。

在薄暗底摇曳之下
当门开半扇——
你底光华使我晕眩
使我有一口吸尽西江水的压迫。

夜幕急速地落下
为遮掩大地由惊恐而激起的苍白；
沸然而又木然
我鹄立着。看脚在你脚下生根
看你底瞳孔坐着四个瞳仁。

就从这一刹那起
所有的星宿齐更换了名字。
你底眸子，那爝火般探照着我的
便成了我底影子
而且，即使在无梦的梦中
在宿草纷披的地下……

是的。这似乎是可而不可思议的
当一只苹果无风自落
而且刚巧打落在
正沉思着万有引力的牛顿底鼻子上。

以第一段为例，仔细析其句，“笔直射来”，带动疾速和果断，力量的展露在首句已十足逼人。而第二句“薄暗底摇曳”却似被“亢龙有悔”击中的树那样轻摇的几下①，将力量都轻轻消解了，接着第三句长

① 借金庸《射雕英雄传》之典，典出第十二回。

长的破折号正暗示了人开门的缓慢，延展了暂时平静的氛围。正当读者仿佛都听见年久失修的“吱——”的开门声时，第四句又以和前文“薄暗”相对照的强烈反差，连同长却没有句逗的第五句，真切地带给了读者上气不接下气的压迫。这一切都是因“你”而生。因“你”而生的强烈情感呼之欲出，“我”却选择压抑，二者便处于对抗状态。

全诗并未出现一个“?”或“!”，相反，还具备着“——”与“……”带来的停顿延缓效果，表达上已十足冷静。余下几段周梦蝶仍以类似的并置、情感的交替表达对抗，让这“一瞥”带上百折千回的情绪。其中，强调词与转折词功不可没，前者譬如“就”“所有的”“齐”“便”“刚巧”，后者则是“而又”“而且”和“即使”的连用(感情实在复杂)，都似套上重音说话。

他擅长的正是“矛盾语法”，即将两个对立的词放在一处，以将极端复杂的情感逼到箭在弦上又戛然而止的境地。“沸然而木然”“是可而不可思议”都十分传神地写出经历这“一瞥”时主人公内心之矛盾。由于压抑，“我”必然是木然的，这是理性的一面；而本能在理性前便抢先而出，“我”无法控制地将感到“沸然”。矛盾的力量对抗着，又带有重蹈覆辙的性质，或重复或变奏，意在表明“意义的强调，也暗示千回万转的思绪与情怀”[①]。矛盾的极致同时也体现为一种违规的悖论，这种“无理之理”亦让人体会出他难以直陈于众甚至愧对自己的情感：

倘你也系念我亦如我念你时
在你盲目底泪影深处
应有人面如僧趺坐静默

——《空白》

① 见奚密：《修温柔法的蝴蝶》，辑于曾进丰编选：《资料汇编》第323页，原是评论“重章叠句”的作用之语，笔者认为周梦蝶诗歌中情绪的反复和其重复的语言机制出于同样的心理和艺术考量，便借用形容。

作为镜照语境中的“瞳仁”是思念的媒介，可将“我”传到“你”的眼中，但思念到极致的“我”却是静默趺坐的僧之模样。悖论乃是，倘“你”确思念我，则“我”将出现在“你”的眼中；而僧人模样的“我”不应再思念，则“我”不思念“你”，“你”亦不思念“我”。既强烈地期盼着进入对方的眼眸，又伪饰出毫无思念存在的模样，叫人不得不慨叹其感情与意志之同坚。再者，此一语境建立在“我念你”的基础上，设想对方亦抱有“你也系念我”的情感，则更可见其“冷”与“热”之不均。在这一镜像的不匹配之处、对称结构中的不稳之感下，主人公有着怎样的偏向和意愿已见分晓。

诸多对立的双方近乎同时产生，又似浑然天成地共生于同一个“自我”之中，则使诗歌带上强烈的冲撞与撕裂感，使得即便如《菩提树下》这样较为温和的诗歌，当中亦有“火”的不可避免地亮相。无论如何，“此身仍在尘外”，诗歌中解脱已鲜有容身之处，且似乎沦为一声惋叹，唯偾张的血脉成为诗歌最动人处。

结　语

上文，我们通过对《还魂草》一集中自我书写的互文性阅读，以及对于周梦蝶自我观念之梳理，认识到，无论是自我观念，抑或是涉及自我之书写，在他的笔下，都充斥着“自我争辩”的矛盾。周梦蝶之自我书写亦对求解脱之书写，一方面知其苦，一方面又为纠缠着苦的色所牵制，正是进退维谷的境况。而他的自我书写一方面是对这些经验自我的重写，另一方面也铺叙着对“真宰”状态的模拟。

当然，也正如前文所提及，他在“自囚”与“自寻”中所历之折磨苦痛都带有“甘愿”的意味。奚密认为，在他的后期诗作中，那已成为一份“锲而不舍，九死无悔的执着”①，或许正是如此。周梦蝶曾言：“记

① 奚密：《修温柔法的蝴蝶》，辑于曾进丰编选：《资料汇编》第323页。

得……读王国维《〈红楼梦〉评论》，至第二章第二段‘夫冥顽者既不幸而为此石矣，又不幸而不见用，则何不游于广漠之野，无何有之乡，以自适其适，而必欲入此忧患劳苦之世界，不可谓此石之大误也！’不觉气涌鼻塞，涕泗横溢。”①虽他后面又补充说，是佛经将他引渡过来，但显然，这些离于“空”的“不得解脱”的尘世经历，也像宝玉所经历的那番带给宝玉的一样，给他以深刻之体悟，由此最终成全了他的预想，将“树死藤生死也缠”变作解脱。

在此基础上，他的诗歌既有浓重的古典色彩，又不拘于古典主流的静态美学，而以“内冷外热”且不平衡的戏剧性矛盾体作呈现，捕捉到更加现代的人的感受与困境。他的频繁惊惑而固执的个性正成为形成这一诗歌特色的主要推动力，也放大其诗中的张力，使之在哲思之冷外添上人间烟火的气味。如王国维之言：“夫法斯德（今译浮士德）之苦痛，天才之苦痛；宝玉之苦痛，人人所有之苦痛也”②，周梦蝶的诗歌亦展露人人所有之苦痛。这样的矛盾是他诗歌艺术中最引人共情的一部分，读他的诗歌，未尝不有一种深切而激烈的安慰，周公尚如此，何况我辈？况王戎有言：“圣人忘情，最下不及情；情之所钟，正在我辈。”③这也是“不能解脱”的不得已境况中我们所能给自己的最大安慰。

（作者单位：南京大学中国新文学研究中心）

① 周梦蝶：《两封信》，辑于曾进丰编选：《资料汇编》第89页。

② 王国维：《〈红楼梦〉之精神》，《〈红楼梦〉评论》，长沙：岳麓书社，1999年，第10页。

③ 刘孝标注，余嘉锡笺疏，周祖谟、余淑宜、周士琦整理：《世说新语笺疏》，北京：中华书局，1983年，第530页。

解字析文

汉字偏旁的切分与汉字的分析

林志强

一

汉字是表意体系的文字,形体和意义有密切的关系。汉字结构又有六书之说,结构类型也与形体有密切的关系。汉字的形义关系和结构类型都是基于对汉字形体的分析,因此形体分析是汉字分析的基础。许多文字学家都主张研究汉字首要研究形体,这是很对的。但由于某些汉字的原始构意湮没无闻,汉字的形体又经历了许多变化,我们对某些字的结构以及它的形义关系,往往有许多不同的说法。翻开诸多诂林、集释类的著作,很多字的解释,都是众说纷纭、琳琅满目,便可见一斑。这一方面固然体现了汉字结构的复杂性和汉字文化的丰富内涵,另一方面也给人们造成困惑,特别是初学者往往感觉无所适从。造成这种现象的原因是非常多的,比如远古造字信息的缺失、汉字演变的复杂性、汉字形义关系的动态结构造成分析结论的多样化①,等等。但如果就汉字本身而言,则与汉字偏旁的切分有密切的关系。切分不同,分析结构类型和形义关系的结果就有可能有所差异。

① 参见林志强:《略论动态的汉字形义关系》,《福建论坛》,1996年第2期,收入《字学缀言》,北京:人民出版社,2014年。

二

汉字有独体和合体之分,偏旁切分的问题,一般只涉及合体字,但由于对古文字的认识不同,对有些独体字,也可能存在误切分的问题。合体字由偏旁组合而成,以二维方式展开,但并不是规规矩矩地按照左右上下的方位来排列,偏旁之间或有穿插交叉,又有省略借笔之类,因此偏旁切分就有许多差异。汉字偏旁切分不同造成的分析差异,由于我们对某些文字的造字理据并不十分清楚,可能存在两可三可的情况,多种说法可以并存;但如果有证据证明偏旁切分有误,从理论上是可以分为两种情况:一是误分,二是误合。误分即整体误切为分体,误合即分体误合为整体。整体误切为分体的情况,如“染”字:

《说文》云:“染,以缯染为色,从水,杂声。”徐铉注云:“徐锴曰:‘《说文》无杂字。’裴光远云:‘从木,木者所以染,梔茜之属也;从九,九者染之数也。未知其审。’”①段玉裁认为当分析从水、木,从九,裴说近是。② 林义光曰:“‘杂’字无考。‘染’从木在水中。木所以染,即梔茜之属;从九(转注),缯布置染中皆揉曲之,九,揉曲也。”③按林氏从木之说本裴氏,从九之说则有所新创,但都未能揭示真相。按汉代简帛和金文“染”字作(《养生方》49)、(平安侯家染炉),从水从朵。陶安、陈剑在《〈奏谳书〉校读札记》中指出:“‘染’字结构旧时说文学家虽众说纷纭,但皆不得其解。《说文》篆形作,右半已经断裂为‘九’和‘木’两部分。上举诸形尚较《说文》篆形原始,右半显然就是从‘朵’的,‘朵’应分析为声符。‘染’(谈部)从‘朵’(歌部)得声,与‘那’(歌部)从‘冉’

① 许慎:《说文解字》,北京:中华书局,1963年,第237页。
② 参见段玉裁:《说文解字注》,上海:上海书店,1992年,第565页。
③ 参见林义光:《文源·卷六》,上海:中西书局,2012年,第268页。

(谈部)得声相类。”①其说甚确,可从。可见“染”字只能切分为“水”和“杂(朵)”两个偏旁,《说文》以“杂”为声旁,从偏旁切分的角度看,其实是对的,只不过还不明其为“朵”的讹误,裴光远、段玉裁、林义光都把偏旁“杂”切分为两个部分,则是错误的。要之,他们对“染”字的错误分析,是因为字形演变而又切分错误导致的。

又如“并”字甲骨文作[《甲骨文合集》(以下简称《合集》)32107]、(《合集》33174),从二人之形(从),从一或二,象二人相连并立之形。秦权量“皇帝尽并兼天下”,“并”皆作,与甲骨文同。《说文》云:“幷,相从也。从从,幵声。一曰从持二为幷。”按大徐本后半句所说的“从持二为幷”,其实颇合“并”之古形,但段注本改篆作,明显分为上下两部分,上从从,下从二干,并把“一曰”的内容改为“一曰从持二干为幷”,增一“干”字,并注云:“干,旧夺,今依《韵会》本补。上言形声,此言会意。干,经典用为竿,如孑孑干旄是也。二人持二干,是人持一干幷合之意。”②此是把整体误分为二体而导致的重解。林义光在《文源》中指出“幵”非声。“二人各持一干,亦非‘并’义”。他据秦文字之形,以为“从二人并立,〓,并之之象”③,其说甚是。

“徵”字《说文》归“壬”部,大徐本作“召也。从微省。壬为微。行于微而文达者即徵之。”段注本改作“召也。从壬,从微省。壬微为徵。行于微而闻达者,即徵也。”④朱骏声云:“壬微者,自微而之著,微者□也,当以明信应验为本义。”⑤各家都把中间的“”形分为两部分。按“徵”字金文作(曾侯乙钟)、(公史徵簋),其主体部分即甲骨文之(《合集》3286正)、(《合集》4242),象背部有腓子为饰的刀⑥。其字

① 陶安、陈剑:《〈奏谳书〉校读札记》,《出土文献与古文字研究》第四辑,上海古籍出版社,2011年。

② 段玉裁:《说文解字注》,上海:上海书店,1992年,第386页。

③ 参见林义光:《文源·卷七》,上海:中西书局,2012年,第292页。

④ 段玉裁:《说文解字注》,上海:上海书店,1992年,第387页。

⑤ 朱骏声:《说文通训定声》,北京:中华书局,1984年,第70页。

⑥ 参见裘锡圭:《古文字释读三则》,《裘锡圭学术文集3·金文及其他古文字卷》,上海:复旦大学出版社,2012年。

从“刀”，与“人”形易混，而“人”变为“壬”，则是古文字演变的常例。如此说可从，“徵”字中间的“”应该是一个完整的形体，不宜把它切分开来。许、段、朱诸家所释，皆系重解。

黄德宽先生在《汉字理论丛稿·古文字考释方法综论》中说：

> 分析偏旁要像庖丁解牛，因循自然之理，防止主观臆断，割裂字形。如果我们分析时，不以偏旁为单位进行，将同一偏旁肢解，或切割为不成偏旁的笔画，违背汉字构形的基本程序和规则，就难于得出正确的结论。古文字考释中因割裂字形而致误的也不在少数。如《捃古录金文》所收《日壬卣》有字，为人名，吴式芬引许印林说：“即，既字从之，象举手，从手既声，乃摡字，此又省其皀。《集韵》摡、旡同字，注云：‘《博雅》：取也，一曰拭也，或作抚。’正其字矣。”其实这个字是“何”（担“荷”本字）的古体，象一人肩有所荷。许氏将人形分割为两部分，又将所荷之物与人头部视为一体，字形割裂分解，只得以省某自圆，又引后世字书材料论证，虽然煞费苦心，结论仍然难以成立。割裂字形的分析法，缺乏科学的依据和基础，自然是要失败的。①

黄先生上举许印林的例子，“将人形分割为两部分，又将所荷之物与人头部视为一体”，既有误分，亦有误合，因而导致分析错误。下面举些误合的例子：

《说文》云：“羅，以丝罟鸟也。从网，从維。”按“羅”字甲骨文作（《合集》880正），从网，从隹。隹者，鸟之象形。会以网罟鸟之意。战国文字作（云梦《日乙》223）、（《包山》24），增加“糸”旁，为后世所承。所增“糸”符，当用于表示系缚之义。根据“羅”字的源流情况和形义关系，其字形当分析为从网，从糸，从隹。《说文》的“从网，从維”，是

① 黄德宽：《汉字理论丛稿》，北京：商务印书馆，2006年，第260—261页。“《集韵》摡、旡同字”之“旡”，当作“抚”。参见《集韵》，北京：中国书店，1983年，第1004页。

误合糸、隹为“維”，虽然还能体现“网罟”的意义，但客体“鸟”被合并了，“以丝罟鸟”的意义就不显了。

“寇”字的情况也是如此：

《说文》云：“寇，暴也。从攴、完。”按，甲骨文有字作(《合集》559正)、(《合集》580正)，象人持械入室扑击，或以为即“寇”字①。金文“寇”字作(曶鼎)，会于室内持棒击打别人之意。又作(虞司寇壶)，人形作“元”，小篆相承。“元”与“宀”合为“完”，故《说文》释为从“完”。《说文》：“完，全也。”“支、完”虽然勉强体现了“寇暴”之义②，但隐藏了“寇”的击打客体为人的造字本意。林义光在《文源》中说：“象人在宀下，或攴击之之形。”③容庚先生云：“从人从支在宀下，会意。”④皆甚确。

又如“發”字：

“發”字甲骨文作(《合集》20238)、(《合集》4734)、(《合集》26899)，象弓弦被拨后不断颤动之形。又作(《合集》10405正)，增“支”旁以示动作义。金文从弓作(郘平钟)，春秋时期又加声符址(癶)作(工獻大子剑)，变成形声字。再后来，“攴”符改为“殳”，才形成小篆的写法⑤。从“發”字的演变情况看，其字形当分析为从弓、从攴、址(癶)声，《说文》分析为“癹”声，乃据小篆为说，合二体为一体。其说虽无不可，只是不符合“发”字的演变序列，“攴”旁被合并，动作义不显。

再如“叜”字，甲骨文作(《合集》2670)、(《屯南》1024)。从宀，从火，从又，会以手持火于室内搜求之意。林义光《文源》引朱骏声说，认为乃“搜”之古文，可从。《说文》云：“叜，老也。从又，灾。阙。”其所释之“老”，乃其假借义，后起字作“傁”；分析为“从又，灾”，乃切分之误，把

---

① 参见于省吾主编：《甲骨文字诂林》，北京：中华书局，1996年，第2008—2011页。该字刘钊主编：《新甲骨文编》已收为“寇”字，《新甲骨文编》，福州：福建人民出版社，2009年，第192页。

② 段玉裁《说文解字注》在“攴、完”后加注云：“此与败、贼同义。”大概是说把完好之物破坏了，就是寇暴、败坏等意思。

③ 参见林义光：《文源·卷七》，上海：中西书局，2012年，第241页。

④ 参见容庚：《金文编》，北京：中华书局，1985年，第219页。

⑤ 参看裘锡圭：《释“勿”“發”》，《裘锡圭学术文集·甲骨文卷》，上海：复旦大学出版社，2012年。

“宀、火”合为“灾”，故不得其解。

由于汉字构型的复杂性，汉字偏旁的切分问题，不仅仅简单表现为上述整体误切为分体，或分体误合为整体的情况，还表现分合交叠或当属此而误属彼等各种情况。分合交叠的情况，上举黄文所引许印林说即是一例，再如：

“疑”字甲骨文作（《合集》13465）、（《合集》32908），象人扶杖旁顾犹疑不前之形，小篆之，即其讹变之形。又作（《合集》12532正），增加“彳”符。金文作（伯疑父簋）、（齐史疑觯），加声符“牛”；秦简作（《效律》33），小篆作，右上所从之“子”当是“牛”形之讹，亦可理解为改从“子”声（子、牛、疑同在“之”部），左下所从之“矢”则为人之身手足所变。要之，“㲋”即“疑”本字，后世字形增繁而有讹变。大徐本《说文》释“疑”为“从子、止、匕，矢声”，段注云：“此六字有误。匕、矢者皆在十五部，非声。疑、止皆在一部，止可为疑声。《匕》部有‘㲋，未定也’，当作从子，㲋省，止声，以子㲋会意也。”①他是把“匕、矢”合起来的“吴”认为是“㲋”的省略。林义光《文源》所录《说文》作“从子、止，吴声”，其所谓“吴声”者，乃因竖排而把“匕”“矢”二字合为“吴”字②。按“吴”即“吴”，从古文字看，其实就是人形之变，诸家或分为“匕、矢”，或合为“吴”字，皆非其溯。此属分合交叠之例。

当属此而误属彼的情况，理论上似可分为“当属下而误属上”“当属上而误属下”“当属左而误属右”“当属右而误属左”等不同类型，其中有的类型可能多些，有的类型可能少些。如：

“言”字《说文》解为“从口，辛声”，其实非是。按“舌”字甲骨文作（《合集》14949）、（《合集》9472反），“言”字甲骨文作（《合集》3685）、（《合集》440正），是在“舌”上加一横为指事符号，表示言语所自出。郑樵《六书略·指事第二》云：“言，从二、从舌。二，古文上字。自舌上

① 参见段玉裁：《说文解字注》，上海：上海书店，1992年，第743页。

② 参见林义光：《文源·卷七》，上海：中西书局，2012年，第345页。

而出者,言也。”①他指出“言”字从舌,可谓卓识。若按照古文字的结构来切分,“言”字当分析为从舌,从一(指事符号)。但由于作指事符号的一画与舌字上部合而为“辛”,故《说文》误析为从口,辛。此是误切而导致本属下而误属上之例。

又如,《说文》云:“瞢,目不明也。从旬,从苜。旬,目数摇也。”按,甲骨文有(《合集》39332)字,或以为即“瞢”字。②睡虎地秦简作(《日甲》40背),辞云:“室人皆疫,多瞢米死”,“瞢米”读为“懵迷”。从古文字结构看,“瞢”字似当分析为从目,从茜,茜亦声。《说文》把“茜”的下部与“目”相连而切出“旬”,分析为“从旬,从苜”。此为当属上而误属下之例也。

林义光《文源》卷十列有“猒”字,《说文》无之。林氏以为此即“贊”的本字,并以金文“甗”和“獻”的偏旁来证明其存在③。其实从古文字材料来看,“甗”和“獻”的偏旁“鬳”才是自成一字的,本为象形字,作(《合集》4827)、(《合集》4830),象上甑下鬲之形;又作(《合集》26954)、(见甗),加“虍”旁,即“鬳”字。《说文》以为“从鬲,虍声。”沈涛《古本考》:“《六书故》云:‘唐本虔省声。’林罕亦曰:‘虔省声。’大徐本音牛建切,小徐本音俱愿切,皆与虔声相近,则今本作虍声者误。”总之,“鬳”字古已有之,“甗”“獻”皆与之同源而分化。从源流来看,“甗”字当切分为“鬳”“瓦”,“獻”字当切分为“鬳”“犬”。而林氏所说的“猒”字,则是把“獻”字切分为“鬲”和“猒”而得出的,其中的“虍(虎)”,当属左而误属右,显然不符合上述“獻”字源流的分析。林氏所引之“”,好像是独立的“猒”字,实则不然。“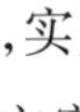”在金文中仅偶见,实即“獻”之省④。即是说,“猒”在古文字中是不存在的一个字,是林氏误分出来的。

“穆”字甲骨文作(《屯南》4451)、(《合集》28400),象禾穗下垂有芒颖之形,其本义当为禾的某种状态,《说文》训为“禾也”,倒是不离

① 参见郑樵:《通志·二十略》,北京:中华书局,1995年,第254页。

② 参见黄德宽主编:《古文字谱系疏证》,北京:商务印书馆,2007年,第410页。

③ 参见林义光:《文源·卷七》,上海:中西书局,2012年,第354—355页。

④ 参见容庚:《金文编》,北京:中华书局,1985年,第684页。

本义范畴。金文作(舀鼎),加“彡”符。所以“穆”字当把“彡”独立切分出来,象禾穗下垂部分为其初文。《说文》切分为“从禾,㣎声”,其中的“㣎”是把表示禾穗状态的整体中切分出“㝵”,又与后加的“彡”合并而成的。也就是说,从古文字的情况看,“㝵”符当属右边①,不应切到左边。此为当属右而误属左也。

三

从以上例子可以看出,汉字偏旁的切分对汉字的分析产生了重要的影响。切分不同,对结构类型和形义关系的解释都可能不同。远古造字理据的缺失、汉字演变过程的纷繁复杂以及汉字偏旁的交叉穿插,使得准确切分汉字偏旁变得更加不易,如果缺乏源流演变视角的观照和丰富出土文字材料的支撑,仅仅从共时静态的角度进行切分,有时就不符合汉字的实际情况。因此根据汉字的造字本意和古文字形体材料,因循汉字流变的自然之理和汉字构形的基本程序来切分汉字的偏旁,是分析汉字结构和汉字形义关系的科学方法,也是取舍众说和判断是非的一把钥匙。

当然,由于视角的不同或条件的差异,不同的切分之间,孰是孰非还可以进一步讨论。我们从汉字的本来构意与汉字源流演变的角度来讨论偏旁切分,可能纠正一部分不符合汉字实际情况的分析,但答案并不一定是唯一的。因为汉字形义关系和结构类型是一种动态结构,可以有不同的解释,我们很难说一定是非此即彼。比如“蔑”字甲骨文作(《合集》20449)、(《合集》6610正),象以戈加诸人胫,表示伐灭之意。西周金文多承袭甲骨文而有所变化,至小篆则上下割裂,变异尤甚。关于“蔑”字的构形解释,诸说纷纭,或以为会意,或以为形声(从戈,苜声;或从伐,眉声),也都有一定的道理②。又如“贼”字,《说

① “穆”字中的“㝵”符属右边,是就古文字结构来说的,就小篆和后来的汉字而言,“㝵”符则当属左边。从切分的角度看,此例亦属整体误切为二体的情况。以上所举例子在类别的归属上容有交叉。

② 参见季旭升:《说文新证》,福州:福建人民出版社,2010年,第301页;黄德宽主编:《古文字谱系疏证》,北京:商务印书馆,2007年,第2524—2525页。

文》就有两种分析：《戈部》云："贼，败也。从戈，则声。"《攴部》"败"字下云："败，毁也。从攴、贝。败、贼皆从贝，会意。"前者为形声，后者为会意。段玉裁在"败、贼皆从贝"下注云："二字同意。古者货贝，故从贝会意。《戈部》云：贼'从戈则声'，与此不合。"①在"贼"字条下注曰："此云则声。《贝部》又云：'败贼皆从贝，会意。'据从贝会意之云，是贼字为用戈若刀毁贝会意，非形声也，说稍不同。以周公誓命言，则用戈毁则，正合会意。"②段注既指出所释形声、会意前后不合，又为许的会意说阐释理据，其实仍摇摆于两说之间。今按散盘"贼"字作""，若解为"用戈若刀毁贝会意"，似无不可。《左传·文公十八年》："〔周公〕作誓命曰：'毁则为贼，掩贼为藏。'"杜预注："毁则，坏法也。"据此，段氏"用戈毁则"之训亦有理据。若此说可从，则不妨将"贼"字析为"从戈从则，则亦声"，当可弥缝两说之缺失。③这样看起来，"贼"字起码有三种形义关系解释，同时也呈现三种结构类型：一是从戈则声，形声结构；二是从戈从刀从贝，会意结构；三是从戈从则，则亦声，会意兼形声结构。汉字结构和形义关系的有理据重解，更需要我们掌握充分的材料和科学的分析方法，才能在更高的层次上甄别评判。

总而言之，汉字偏旁的切分关系到我们是否对汉字结构和形义关系有正确的理解和认识，充分利用出土的古文字材料和先进的汉字分析理论，对汉字做出合乎科学的分析，避免随意拆分、望形说字，是汉字学科学化的重要任务。

本文系福建师范大学本科教学"培育团队项目""国家社科基金冷门'绝学'和国别史等研究重大专项(2018VJ081)"阶段性成果。

（作者单位：福建师范大学文学院）

① 参见段玉裁：《说文解字注》，上海：上海书店，1992年，第125页。

② 同上，第630页。

③ 参见曾宪通、林志强：《汉字源流》，广州：中山大学出版社，2011年，第132页。

汉字源流知识与语文教学

李春晓

汉字是中国文化的肌理骨干，可以说是中国文化的基因，我们要对文字有充分的理解，才能更深层次地认识中国文化。可以说，汉字源流知识的学习和研究对汉字学理论、中国传统文化和语文教学等方面都有重要意义。语文教学的基本内容之一就是识字。而本文主要想讨论汉字源流知识对于语文教学的重要性。

曾宪通、林志强二位先生曾经提出："探索汉字源流的目的主要有两个：第一，汉字是中华传统文化的主要载体，通过学习汉字的历史，可以具体而真切地了解中华文化，增强我们对民族传统的认识，从总体上提高我们的文化修养和文化素质。……第二，汉字源流的知识可以帮助我们了解汉字的来龙去脉，做到不但'知其然'，而且'知其所以然'，从根本上提高运用文字的能力和水平。"[①]林志强先生还专门撰文提出，为继承、弘扬中华文化，在中学教好古文非常重要。但由于古文时隔久远，学习古文首先要解决的是消除语言的障碍，然后才谈得上

---

① 曾宪通，林志强：《汉字源流》，广州：中山大学出版社，2011年，第6—7页。

鉴赏和领悟。[1]这就要求老师要有比较丰富的语言文字学的知识，对有关字词的说明，不仅知其然，而且知其所以然，能够把问题的来龙去脉梳理清楚，而不是仅仅停留在注解的说明上。深奥的文字学理论不一定完全适合在中小学的语文课堂上来展开讲解，但作为语文老师，深厚的学识修养，特别是语言文字学的知识，似乎都是必要的，因为语言文字学是学问的根底，基础不牢固，鲜有高水平的发展空间。韩愈《师说》称："师者，所以传道、受业、解惑也。"语文教师要有效解决学生关于语言文字方面的疑惑，需要深厚的专业素养，这就要做到知其然而且知其所以然，要能够贯穿源流，沟通古今，学以致用。

为了更加全面地培养中文学子的文字学素养，我们在本科生开设选修课程《汉字源流》，教学目的是通过学习汉字学的知识，进一步了解汉字的源流演变，了解汉字的文化内涵，提高学生语言文字的运用能力。总的教学要求是使学生初步了解汉字学的基本知识，了解汉字源流的变化情况，对部分汉字的形义关系能够做到知其所以然，对汉字的演变的历史有较清楚的认识。

2018年6月，上过《汉字源流》的肖杨颖同学在期末作业里曾经总结如下："全面了解到汉字的起源与演进的轨迹，慢慢形成了对于汉字发展历史和现状的基本认识，从而深切感受到汉语言文字学的博大精深以及掌握汉字字理的必要性。""在这门课上，我最大感受就是自己对于汉字的认识从感性层面上升到了理性高度，从依靠简单的识记进化到凭借系统性的专业理论，真正做到了老师们所强调的不但要'知其然'，而且要'知其所以然'。通过梳理汉字的来龙去脉，我深入学习了汉字形音义三方面的基础知识，也进一步明白汉字基本构成的具体由来，从而脱离了启蒙认字阶段所确立的'依样画葫芦'的机械记忆汉字模式，在知识和实践结合的过程中寻找到拥有理论支撑和科学分析

---

① 林志强：《谈谈语言文字学知识在中学古文教学中的运用》，《汉字文化》2015年第1期，此文亦收入孙绍振主编，赖瑞云、林志强执行主编的《经典文本的深层结构（下）》，上海三联书店，2016年，文章名称作《知其然，而且知其所以然——谈谈语言文字学知识在中学古文教学中的运用》。

的学习和研究汉字的正确途径。"可以说,《汉字源流》的教学在中文师范专业中国传统文化类课程改革研究正在尝试着发挥出重要的作用。

一、懂字形明字义,知其所以然

李玲璞先生指出,汉语的特点之一是以单音节语素(音与义的结合体)为其基本语言单位的。[①]汉字既非音位文字,亦非音节文字,而是一种特有的音义一步到位的语素文字,并从总体上决定了汉字的表意系统,这就是我们常说的汉字是表意体系的语素文字。汉字学元点理论也就是强调以汉语单音节语素为出发点的造字取象、成字造义的"物化"过程与以单音节语素为归着点的"物化回归"过程,包括在这个全过程中人脑的"中介思维"规律及其"迁移认知"原则。

汉字不难学,在于教要得法。这就要求语文教师能够掌握一定的汉字源流知识,懂字形明字义,知其所以然。要研究汉字的特点,挖掘汉字固有的趣味因素,激发学生学习汉字的浓厚兴趣。在《汉字源流》课堂上,我们力求站在汉字发展史的高度研究汉字源流,首先要有宏观层面上的理论阐释,探索汉字起源问题,关注汉字分析理论(比如传统六书说,现代的三书说,字素理论,汉字构形学),介绍汉字从古文字到今文字的演变过程,其次有微观层面上的字例分析,或研究形义关系,或关注音义关系,设计"汉字魅力的特殊表现""汉字分析和语文学习""汉字初文""特殊结构的合体辨析"等专题加以梳理,让学生了解汉字源流知识,这样的课程有助于给学生提供科学理论、研究思路和方法论的指导,传递汉字研究的新思路、新动向、新视觉。

语文教学难免要遇到古今字、异体字、假借字、同形字、同源字等字际关系的问题。汉字字际关系错综复杂,如果教学者具备丰富的汉字学

① 李玲璞:《汉字学元点理论及相关问题——兼谈汉字认知的若干误区》,《中国文字研究》(第五辑),南宁:广西教育出版社,2004年,第1页。

知识，熟悉汉字的结构和演变规律，我们就可以透过字形分析去探求字的本义，从而掌握字的引申义和假借义，这样全方位地了解字的形义关系，将直接影响到我们对文本的理解。就“汉字初文”专题而言，汉字“初文”或称“字原”，是汉字源流中“源”的部分，又是汉字系统中最核心的部分。这一部分汉字资格老，繁衍能力强，对后来汉字的演变以及整个汉字体系的形成起了重要的作用。《汉字源流》专章讨论初文，主要包括与人体有关的初文、与自然物（包括动植物）有关的初文、与人类创造物（器用等）有关的初文、与其他语词有关的初文等。因为教学时间关系，我们就是采用典型字来加以探讨，就以与人体有关的初文而言，侧面人形，比如“企”字，我们可以参照《字源》[1]里董莲池先生的解释，做如下说明：商代甲骨文作，即“人”形下有“止”（趾），会举踵之意。《说文》：“企，举踵也。”“举踵”谓踮起脚后跟，此其本义。《老子》第二十四章：“企者不立，跨者不行。”是其用。举踵必竦身，呈张望状，因之引申有企望、企及等义。“企”之字形，早期古文字尚能看出人在止（趾）上，至《说文》小篆人形与足趾两个部件彻底割裂，许慎遂误解此字为“从人，止声”。

在教学中，我曾举考察汉字形义关系分析的高考语文试卷为例，2014年湖北高考试卷有一道题目具体如下：下面四个字是由象形字“人”（）变化组合而成的会意字。请根据给出的古文字义，仿照“比”“化”两例，用七字句描述“从”“北”的形体结构与字义。要求：形义描述合理；押韵。（4分）

比：并列（二人排齐向右站 亲密并列肩比肩）

化：变化（左人正立右倒画 人形颠倒表变化）

从：跟随____________ 北：相背____________

课堂上还是有不少同学愣住了，不知如何完成。基础比较好的同

① 李学勤主编：《字源》，沈阳：辽宁人民出版社，天津：天津古籍出版社，2012年，第699页。

学就回答得出来，比如彭璇同学回答如下："从"：二人亲密排排站，前后紧随向左看；"北"：二人反向背靠背，你向南来我向北。如是可以牢固地掌握"从""北"的形义关系。

这样的案例十分有趣，课堂上学生印象非常深刻，肖杨颖同学在课程总结中写道："记得老师有在课堂上以'从'和'北'的金文字形为例，鼓励大家依照字形发挥想象写出两句诠释字义的话。我觉得像这样有趣又实用的考察方式非常值得推广，让大家在具体的汉字书写和释义实践之中真正能将古文字学的理论知识融会贯通。"

在讲解过程中，如何结合语文教学的典型案例，十分关键。比如《诗经·豳风·七月》："九月筑场圃，十月纳禾稼：黍稷重穋，禾麻菽麦。"在这一句诗句中，可以选讲个别字例，就以"重"字而言，常常拆分为"千里为重"。参照《字源》[①]里董莲池先生的解释，同时课件中辅以黄山挑夫背负重物的图片，说明如下：，一人身上背负盛得满满的囊橐，表示沉重义。字形从人从東，東亦声。東，橐之象形文。后来在字形上，出现变化，使人形的竖画和囊橐象形的竖画共用，合并为一体。《说文·重部》："重，厚也。从壬东声。凡重之属皆从重。"符合晚期构形。

再比如《孟子·公孙丑下》："孟子去齐，宿于昼。有欲为王留行者，坐而言。不应，隐几而卧。"这里的"隐几而卧"的"卧"字，我们就可以作为阐释字源的字例。董莲池先生在《字源》[②]里指出""以人大目低垂表示休息之意。字中的"臣"形是目的象形，和人臣之臣无关。《说文》："卧，休也。从人、臣，取其伏也。"字形分析不可信。赵岐注云："隐依其几而卧也。"未释"卧"字。《汉语大字典》及《汉语大词典》"卧"下释为"伏着休息"，引《孟子》为例。其说盖本大徐本《说文》："卧，休也。从人臣，取其伏也。"许慎认为"臣"，"象屈服之形"，本义为臣下，臣下见君上常呈屈服之态，故以为"臣"像屈服之形。"卧"从"臣"，取倒

①② 李学勤主编：《字源》，沈阳：辽宁人民出版社，天津：天津古籍出版社，2012年，第728页。

伏之意。郭沫若《甲骨文字研究·释臣宰》指出，甲骨文和金文中的“臣”字“均象一竖目之形”。“卧”字从“臣”，其本义应该是瞑眠，闭目睡觉，着重强调眼的闭合，而不在乎身体的倒伏。

吕必松先生结合对外的汉字教学深有感触地说：“汉字教学的关键是开头要开好，使用科学的方法，先扎扎实实地教好几十个字，把笔画、笔顺规则和字的结构方式教清楚，以后就好办了。如果一开始就没有教好，学生脑子里一锅粥，往后就越来越难办。”①这样的一段话也同样适用于我们的语文教学，尤其是小学阶段的识字教学。

二、解读汉字信息，增强文化自信

李运富先生提出：“在这个构造字形的过程中，无论是造字者的思维方法、情感意识、智慧技巧，还是时代背景、社会生活、历史典制等等文化因素都或多或少或此或彼地渗透其中，使得每个汉字都有一定的取形构意的理据，即使形体产生以后的演变和改造，也是受到各种人文因素制约的。”②汉字富有文化信息，因此在语文教育中，讲解字词，同时渗透汉字文化，从而打造理趣相生的识字课堂，已经成为很多教师的共识。

掌握汉字源流知识，贯穿文化信息的阐释，可以激发学习兴趣，增广传统文化的知识涵养，增强文化自信。李学勤先生为左民安先生的《细说汉字：1000个汉字的起源与演变》作序称：“了解汉字不仅可以使大家更准确地使用汉字，还能够增进我们对中国古代文化的体会认识。”③李先生还特别提到有的研究者通过分析汉字的形、音、义，获得了大量文化史的信息，比如程树德先生著《说文稽古编》抽绎推求，有许多创见，当然限于《说文解字》，还少涉及考古发现的多种古文字。

---

① 吕必松：《对外汉语教学概论（讲义）》，《世界汉语教学》，1995年第2期。

② 李运富：《汉字教育的泛文化意识》，《中小学课堂教学研究》，2016年第1期。

③ 左民安：《细说汉字：1000个汉字的起源与演变》，北京：九州出版社，2005年，序二。

有鉴于此，于省吾先生《甲骨文字释林》的自序也曾指明汉字研究在文化史探索方面的重要性：“中国古文字中的某些象形字和会意字，往往形象地反映了古代社会活动的实际情况，可见文字的本身也是很珍贵的史料。”

在课堂上，我们讲授汉字的形音义理论，同时会以汉字为媒介介绍古代文化各方面的丰富知识。比如在课堂上，首先用图片展示我亲自从上海博物馆拍回的古代盛肉或其他食品的器皿之一——豆的图片，让同学们去竞猜，激发他们的兴趣，课堂气氛活跃，给他们留下很深的印象。其次，引《说文》的解释为证，《说文·豆部》：“豆，古食肉器也。从口，象形。”再次，追溯“豆”的甲骨文和金文字形，作为一个上部为盘形、下部为足形的容器，先民造字即以“画成其物，随体诘屈”的象形作为手段。最后再说明“豆”由容器意义引申用作古代的计量单位，古代十六黍为一豆，六豆为一铢，二十四铢重一两，十六两为一斤的计量机制。

再比如《汉字源流》课堂上，林志强先生曾就生育文化相关的一组字（包括“字”“子”“巳”“身”“孕”“毓”“育”“弃”）来分析[①]，给同学留下很深的印象，字例典型，而且蕴含着丰富的中国古代文化信息。且以“字”和“棄（弃）”二字为例说明如下：

1. 字

《说文·子部》：“字，乳也。从子在宀下，子亦声。”《说文·乚部》：“人及鸟生子曰乳，兽曰产。从孚从乚。乚者，玄鸟也。”《易·屯》：“女子贞不字，十年乃字。”《山海经·中山经》说：“又东二十里，曰苦山……其上有木焉，名曰黄棘，黄华而员叶，其实如兰，服之不字。”《论衡·气寿篇》说：“妇人疏字者子活，数乳者子死。”这些文献里的“字”都是表示“生孩子”的意思。

2. 棄（弃）

甲骨文里的“”象双手持“其（箕）”倾倒孩子之形，非常形象。《说

① 详可参林志强：《闲时乘月叩“字”门——关于“生育”的文字之旅》，《国文天地》，2015年。

文解字》小篆字形作棄，上面作倒子之形，就是后来繁体的“棄”字。也可以简写作“弃”，表示双手直接持“子”而弃之，即《说文》里的古文字形“弃”，就是后来简体的“弃”字。上面的“𠫓”就是倒子形的隶定，与“育”字所从相同。以上两个繁简不同的“弃”字，甲骨文里都存在，现在的简体“弃”字，可谓源远流长。文中并提及周始祖后稷以“弃”为名的历史故事。据《诗经·生民》记载，姜嫄因踩踏天帝脚印而有身孕，后生下后稷。姜嫄以为不祥，于是就把他丢弃了，“诞寘之隘巷，牛羊腓字之；诞寘之平林，会伐平林；诞寘之寒冰，鸟覆翼之。”后稷屡弃而不死，神奇至极，而且因为在农业方面的卓越不凡的才能而被尊为谷神，并与土神“社”一起成为人们经常祭祀的对象。一个国家的成立，必定要得到百姓的拥护，而民以食为天，食因土而成，因此土神与谷神对于国家来说相当重要，因此在语言文字方面，“社”和“稷”汇合成“社稷”一词，作为国家的代名词。由此看来，“弃”字中的“子”的神奇生命力。

除了在课堂上结合具体字例讲解之外，我们还建议同学们课外去阅读相关典籍，同时做好读书笔记，比如黄德宽先生的《汉字阐释与文化传统》、王贵元先生的《汉字与历史文化》（中国人民大学出版社，2008年）、王立军《汉字的文化解读》（商务印书馆，2014年），这一系列著作结合汉字形音义的分析，阐发汉字所蕴含的文化现象。

有些同学在上完《汉字源流》课程之后，利用所学知识完成论文写作，比如2011汉语言文学本科班的连燕婷就曾撰写《“五谷”的前世今生——“黍、稷、麦、豆（菽）、麻、稻”源流探微》（刊于《汉字文化》2014年第06期），着力分析“五谷”字形的古今源流演变，揭示汉字的文化信息，探讨“五谷”的前世今生。

通过了解最早造字的根源来理解字的意思，让学习者感受中国汉字背后所包含的文化故事，富有趣味性。总之，汉字的源流分析可以让我们感受到先民的生存状态，从汉字形体变化和文献佐证当中我们可以尝试勾勒出汉字的文化图景，汉字变成是灵动的、立体的而富含文化信息的“东方魔块”,这样去学习中国汉字,不仅能够让学习者深深地爱上汉字,而且有助于他们加深对汉字的理解和记忆。

三、避免瑕疵,减少错误

掌握汉字源流知识,可以让我们避免瑕疵,减少错误。我们不能苛求语文教师完美无缺,但是有时一些小毛病就跟缺少汉字源流知识密切相关。王殿雷先生曾经撰文《“廿十载”是多少年》提及浙江省中学语文特级教师赵群筠发表在《语文教学通讯》(2012年7—8期合刊)的《静待花开》一文让人感慨不已,不过文字上似有可能是疏忽所致的“瑕疵”,文中说:“才将自己的呼吸调整到与大山同节奏,我就离开了工作廿十载的浙南小县,只身一人来到杭州寻求全新的发展。”①其中“廿十载”所表示的时间是多少年?“廿”,只有一个意思:二十。王先生文中就称引曾宪通、林志强二位先生所著《汉字源流》的观点:“‘十’的倍数本以合文形式出现,卜辞多见,廿、卅沿用下来,四十合文见于甲骨文及战国博具之骨骰,直至汉代均有流行,《说文》失收。”“廿”就是二十的合文,逐渐演变为一个字的。表示二十几的数,就是在“廿”后加上数字。比如袁宏道《满井游记》:“廿二日天稍和。偕数友出东直,至满井。”“廿二”就是廿加上二,即二十二。

《说文·十部》:“廿,二十并也。古文省。”这里所说的“二十并也”意即两个十合并而成,是孔壁中的古文,是一种省略形式。两个“十”字合作一个字,故言“省”。据《甲金篆隶大字典》(第142页),“廿”甲骨文作(前七·二·五·四),金文作(盂鼎)(颂鼎)。因此揆之甲骨文和金文,可以证明许慎所说不误。李守奎先生分析如下:“十”字古形中部多为肥点,后变为短横,相并两个“十”字的两条短横连为一笔,

① 《咬文嚼字》编辑部:《咬文嚼字合订本》,2013年,上海:上海锦绣文章出版社,2014年,第28页。

这就是《说文》所谓的“古文省”，这与战国时期秦、楚、燕、齐各国文字相合。①“廿”字从甲骨文起，两个“十”下部就连为一体，至战国时期，上部也连为一体，从字形上看，早已是浑然一形了。但从音义上看，恐怕还是读为“二十”，性质依旧是合文，因为绝大多数“廿”下都有合文符号。高鸿缙以为它的读音是汉代人加上去的，是有道理的。事实上，今天阅读时，遇到这个字，我们依旧多读为“二十”。

运用多种形式的字谜进行儿童早期的识字教学，确实可以活跃课堂氛围，激发学生的识字兴趣，学得轻松又快乐，增强学生记忆字形的能力，不过有时缺少汉字源流知识，仅靠楷书字形任意拆割，就极不利于科学地掌握汉字知识。比如有老师②撰文提出将“照”字编成字谜：“一个日本人，刀杀一口人，流下四滴血”，以为这个字谜脱离字理而变味。而文中对于“思”字，将其编成字谜：“四张口，一颗心”让同学们去猜测，这其实也是脱离了字理。同样针对“思”字，我在布置学生完成解释自己名字的时候，有位研究生同学名字当中含有“思”字，他在作业中如下解释：“字从田，从心。‘田’指农田，引申指谷物、粮食。‘心’指‘牵挂’‘考虑’。‘田’与‘心’联合起来表示‘记挂谷物收成’‘考虑吃饭问题’。本义表示考虑吃饭问题，引申义表示考虑。”很显然，这的解释不合汉字理据。因为“思”字，小篆字形作  ，《说文·思部》：“容也。从心囟声。凡思之属皆从思。”原作“从心囟声”，徐灏《段注笺》云：“人之精髓在脑，脑主记识，故思从囟，兼用为声。囟、思一声之转也。”③《说文·囟部》：“囟，头会脑盖也。古文囟字。或从肉、宰。凡囟之属皆从囟。”王筠《说文解字句读》：头之会，脑之盖。会者，合也。所谓“头之会”，当指婴儿头骨顶会合之处，即囟门；脑盖。《汉语大词典》释为“头额”或“颅顶骨的别称”，应该也是指囟门。杨树达《文字形义学》

① 详参李学勤主编：《字源》，沈阳：辽宁人民出版社，天津：天津古籍出版社，2012年，第166页。

② 宋文瑛：《字理教学让课堂充满活力》，《杂文月刊·教育世界》，2016年第7期。

③ 丁福保：《说文解字诂林》，北京：中华书局，1988年，第10260页。

中把“思”字的形义关系解释得很清楚，他说：“古人谓心主思虑。孟子云：‘心之官则思’，是也，故字从心。今人谓脑主思虑，造字者亦早知之，故字又从囟。囟训头会脑盖也。于此可见吾先民文化之卓越。”①许君不知脑主思虑之说，故不知思为会意字，而误定为形声耳。《说文·心部》：“思，睿也。”段玉裁注：“凡深通皆曰睿，谓之睿者，以其能深通也。”②朱骏声《说文通训定声》：“思者心神通于𡿺，故从囟。”张文虎《舒艺室随笔》则称：“‘恖’字从心囟会意，今人谓人记忆在脑，故凡思则侧其首，段注‘息’篆亦云心思上凝于囟也。囟，息进切，思，息兹切，实一声之转，则亦以义兼声。”③

掌握汉字源流知识，可以让我们更好地辨析一些形近字。比如，就以“采”“釆”二字而言，兹结合古今文字流变考辨别如下：甲骨文作（合集11726）、（合集12812），其中下象树木及其果实，“”或作“”形，“采”就是表示以手在树上采摘果实或叶子④。金文作，袭自甲文第二例。战国文字作（郭性45）、（睡·秦179）二例，承自金文之形。篆文作，隶书承于篆文之形，显而易见。考辨古今字形，“采”由“爪”“木”二“文”组合，会合“有所捋取”之意。“采”和“釆”形体特别相近，为了避免混淆，“采”旁增手为形，而“采”转作声符，兼表其义，“採”则属于形声兼会意。“采”加形符“彡”，作“彩”，表示颜色义，“采”加上形符“宀”或“土”，分别作“寀”“埰”，表示封地。至于“釆”字，陈英杰先生分析如下，釆与番之古文构意相同，均像兽爪之形。⑤《集韵·猕韵》：“釆，兽悬蹄。”《六书正讹》：“釆，兽指爪也。”清王筠《说文释例》卷十：“釆字当以兽爪为正义，辨别为引申义，以其象形知之。”

---

① 曾宪通，林志强：《汉字源流》，广州：中山大学出版社，2011年，第54页。

②③ 丁福保：《说文解字诂林》，北京：中华书局，1988年，第10261页。

④ 根据徐中舒《甲骨文字典》卷六651页（国学大师网站），罗振玉《增订殷虚书契考释》中“谓采象采取树叶之形”，郭沫若《卜辞通纂考释》“谓采象采取树叶之形”，基于此两种解释，《甲骨文字典》指出：“然释果或叶并无确证，故但谓采象于木上有所捋取即可。《说文》：‘采，捋取也。从木从爪。’”

⑤ 李学勤主编：《字源》，沈阳：辽宁人民出版社，天津：天津古籍出版社，2012年，第67页。

《说文解字·叙》曰:“黄帝之史仓颉见鸟兽蹄迒之迹,知分理之可相别异也,初造书契,百工以乂,万品以察。”《说文》训“釆”为“辨别也”,当与此种造字传说有关。此字与“番”“蹯”乃同义的古今字,“番”所从之“田”是鸟兽所踩的田地或脚印。“蹯”是在“番”上加义符“足”以强化其表意功能。至于《说文》所收番之或体(从足从烦),乃一新造形声字,与“蹯”为异体关系。

掌握汉字源流知识,可以让我们更好地考辨日常存在的错别字问题。汉字的一笔一画都有它的理据,一旦缺少汉字源流知识的话,就不了解字理,容易将字写错。比如“冒”字上半部分是作“冃”,两横笔画“不封口”,但是大家在不知不觉的情况下写作封口的“曰”字,完全忽视了“冒”字的流变情况。2018年6月,福建师范大学文学院2015级汉语言文学本科肖杨颖同学就在《汉字源流》课程总结中写道:“‘冒’这样一个简单的常用汉字就能让作为中文系学生的我跌了个大跟头,说明了一个普遍存在的严重问题。那就是许多像我一样的中国人在学习汉字的启蒙阶段并没有好好掌握和理解汉字的形体构成意义,所以成年以后也缺乏一定的文字学知识,当然也就无法正确地认识到‘冒’字的形体构成意义。《字源》中这样解释说,‘冒’其实是一个象形字,最初只写作‘冃’,即像帽子的形状,而后另加下部的‘目’(代表人头)以明确定义。所以‘冒’字的本义就是帽子,并且又因为后来引申有覆盖、冒犯等意义,才与另加意符的‘帽’字区别开来。但是由于‘冃’和‘目’非常相似,很多不了解汉字字形由来的人包括我就会很容易将二者混淆起来。这个现实生活的常例就很好地证明了掌握汉字源流相关知识的重要性,也告诫我们这些自以为从小学习写好汉字就理所当然地觉得不用再专门了解汉语言文字学的人:每个汉字的一点一画都是有自己的来历和理据,只有从根源上了解一个字的形体构成意义,才能真正弄清一个字怎样写才是正确的,才不会写出贻笑大方的错别字。”

写到这里,我们想要推荐杨民生先生的《别字大全》(中国青年出版社2017年12月），据审订者高喜田先生所作的《序》介绍，安徽省退休教师杨民生先生，积五十余年语文教学经验，撰集常见又极易混淆的一千五百余词，从汉字因形定义，造字规律出发，沿着甲骨文、金文、篆书到楷书一脉相承的发展脉络，追本溯源，逐一辨析其读音与词义，揭示出其易误易混的原因，这是值得每一位语文教师拥有，也是广大传媒工作者案头应备的工具书。

四、储备知识，适量示范

在语文教学的过程中，我们应该如何利用汉字源流知识有效解决相关问题呢，窃以为语文教学者要注意储备系统科学的文字学知识。一位真正优秀的教师不是纯粹的“教书匠”，而是富有积极向上的进取精神，肯钻研，愿意下功夫不断储备所需要的各种知识，而文字学素养是“基础”和“核心”。但是如何储备呢？目前学界有大量的文字学著作问世，尽可能选择专业人士完成的著作来阅读，充分了解文字学研究的历史与成果，掌握传统文字学理论，熟悉古今文字学专家。在闲暇时，可以关注《古文字学初阶》（李学勤，中华书局1985）、《文字学》（杨五铭，湖南人民出版社1986）、《商周古文字读本》（刘翔、陈抗、陈初生、董琨，语文出版社1989）、《中国古文字学通论》（高明，北京大学出版社1996）、《文字学概要》（裘锡圭，商务印书馆1988）、《古文字学纲要》（陈炜湛、唐钰明，中山大学出版社1988）、《中国文字学》（唐兰，上海古籍出版社1979年新1版，2001年重印）、《古文字研究简论》（林澐，吉林大学出版社1986）等文字学经典之作。

平时的备课过程中，要学会查阅《说文解字》《说文解字注》《汉语大字典》《字源》《辞源》《辞海》等专业工具书，考辨文字的形音义问题。《孟子·梁惠王上》：“挟太山以超北海。语人曰：‘我不能。’是诚不能也。”又《墨子·兼爱下》：“犹挈泰山以超江河也。”这里的“超”字，《说文》：“超，跳也。”《释名》：“超，卓也，举脚有所卓越也。” 唐玄应《一切经音义》卷四:“超,跳上车也。”《六书故·人九》:“超,跳越高阻也。”“超”字由跃上义引申为跳过义,由跳过引申为超出、胜过义,由超过引申出超凡、超胜义,进一步引申为超远义。类似这样,因为一个字而勤查字典辞书,就可以全面系统地把握字词的形音义关系,举一反三,触类旁通。

当然,教学过程适量掌握典型字例的示范性,语文教学课并不是纯粹的文字学课程,文字学知识的穿插要适量有度,可以在文言文教学中选取一些字例加以演示,让同学们学会通过字形的分析来掌握字义的流变。

本文系福建师范大学教改项目“高考综合改革背景下的中文师范专业中国传统文化类课程改革研究与实践”(项目编号:I201812004),2016—2017年度福建省文化名家项目“走近汉字:汉字与汉字文化的普及和传播”。“福建师范大学本科教学‘培育团队’项目”阶段性成果。

(作者单位:福建师范大学文学院)

《礼记》“不可夺丧”句考释

罗历辛

《礼记·杂记下》：

君子不夺人之丧，亦不可夺丧也。

郑玄注前句云“重丧礼也”，后句为“不可以轻之于己也”。孔颖达疏：“‘君子不夺人之丧’者，谓不夺他人居丧之礼。谓他人居丧，任其行礼，不可抑夺。‘亦不可夺丧也’者，不可自夺己丧。谓己之居丧，当须依礼，不可自夺其丧，使不如法。不夺人丧，恕也；不夺己丧，孝也。”①

元陈澔《礼记集说》则释为：“君子不夺废他人居丧之情，而君子居丧之情亦不可为他事所夺废，要使各得尽其礼耳。”②

上引三家之说，郑注实未作出明确注解，而孔陈二家对于后半句的训释之别在于语法取舍的不同，一以定语省略作解，即视原文为“君子不夺人之丧，亦不可夺[己之]丧也”；一以无标志被动作解，即视原文为“君子不夺人之丧，亦不可[被]夺丧也”。从论者之影响看，《正

① 〔汉〕郑玄注，〔唐〕孔颖达疏：《礼记正义》，上海：上海古籍出版社，2008年，第1638页。

② 〔元〕陈澔：《礼记集说》，南京：凤凰出版社，2010年，第331页。

义》素被视为圭臬，后世之解多遵郑注孔疏[①]。陈澔之解晚出，从其说者则相对较少[②]。此二解皆通于文意、契于情理，故未引起学人注意，然从语法角度而言，二解均非常见，值得结合语境、文理做一探讨。

孔颖达释“不可夺丧”为“不可自夺己丧”，实则空加定语作解。先秦语法中，根据省略的成分与未省略的成分之间的对应关系，可划分为“承前省”“蒙后省”“背景省”三类；从句子成分来看，则有主语、谓语、宾语、定语、兼语等成分的省略。定语的省略，亦可归入承前省、蒙后省、背景省三类。如：

(1)秦伯师于河西，魏人在(　)东。(《左传·文公十三年》)

(2)齐侯长矣，而欲亲晋。管仲殁矣，多谗在(　)侧。(《国语·晋语四》)

(3)此其近者祸及(　)身，远者及其子孙。(《战国策·赵策四》)

(4)橘生淮南则为橘，生于淮北则为枳，(　)叶徒相似，其实味不同。(《晏子春秋·内篇杂下》)

(5)九月，(　)师侵卫，晋故也。(《左传·定公八年》)

上述前两例承前省“河”“齐侯”，三、四例蒙后省定语“其”，最后一例由行文背景可知省略定语“鲁”或“我”。定语的承前省或蒙后省中，所省略的定语须是上下文出现过的。背景省则是由于上下文均未出现省略成分，依背景知识补出，多见于《左传》《国语》等史书中。《杂记下》此句若视为定语省略，前后文无省略之定语出现，故既

① 〔宋〕卫湜：《礼记集说》，文渊阁《四库全书》影印本，台北：台湾商务印书馆，第3册，1986年，第253页、〔清〕朱彬：《礼记训纂》，北京：中华书局，1996年，第633页，〔清〕孙希旦：《礼记集解》，北京：中华书局，1989年，第1089页，以上书皆用注疏之解；〔清〕王夫之：《礼记章句》释此句为：“‘夺丧’者，强之从政，及居处饮食使即便安也。君子遇丧而恻怛生心，行乎所不容已，故于人能恕而在己不移也。”(王船山：《船山全书》第4册，长沙：岳麓书社，2011年，第1003页)似亦偏于“不夺己丧”之说。

② 今人注本有用此解者，如杨天宇：《礼记译注》，上海：上海古籍出版社，2004年，第538页。

非承前省,亦非蒙后省。若以背景省视之,则有悖于先秦文法中定语的背景省略例。此句上文为:"'请问兄弟之丧。'子曰:'兄弟之丧,则存乎书策矣。'"下文为:"孔子曰:'少连、大连善居丧,三日不怠,三月不解,期悲哀,三年忧,东夷之子也。'"上下文为孔子杂谈守丧之哀情行为,与"君子不夺人之丧,亦不可夺丧也"一句无文意联系,似无相关行文背景可使"不可夺丧"句补定语为"不可夺己之丧"。古人虽行文尚简,亦多求对称,原文即可明言为"君子不夺人之丧,亦不可夺己之丧也",语意则通透无碍。然正文非如是,孔氏疏为"不可自夺己丧",盖由上句"不夺人之丧"语补下文之对称文意为"不夺己之丧",惜先秦语法中尚未见定语之"对称省"例,此解未免有增字解经之嫌。

考《礼记》全书,此句式非此一处,《曾子问》第七篇有相同句式:

> 子夏问曰:"三年之丧,卒哭,金革之事无辟也者,礼与?初有司与?"孔子曰:"夏后氏三年之丧,既殡而致事。殷人既葬而致事。《记》曰:'君子不夺人之亲,亦不可夺亲也。'此之谓乎!"

《服问》第三十六篇亦引此原文:

> 凡见人,无免绖。虽朝于君,无免绖。唯公门有税齐衰。《传》曰:"君子不夺人之丧,亦不可夺丧也。"

《曾子问》与《服问》篇语,皆意在言君臣之事。《曾子问》句,郑玄注曰:"二者,恕也,孝也。"孔颖达疏云:"解人臣丧亲,在上君子许之致事。君子,谓人君也。人臣有亲之丧,在上君子许其致事,是不夺人丧亲之心,此谓恕也,以己情恕彼也,据君许于下也。'亦不可夺亲'者,谓臣遭亲之丧,若不致事,是自夺思亲之心也。故遭丧须致事,是不夺情以从利禄,此谓孝也,此据孝子之身也。言孝子居丧不可以不致事，人君不可以不许。旧《记》先有此文，故孔子引之，故云'此之谓乎'！"[①]

《服问》句疏云："解'朝君无免绖'之意，引旧《记》以明之。言君所以许臣不免绖而入朝，以君子之人，以己恕物，不可夺人丧礼使之免绖，故许着绖也。'亦不可夺丧也'，非但不夺人之丧，亦不可自夺丧，所以己有重丧，犹绖以见君，申己丧礼也。"[②]

孔颖达之疏，三处大体保持了一致的语义，疏解详明，力申郑注所言"恕""孝"之道。孔氏看来，君应以己情恕臣，许臣致事或着绖以见君，臣亦须守己孝，不自夺守丧之心，还职位于君或绖以见君，才是遵循古礼精神之法。据此，"不可夺亲／丧"一句含有劝诫人臣自觉守丧尽孝之意，故孔疏未对语法做充分考虑，将其解为"不可自夺己亲／丧"。

从语意来看，《曾子问》和《服问》两处重在言君臣之事，而《杂记下》之语视作具有普适意义的礼仪规范更为合理。考释此句的焦点集中于"夺"与"丧"二字。《说文·奞部》："夺，手持隹失之也。"段玉裁注："引申为凡失去物之偁。凡手中遗落物当作此字。"[③]则夺原有"丧失"之义，盖由此义引申而为"强取""剥夺"等义。如《礼记·月令》："其有相侵夺者，罪之不赦。"《礼记·礼运》："讲信修睦，谓之人利；争夺相杀，谓之人患。"《周礼·天官·大宰》："以八柄召王驭群臣……六曰夺，以驭其贫。"

郑注"不可以轻之于己也"，意在强调不可减少、轻慢守丧之礼，孔疏未对郑注之"轻"做进一步解释，仅言明"不可自夺己丧"，此则未对"夺"进行释义。而陈澔《礼记集说》释为"（被）夺废"，二者稍有不同，一为主动，一为被动，由"夺"之本义较难推出"减轻"之引申义，其本义及引申义亦未含有主体自夺的意味。就实际情况而言，表面看来则个人自身的守丧行为、仪容和哀情并非由自己剥夺，只会被他人他事所

① 〔汉〕郑玄注，〔唐〕孔颖达疏：《礼记正义》，第819—820页。

② 同上，第2171页。

③ 〔汉〕许慎撰，〔清〕段玉裁注：《说文解字注》，上海：上海古籍出版社，1988年，第144页。

夺。故而,此处释为被动亦是综合语义考虑而得的合理之解。

就语法而言,无标志被动句学界已有论之,先秦文献中较为常见的用例如:

(6)蔓草犹不可除,况君之宠弟乎?(《左传·隐公元年》)

(7)朽木不可雕也,粪土之墙不可杇也。(《论语·公冶长》)

(8)彼窃钩者诛,窃国者为诸侯。(《庄子·胠箧》)

(9)夫君子所过者化。(《孟子·尽心上》)

(10)锲而不舍,金石可镂。(《荀子·劝学》)

上述用例中的主语和谓语存在被动的关系,但又缺乏"于""为""见"等表示被动的标志词,当视为无标志被动句。常见的无标志被动句中,主语即为谓语部分的及物动词的受事对象,动词一般不再带宾语。然"不可夺丧"释为"不可被夺丧",谓语动词还带有受事宾语,在先秦无标志被动句中较为罕见。倘若不作被动解,此处文意则阻滞不通。无标志被动句中的动词带受事宾语的用例虽少,亦有例可循。《太史公自序》所言:"孙子膑脚,而论兵法。"即为带受事宾语的用例。时代相去不远,可资旁证。

综上所述,陈澔将此句释为被动,是为更符合语法文意之解。然陈氏将"丧"释为"居丧之情",亦难免有瑕。诚然,丧仪、丧容均是基于丧情而生发显现的,繁冗严苛的礼节仪式亦是为充分表现亲者充溢于心的哀情而制定的。《乐记》有言:"先王之制礼乐,人为之节。衰麻哭泣,所以节丧纪也。"郑注:"言为作法度,以遏其欲。"《礼记集说》引刘氏(长乐刘砺)云:"先王之制礼乐,因人情而为之节文。因其哀死而丧期无数,故为衰麻哭泣之数以节之。"①可见制礼初衷与表达人情不无关联。《问丧》篇亦云:"孝子之志也,人情之实也,礼义之经也。非从天

① 〔元〕陈澔:《礼记集说》,第295页。

降也，非从地出也，人情而已矣。”忧心劳思守丧三年，以致形容枯槁、身病体羸，固然是基于丧亲的哀痛之情，但倘若不是通过一系列礼节仪式，丧情则无法抒发，换言之，制礼为使哀情得以呈现，而非郁积于心。故此句中之“丧”既是居丧之情，亦指为表达丧情所需行使的居丧之礼。情寓于礼，礼发于情，才臻于人情与礼义的统一之境。

“君子不夺人之丧，亦不可夺丧也”一句，前句意旨明确，后句虽从语法角度分作二解，然缕其本义，二说皆在强调守丧。考以儒家“三军可夺帅也，匹夫不可夺志也”之理，故非自己夺之，则有死义耳，守丧之际的各种现实影响如官位之竞、财产之争等，皆可令其移丧情、去丧礼而别有所为，故虽作被动解合于语法，然诸说皆倾向于不可自夺丧。全句意在强调尊重、重视他者及个人的居丧之情，哀痛于心，可以礼抒之，故而，君子不能阻废他人行丧礼，抒丧情，亦不可为他人、他事所阻，而减废自身居丧之情，以致不得尽行丧亲之礼。

（作者单位：福建师范大学文学院）

书影心声

羊毫无端二题

朱以撒

所谓运气

曾国葆曾谈到求学之道："不敢自暇自逸，以渐求其贯通，又必随时随事以求践其实。至于文艺，则参而习之。总之，一切尽人事以待天。"这里涉及了两个方面的关系，一是人，一是天。一个致力于文艺的人都会思考这两个方面的问题，考量自己才华可能进入的深度，也和别人相比，或高人一筹还是逊人一等。同时也揣摩天道，天道远远超出人所能理解的限度，天意高难问，只在飘渺间，也就难以期待何时落于实处。

比较可靠的就是不自暇自逸，总是在不懈地实践。白居易曾说自己："二十已来，昼课赋，夜课书，间又课诗，不遑寝息矣。以至于口舌生疮，手肘成胝。既壮而肤革不丰盈，未老而齿发早衰白，瞥瞥然如飞蝇垂珠在眸子中者，动以万数。"由此可以想见一位古诗人未老而衰之状，肉身无疑是痛苦的，因为学业受到了伤害。但精神则快乐，超越了肉身，故能以苦为乐，继续下去。倘若一个人到此止步，无所事事，纵身强力壮，也不得欢乐。因此穷年兀兀磨砺，总是有意地追求一些可能性——能否再上一层？或者拓宽空间的可能。对于可能性的追求源于个人的原动力，希望更高更好。往往曾经的不可能，后来成为现实了。倘若有许多的不可能实现了，一个人的学问之功已今非昔比。时下能否超越可能性，大多以竞赛决出，入选、获奖，可能性达到了，于是鼓努向前，便有了几十次的获奖记录。而有的人尚不可能，总是落选，一时郁郁，觉得天不佑我，连曾国藩这样的人都会认为：“人生事无巨细，何一不由运气哉！”运气是看不到，却让人觉得比人力具有神奇作用。

追究起来，与探索艺术的复杂性不无关系。执笔写字，如果写毛笔字，那就无复杂可言，任意去写。如果是追求书法，则法则夥矣，不可漫言小道而不倾心经营。书法只能倚仗个人的力量，非集体可以相助，那些超出个人才华的复杂，让人看到了个人力量的局限。曾国藩形容此为“困”，不知如何穿过复杂。在《水浒传》第四十七回写到：“只看有白杨树，便可能转弯，不问路道阔狭，但有白杨树的转弯，便是活路，没那树时，都是死路，如有别的树木转弯，也不是活路。”走入死路的人常有，不循规矩而止步于此。那些善于应对复杂的人，明理，得法，解疑，纠偏，终于如《桃花源记》里说的：“初极狭，才通人，复行数十步，豁然开朗。”如无复杂的羁绊，也就无后来的豁然开朗，此时复杂瓦解，出了困境，自然舒展之至。曾国藩认为：“胸中不宜太苦，须活泼泼地养得一段生机。”一个人只有具备生机，方有振作之力。厨川白村曾认为，艺术家的创作力：“正如新春一到，草木萌动，禽鸟嘤唱似的，被不可抑止的内部生命的力所逼迫，作自由自在地表现。”倘若不是如此，真难以应对复杂的艺术现象。

如果一个人写写毛笔字，那会简单得多，爱怎么写就怎么写。如果是意在书法，则相关连的部分就宽泛了。今人回望古代书法家，他们在学识部分延伸很广，犹如一棵大树，除了扎根于深处，亦横向张开。这也是古代书法家的一种特色，书法史记录他的书法人生，而在文学、史学、哲学等学科也同时被关注，甚至，书法反而不是主要的贡献了。一个人的思维、视野不为一时一事所囿，而有意于逾越藩篱，超

越封闭，就进入一个大的艺术空间，广泛吸收，相互渗透，识见增长。韩愈曾说："水大而物之浮者，小大毕浮"。这个水可以视为个人之整体素养，春潮带雨，丰沛汹涌，可以载舟行远。

书法实践中的神秘性不可言说，很私有的个人感觉，总是灵光一闪，关捩顿开，思之不得其解。人之于天道除了遵循，个人所求，何时到达天听？实不可指望。守株以待兔，这只兔子就是所谓的运气，十有八九是候不着的。于是除了个人实践，也存寄天时、会天机、揣度天意的一些行为。个人的实践是笃实的，来自天的运气是虚的，虚实相交于何时总是难以期待。天人合一是古往今来最向往的结合，但从艺者安道苦节，还是寄希望于个人的勤奋，倘有所谓的运气来临，那就是额外的好事了。

写而不补

学书伊始,反复训练一个点画使其准确到位,就是为了达到书写的一次性。能否一次性到位,以此来衡量一个人的功夫,也是有道理的。因此做不到一次到位的,只能继续训练,使之达到。书法的本质是非画的,不一次性写就,也就是一种欠缺,不写何以堪。

字是写出来的,一笔一下。如果是草书,一字一笔或者数字一笔势同破竹,使气之所贯,义无反顾。苏东坡认为:“书必有神、气、骨、肉、血,五者缺一,不为成书也。”在挥毫过程中,气须从头贯到尾,所谓一气呵成,指的就是它的连贯性。气足则字足,坚韧不颓。明人陈敬宗认为:“字以规矩为主,必气以驭之,然后豪迈而不萎。”清人归庄说得更形象:“气犹人之气,人所以赖以生者也,一肢不贯,则成死肌,全体不贯,形神离矣。”可见穿金贯石的重要,不如此则零散破碎。字是写出来的,不是画出来的,写字过程异于画画,是因为秩序不同,从起始到终结,循此而为,一个动作下来。动作的背后是人对于写和画的认知不同。如果写字成了画字,那就难以成字,而是其他了。在古往今来的书法作品中,有多少是写完之后又添加的笔触、修修补补而成的呢?肯定有许多,只是看不出来,或者看得不那么明显。这个问题肯定历代都存在,历代书法家都有如此一些添补的动作,只是具体到一个书法家身上,有的多有的少,有的偶尔补一笔,有的则成了习惯,补不胜补,使一件作品成了百补作品。补得巧妙者,不着痕迹;补得粗糙者,露出马脚。古人是如何补笔的,那个书写的过程由于时日久远永远看不到了,今人的书写往往会为某些图像所记录,公之于众,使人看到了书写过程中的众生相——有的一气呵成不计工拙写完了事,有的则数次补缀,习惯成了自然。这种习惯一经养成,也就时时运用,不以为失当,反以为当如此。书写往往于私人书斋,有隐蔽性,倘一个人不警惕,所谓写字,已经没有写的那些要求,谁也不知道一幅作品的背后，一个人是如何完成的。

字是写出来的，再熟练的技艺，笔下也不可能尽其美善，总会有一些点画不如意，未能达到自己的要求。譬如一点太小，一画太短，趁墨迹未干补笔使一点变大使一画变长。补笔就是作加法，这里加一点点，那里加一点点，甚至点画残破、形态丑陋者，都可以通过补笔，弥补其不足，使其得到遮掩。它和美容甚为相似，都是在面子上下功夫，增加动作、材料，使品相美观起来。经过补笔的字也如此，比不补时入目多了。这么多添加进来的动作、材料并不是书写的那部分，而是追加的，有意贴上去的，也就点点滴滴、零零碎碎。字是人写出来的，不是神写出来的，也就或多或少不能完善，成为真实的手写之作，体现真实的手感、手势，是一种手工。手工使人亲切在于它的自然、真实，不是机器的机械痕迹。手工的不足，只能通过重新书写的形式来改变，再写一幅、再写几幅，纠其不足。倘反复书写仍不如意，也只能如此。是人之手工都有缺憾，因为人达不到神之力的十全十美。补笔就是有意遮掩，但在遮掩中又生出新的弊端滋养，成了坏习惯。一件作品的美感是由一次性动作来展开的，添补倘能增加美感，那也是另一种，不是自然产生的。倘若想作品少瑕疵，只能通过反复训练，加强一次性的能力使之熟练，而不是其他方法来补救。

一挥而就——这种创作状态的优势是很明显的，心态的率性、手态的熟练，走笔无碍，写完搁笔，使整个过程简洁明快，一以贯之。它的特色在于从大势出发，是大动作而不是小动作、是连贯性而不是时断时续。一个人在创作时隐藏了什么，作品在进入社会欣赏渠道时，还是会让细读的观众发现的。每个人应有这样的自觉，是书法家而不是画家，是写字而不是画画，力求使书写成为书写，守其书写的规矩，加强书写性的体现，摒弃非书写的动作、习惯，提高书写性的美感，让写展开整个过程。

（作者单位：福建师范大学美术学院）

漢青龍瓦當

青龍為四靈之首祥瑞圖騰千年猶乎矯示

羣吉然清雲觀之生祥尚意 戊戌八月 以撇

文学翻译的修辞空间

——序潘红《哈葛德小说在晚清：话语意义与西方认知》

谭学纯

2016年夏天，一代翻译大家陆谷孙病逝的消息发布，潘红在微信群里流露了美丽的感伤。我想，潘红一定在陆老先生的翻译文本中凝望过这位仙人。凝望，是致敬心中不曾褪色的经典的情绪表达，也是沉湎于纸上的译文链接现实关怀的理性思考。这也许可以理解为潘红对翻译，尤其对文学翻译长期关注的原因——在我接触潘红的不算短的时间里，她"入乎其内，出乎其外"的话语场，始终是文学翻译。

报考博士研究生的时候，潘红已经做了七年教授，也许因为与契合自己的对话方式的迟到邂逅，她竭尽所能地用好被"占有"之外的时间。读博以来，潘红先后十余年参与和主持福州大学外国语学院管理工作。她在行政思维和学术思维之间切换的生物钟，定格在凌晨。

潘红的"一天"，是从闻鸡读写开始的。梦醒时分，徜徉翻译理论和翻译文本呈现的世界；游走翻译主体和译本受众的想象空间与认知通道，是《哈葛德小说在晚清：话语意义与西方认知》的读写现场——学术研究是同一研究主体读写身份共同在场的游戏。①

① 谭学纯：《学术文本读写身份转换：理论阐释及样本分析》，《当代修辞学》2017年第3期。

一

本书研究对象包括：

——哈葛德小说两种：*Joan Haste*和*She*

——译者组合和译者身份：林纾、魏易；蟠溪子（杨紫驎、包天笑）；林纾、曾宗巩；曾广铨。译者身份各不相同，例如坚守儒家传统的文人林纾，思想观念新旧杂陈的青年知识分子包天笑，驻外使节、作为新思想知识分子代表的曾广铨。

——不同的译本：*Joan Haste*中译有林纾、魏易译本《迦茵小传》和杨紫驎、包天笑译本《迦因小传》①；*She*的中译《三千年艳尸记》《长生术》，分别为林纾、曾宗巩译本和曾广铨译本。

为使自己的研究言之有据、持之有故，潘红多次到上海查询搜集文献。国际化的动感魔都，属于潘红的空间，是静谧的图书馆。美国访学为她搜集域外文献和购置国外图书提供了便利。线上的文献搜索依托中国知网、大成老旧数据库和多种国外学术数据库等网络资源，最大化地搜寻原著作者哈葛德生平、哈氏创作思想和小说创作特点、英国对哈氏小说的评价及其缘由。书中文献征引广泛涉及译者生平、翻译思想诸方面的考证，以及与这些译者相关的晚清期刊、出版商等资料。将这些碎片化的信息资源纳入晚清“救亡启蒙”的宏大叙事背景，作者大量阅读晚清史、晚清文学史、晚清翻译史、晚清思想史；以及英国非洲殖民史、英国维多利亚时代社会史、英国19世纪文学史、英国19世纪思想史等。

本书文献搜集和阅读十分充分，这是学术研究的坚实基础，但不等于学术研究本身。文献钩沉和梳理，也不同于理论解释型的知识生

---

① 潘红区分了不同译本的“迦茵”和“迦因”。本文只在直接引述原文时，还原为不同译本的“迦茵”和“迦因”，自述文字统一为“迦茵”。

产。文献阅读提取的信息碎片是无序的，如何转化为学术叙述的有序编码[①]，是关键并且是差异性的。如同面对风景，谁在观看？如何观看？决定“心中之景”是否以及多大程度上溢出“眼中之景”的边框。一次旅游观景，导游小姐引导教授团队观看山峰，并引导游客对女人身体的局部想象。同在一个旅游团体，夫人朱玲观看到的，是仰卧少女献祭上苍的大场面和大悲壮。天地人三界，人的非理性生存以献祭少女的生命承担，与苍天进行没有承诺的交换。这种风景观看与对“大波妹”的想象，分属不同场域。面对同一景观，置身同样的娱乐语境，接受同样的话语诱导，“眼中之景”转化为“心中之景”的修辞加工在瞬间体现的差异，不能说与观看主体和观看方式没有关系。而同在一个观看群体的我，索性拒绝定向引导的观看，拒绝解释外部信息的“我性”弃权。《广义修辞学》探讨“谁在言说／向谁言说／如何言说”以及话语权和解释权，同出此理。

就本书而言，创新性的知识生产，取决于如何立足文献而又超越（但不是背离）文献，如何为原译著对勘及不同译本对勘确立19世纪末至20世纪初中西文明交流互动的价值坐标，观察译本修辞的意识形态规约、译本修辞对现实的表征，剖析作为个人叙述的译本和社会集体叙述之间的关系？如何在微观分析和宏观审视中解释译本修辞的思想启蒙和现代性意义、异域文学输入与本土意识形态建构的文化资本博弈？如何从文本内外系统阐释外国文学译介对本土意识形态的影响，进而阐释译本话语作为修辞重构，在中国近代社会文化转型过程中的思想能量？对这些问题的学理回应，是本项研究的创新价值，也是难点。

国内现有文学翻译研究比较频繁的学术亮相，是运用西方翻译学理论，解析非汉语文学的汉语译本，据此主导的文学翻译研讨一定程度上提供了国人相对陌生的观察点，部分研究提供了较新颖的结论，

---

① 谭学纯：《学术文本读写转换之二：碎片信息管理及再叙述》，《当代修辞学》2018年第2期。

对该领域较流行的公共认知产生了一定的冲击，但也不乏质疑和诘难：毕竟，西方翻译学理论不可能构建文学翻译的全球秩序，跨文化视野中的文学传播不宜导向理论殖民；不宜照着西方图纸批量显性的“中国制造”；不宜助推西方话语隐形操控本土知识生产和消费；不宜自觉不自觉地默认国际学术话语权不对等的思想对话。如何在承认中西民族思维方式、概念范畴、阐释思路差异的前提下，构建中国理论体系和话语体系，为文学翻译研究的思想资源开拓国际对话空间，伴随着不甘于搬用西方理论注释本土文献的自觉探索。运用本土的广义修辞学理论研究文学翻译，是这一背景下的理论应用。

当代中国修辞学科史的学术表达中，学者们相对趋同地将21世纪初出版的《广义修辞学》看作学术体系和研究范式意义上广义修辞学代表性著作①。作为《广义修辞学》作者之一，我一方面在理论与实践中观察与检验广义修辞学解释框架的解释力，另一方面关注学术同行运用广义修辞学解释框架“解释了什么”“怎样解释”“为什么这样解释”。

运用广义修辞学解释框架分析中国文学输出，讨论以英语为元话语呈现汉语文学文本的相关问题，如《广义修辞学视域下〈红楼梦〉英译研究》，作者冯全功素未谋面，从该书内容和结构，以及作者在南开大学的博士生导师所写书序、博士论文评审专家评语，约略可见广义修辞学之于《红楼梦》英译“解释了什么”“怎样解释”“为什么这样解释”的一些理据和文献事实。书中第二章“修辞观的历时演变与广义修辞学”，似可见出作者理论选择的考量。

运用广义修辞学解释框架研究外国文学输入，讨论以汉语为元话语呈现英语文学文本的相关问题，如本书。书中专节“广义修辞学视

① 宗廷虎主编：《20世纪中国修辞学》“谭学纯的广义修辞学”，北京：中国人民大学出版社，2007年，第609—618页；罗渊：《中国修辞学研究转型论纲》“从狭义修辞学到广义修辞学转型的学术价值”，北京：中国社会科学出版社，2008年，第213—218页；高万云：《广义修辞学研究范式：本体论、认识论、方法论》，《当代修辞学》2014年第2期。

野下的文学翻译研究”,阐述了本项研究的理论资源。全书绪论和正文共十章,均有标记鲜明的副文本①:每章独立于正文的叙述起始位置,摘引一段不同理论著作的语录,同时每章各摘引一段出自《广义修辞学》的文字,这种类似“题记”的形式,似可见出作者融合包括广义修辞学在内的多种理论的考量。

二

“翻译作为一种修辞行为,是在本土意识形态框架下对原著的一种修辞重构。”②是潘红博士论文的主要观点,也是本书的前期研究基础。某种程度上,或许可以看作潘红在关于翻译定义的众语喧哗中加入的一种自己的声音。始于语言观察而不终于语言解释,在“纯语言学”和巴赫金所论“超语言学”之间寻找平衡点,是广义修辞学区别于狭义修辞学的学术面貌,也是本书的学术面貌:

书中分析《迦茵小传》(*Joan Haste*)林、魏译本中“孝”“义”“恩”“礼”“夫纲”等体现中国传统文化的核心概念,并不限于解释译本对原著在词汇层面的修辞改造;“贫女”“薄命人”“君家人”“女公子”等称谓,也不仅仅是译本局部的本土表达,而是一个修辞话语系统,表征中国封建社会意识形态的话语秩序,凸显原译著在不同语境下对社会及权势关系的不同认知方式。译本修辞重构的本土化道德话语场,在中国人文精神框架内,演绎既尊崇又僭越儒家礼教的爱情故事。如果说在修辞话语层面,“孝”“义”“恩”“礼”“夫纲”传递了尊崇儒家道德伦理的文化信息,那么在修辞诗学层面,林、魏足本译介原著,则僭越了儒家正统思想。书中对勘《迦茵小传》林、魏译本和杨、包译本,分析译者

---

① 副文本是与正文本形成互文性关系的辅类,热奈特认为副文本包括标题、副标题、前言、序跋、告读者、插图、插页、出版说明、磁带、护封以及作者留下的或他人留下的标志等。见热拉尔·热奈特:《隐迹稿本》,《热奈特论文集》,史忠义译,天津:百花文艺出版社,2000年,第71页。

② 潘红:《林译〈迦茵小传〉:意识形态规约下的修辞重构》,《语言文字应用》2011年第3期。

的修辞意图：杨、包译本先于林、魏译本于1901年译入中国，只译介了原著下半部，删除了迦茵和亨利恋爱、迦茵失贞、产下私生女的情节，让迦茵形象符合当时读者的道德尺度。比对杨、包译本在修辞诗学层面对原著的重构：原著的"怀孕焦虑"重构为译著的"思念成疾"；原著"告知怀孕"重构为译著的"为君祈福"；原著"私生女"为译著隐匿；原著西方女性的开放改妆为译著的"腼腆""羞涩"；尤其是译著以"迦因一缕香魂遂入离恨之天界也"中止全篇叙述，改变原著残酷结局的修辞设计：卸载男女主人公的肉体之爱，凸显女主角的纯情和奉献。"香魂""离恨天"等中国传统爱情悲剧常用的修辞话语，构筑的是封建礼教下相爱男女在愁恨悲戚中终老一生的修辞幻象。虽然译者杨、包组合中的包天笑思想新旧杂陈，但在译本的修辞处理上，还是迎合中国传统文化。而1905年出版的林、魏全译本则基本保留了原著全貌，译本中迦茵未婚先孕、产下私生女等情节引发的道德争议，成为晚清文坛著名公案。林译似以礼教"失贞"译介了迦茵身体失贞。本书在晚清新旧交替、中西冲突的思想震荡中，解释林、魏译本的修辞处理：一方面在小说展现的异域生命体验中植入"孝""义""恩""礼""夫纲"等儒家思想，另一方面接纳儒家伦理所不容的未婚先孕、私生女等情节，译著以话语的"旧"，演绎原著观念的"新"，修辞化地建构了一个符合儒家道德思想的话语秩序，为中国读者营造了一个可接受的西方世界。这种翻译策略，可以从人际修辞向跨文化语境位移：从人际修辞说，让他人以"他"的方式理解"我"的原则；从国际交流说，让中国用中国理解的话语和方式认知西方；让西方用西方理解的话语和方式认知中国。毕竟，人类命运共同体的构筑，依托不同的语言共同体；而民粹主义抬头，也依托各自的语言共同体，这里存在可作为并有所为的修辞空间。

书中分析哈葛德《她》(*She*)描述的异域历险，解释维多利亚时代英国殖民扩张、欧洲中心主义视野下的种族冲突、社会进化过程中的生存竞争、世界秩序的重构以及由此引发的道德焦虑。原著在发行量超过《泰晤士报》的英国《插图杂志》分15期连载，在大众娱乐的表象下隐藏着社会意义。《插图杂志》由热衷社会改革的刻印家威廉·卢森·托马斯（William Luson Thomas）创办，具有政治抱负的《插图杂志》连载《她》（*She*），既是文学传播的媒介，也参与了文学生产，并隐藏了大众娱乐之外的社会信息。译本的修辞处理及传播媒介浮现了原著隐匿的信息：曾广铨译本《长生术》，译入“个人”“国家”“民权”“民主”“自由”等概念，不仅仅是词汇层面的文化接触，更是表现国家概念、民主政治体制等方面的西方新词彰显的现代性特征，译本包含了建构国家概念、依靠国家力量的政治期许，以新的治国理念和政治体制，为晚清寻求改良社会的思想动能。这是曾译的初衷，也是戊戌维新时期站在变法前沿的文化志士的政治诉求，更是维新派机关报《时务报》连载译本的文化目的。晚清时期，《时务报》曾是“亡国史”译介的主要传播媒介，从华夏“陆沉”的悲怆呐喊，到国家自强的激越呼号，是维新精英的集体表达。本书据此分析《时务报》连载《长生术》，挖掘译著背后的政治期盼。对勘12年后商务印书馆出版，林纾、曾宗巩合译的《三千年艳尸记》，可以观察到，《三千年艳尸记》复制了林、魏译本《迦茵小传》的修辞处理：话语新旧混杂，“旧”，沉淀一代人赖以生存的历史记忆和文化智慧；“新”，包含着对“旧”的反思和批判，在文化坚守中融入新秩序的理想。通晓西学的曾广铨和留恋中国传统文化的林纾，将《她》（*She*）译作《长生术》和《三千年艳尸记》的话语转换过程，同时也是修辞重构过程。完成译本修辞重构的同时，也完成了一种观念新变的价值建构。

三

*Joan Hast*e和*She*的中译，都有林译本——由林纾及其口述合作者共同完成，这在晚清翻译群体中有些特殊，也导致原著中心主义的翻译研究范式视林译为经不起推敲的“改写”，排斥原著和林译对勘研究的方法。在翻译研究从原著中心主义转向译著中心主义的背景下，对

林译小说的研究又聚焦于政治权力、翻译赞助人对翻译的操控等，同样疏于原译著的对勘研究。

本书在原著中心主义和译著中心主义的虚空之地，以忠于文本的对勘，提炼出了同类研究疏于解释的信息。《哈葛德小说在晚清：话语意义与西方认知》的研究忠于文本，但不是单纯的文本中心主义。书中绪论“本研究的方法：基于广义修辞学的研究路径”表明：本书选择“话语世界（修辞技巧）—文本世界（修辞诗学）—人的精神世界（修辞哲学）”以及修辞表达与修辞接受互动的解释框架，解释原著作者的修辞表达和译者作为读者对原著的接受和二度表达，译者对原著的修辞重构和译本读者对译本的接受。加上同一原著的不同译著，构成了更为复杂的主体间性，以及多层面的意识形态蕴含。正是这种复杂性，丰富了解释的维度。

这在书中分析《三千年艳尸记》的非洲风景叙述章节中，体现得深入而细致。从非洲“荒野”及旷野深处的疆土远眺，分析空间修辞幻象及殖民意识；从非洲地标“黑人头”，分析种族身份的隐性修辞。据此分析殖民与被殖民的关系、族群和族性认知及主体身份认同。白人殖民主义者对非洲风景的审视，表征了风景观看主体的意识形态和特定历史语境下的风景政治。经过本书再阐释的非洲风景叙述，成为帝国扩张的文化寓言。

从修辞表达说，文学叙述包括由话语生产的风景；从修辞接受说，文学阅读包括从话语消费的风景。这是作者希望读者观看的，它不同于自然形态的物象风景，而是从话语涌向读者视野的语象风景。现实物象稍纵即逝的风景，可能借助话语的权力延伸；现实物象纷至沓来的风景，可能借助话语的权力定格；现实物象难得一见的风景，可能借助话语的权力显影；现实物象习焉不察的风景，可能借助话语的权力出新；现实物象铺展的广袤沙漠，可能因话语的权力而层层叠映；现实物象轻轻飘落的树叶，可能因话语的权力而沉淀为生命的重量——如同《这里的黎明静悄悄》电影主题曲《飘落》重现的画面。至于没有进入话语叙述的风景，尽管真实“存在”，但在话语叙述的假定性“存在”中却似“虚无”；进入话语叙述的风景，即便“虚无”，也因为话语的权力而成为假定性“存在”。

受话语权力操控的风景，在跨文化文本中增加了修辞重构的复杂性：原著的叙述框架剪裁了作者向读者提供的风景影像，译作的叙述结构修辞化地重建这种影像。一种风景被原著的叙述接纳，即参与编码了一种意义秩序，而一种风景被转译，也即参与了忠于原著基础上的修辞重建。这种重建不是将星空译作海洋，而是将源语结构中的星空呈现为目标语结构中的读者习惯观看的方式。就此而言，译著不仅仅翻译了一种意义，更重建了一种意义秩序，以及意义秩序的呈现方式。

四

广义修辞学立足修辞学的交叉学科性质，跨学科出牌，面向多学科构建的学科生态和多学科共享的学术空间①，研究成果向所交叉学科的传播平台流动，这是《广义修辞学》作者和广义修辞学团队共同的策略。为什么倾向于研究成果向所交叉学科的传播平台流动，而不倾向于本学科自产自销？是关联交叉学科性质的学术生产链的自我设计——交叉于学科A和学科B的研究，成果流向有三种可能性：

（1）研究成果分别被学科A和学科B的传播平台拒绝。原因也许很复杂，但不排除研究主体邯郸学步，没有学会，又丢失了自己的步态。

（2）研究成果流向学科A或学科B的传播平台，接受学科A或学科B的学术审视。

① 交叉学科／跨学科／多学科，在很多学科的学术表达中均有概念纠缠，依据语义分析，可以区分，也不难区分：“交叉学科”指向学科性质；“跨学科”指向研究视野；“多学科”指向学术生态和学术空间。详见谭学纯：《问题驱动的广义修辞论》，北京：人民出版社，2016年，第11—21页。

(3) 研究成果流向学科A和学科B的传播平台,接受学科A和学科B的学术审视。

我理解(1),尊重(2),选择(3)。从本学科熟悉的话语场,进入他学科话语场,可能因为“知识的权利”被接受或被拦截,研究成果流向学科A和学科B的传播平台,同时接受学科A和学科B的学术审视,意味着学术文本从提问方式、到学术目标、理论资源、概念术语、研究方法、技术路线及整体的学术面貌,都需要与学科A和学科B的接受系统达成元话语意义上的默契。这种默契是影响学术表达系统和接受系统对接的隐蔽能量。

本书作为语言学及应用语言学科、文学语言学专业博士论文基础上深化、拓展的延伸性研究,部分章节曾在语言学类和文学类主流学术刊物发表[①];部分内容以“哈葛德小说在晚清的译介”为题在美国南阿拉巴马大学演讲,受国外同行好评,书稿作为国家社科基金项目结项成果也受国内同行好评(结项等级为优秀)。作者没有因此自得,自我定义的获得感,多源自视界封闭。而视野拓展的同时,则会发现认知的灰色区域。视野打开之后的学术行走,且行且珍惜,重要的是走出更高段位的困扰。

已知世界伸张,必有未知世界延展。电脑软件补丁和技术升级的动能,不是已知,而是未知。未知催生了新的已知,也预留了新的未知空间。一如广义修辞学“解释了什么”是已知,“不能解释或不能充分解释什么”是未知,未知驱动新一轮思考,激发下一站假说和验证,包括证实和证伪。理论建构的相对完成,不过是未完成的开放性建构的阶段栖息;理论创新的彼岸,是永远的最后一公里。

本书将由复旦大学出版社出版,作者希望我写序。序文好写也难写:

① 潘红:《哈葛德〈三千年艳尸记〉中的非洲风景与帝国意识》,《外国文学评论》2017年第1期;《跨越疆界的求索:〈时务报〉和哈葛德小说*She*》,《外国文学研究》2015年第1期;《哈葛德小说在中国:历史吊诡和话语意义》,《中国比较文学》2012年第3期;《林译〈迦茵小传〉:意识形态规约下的修辞重构》,《语言文字应用》2011年第3期。

好写的序文，可以批量生产。从所序文本的目录和摘要，将原文本作者、研究对象、关键词进行“空符号”置换，按模式化流程，实现低生产成本的序文高产。

难写的序文，需要个人定制。与所序之文和所序之人的近距离对话，需要审视文的自觉和人的自觉如何互为镜像，以及对这种镜像的认知力，如何逻辑化地交付执行力。可认知和可执行并不对等，认知层面的我所思，定义不了执行层面的我所为。执行力兑现认知力，会遭遇诸多干扰，执行成本和执行经验不同程度地影响认知的信息加工。自己认为问题想清楚了，不一定真清楚；真想清楚或接近清楚了，不一定找到了有章法、合逻辑的表达；自己认为表达有章法、合逻辑，读者不一定看得明白；大体上看得明白，不一定能破译文本隐藏的信息。虽然文本编码和解码很难信息等值，但是排除教科书和学位论文等文本类型（两类作者的语用身份相对强势或弱势），一般文本作者通常预设了能够与自己同层次交流的读者，当不在现场的认知力转化为执行力，在话语运作中呈现为可见的文本在场形式，并且让同层次读者可以感知，才是认知力和执行力的优化组合。否则，无从判断不在现场的认知在执行过程中延伸到了什么地界。

好写的序文是相同的，难写的序文各有各的不同。草拟自序和他序，大抵选择难写的路径。曾有此前不相识的朋友在一次学术会议上提问，话题是我的序文写作。很高兴我的读者中有人关注序跋修辞，序跋是话语和思想的馈赠，话语以及话语参与建构的话语主体，是广义修辞学有待继续填充的理论空框，也是不拘于“书房技巧”①的修辞实践。

（作者单位：福建师范大学文学院）

① 巴赫金将限于遣词造句的修辞称作“书房技巧”，并有言辞激烈的批评。见巴赫金：《长篇小说的话语》，钱中文主编，《巴赫金全集》第三卷，白春仁、晓河译，石家庄：河北教育出版社，1998年，第37页。按：巴赫金的批评有道理，也有问题，因此广义修辞学的“三个层面”包括但不限于修辞技巧。参谭学纯为董瑞兰《〈文艺学习〉的广义修辞学研究》所写序文，南京：南京大学出版社，2018年，第6页。

陪画作美学散步

——柯文辉印象记

石钟扬

清明后的一天,我应约到金陵美术馆与美髯公柯文辉见面。美术馆在夫子庙边的老门东。这是南京新打造的一条仿古老街。

这天是旅美画家吴毅艺术大展的开幕式。吴毅是刘海粟的学生,柯文辉曾为海翁助手多年,这份缘让他从北京专程赶来。据说吴是中国当代最好也是最后的山水画家之一。巨幅山水画背景上的展标为:低调的奢华。当奢华能低调自成艺境。

柯先生要在既定仪式中去扮演自己的角色。我正好在大厅看画。吴毅山水笔墨苍劲,气势夺人。细看每幅画下有柯文辉释文,少则几十字,多则几百字,皆是美文,让画展在诗情画意中相得益彰。第一次见到这种形式的画展,于是欣喜地重新一幅幅地看画读文,读文看画。唯可惜释文是印在三十二开的胶板上,字太小话太多,除我之外,观众中似无关注者。

薄暮时分,在送柯先生回状元楼大酒店的路上,我们携手边走边聊。说到释文,他说那是在高烧三日中写成的,原为出画册用,早知道要上墙不如少写两句,点到为止。

吴画有海翁的影子,他大幅山水国画竟有海翁油画山水之厚重,了不起;他的字比海翁弱多了。这是我的观后感。柯先生说,海翁书

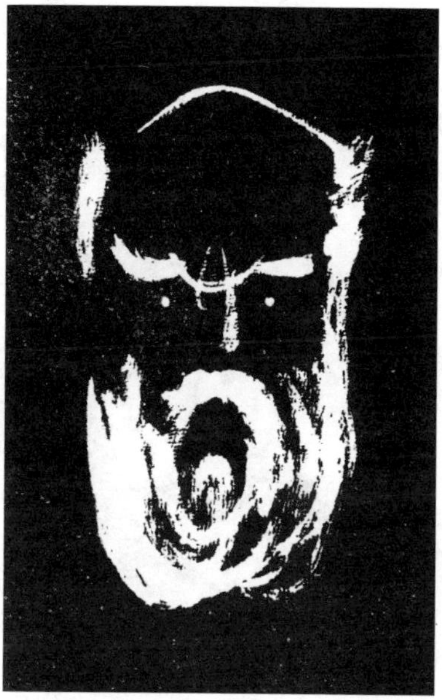

柯文辉画像

法以气胜，吴哪有那股豪气，顶不上去，气象当然不一样。“留得丈夫豪气在，无言一笑任温寒”，即柯赠海翁之佳句。

几年不见，先生之美髯更飘逸，也更澎湃。先生悲天悯人，听他独白式的谈吐，是一种艺术享受。按惯例，到了状元楼我们会有畅怀一谈甚至通宵达旦。但先生毕竟八十有四了，这次还有女公子保驾护航。她是军人出身，对父亲会客会餐会议三不介入，只尽守护之职。我与先生进屋，她问安倒茶后立即外出，将空间留给我们。这更让我知道不宜深扰。几次起身，都被先生按住，直到十点要赶地铁末班车，他才在膝头为赠书签名，送我下楼。我一步一回头，直到望不见他胸前的瀑布才大步踏上归程。

一、知白守黑看山水

柯先生赠书中，《知白守黑：刘知白山水清音，柯文辉观画独白》（中国青年出版社2012年版），从形式到内容都是我前所未见的。审美的陌生感，诱我先睹为快。

“山水清音”实没骨山水（不用颜色甚至无线条，仅以水墨为之）。恽南田（1633—1690）以降仅没骨花卉，没骨能为山水造像么？似乏先例。且从《知白守黑》的第一幅看起，这是幅碗口大的团扇。次页即老柯的观画独白：

刘知白作品

> 如果说你和艺术共有过一个家，而支起这个家的也是一棵顶天立地的老树。画中的老树，遭雷劈电烧、冰雹摧残、风雪咒骂，活气从枝枝叶叶喷出，体现顽强乐天、藐视打击、富于承受考验的骨力，顶起大片的空白，以负重自豪。

独白已溢出画面，旨在礼赞那顶天立地的老树精神。他继而说：“这树是人精神的化身”，“比起鲁迅笔下的过客，略多一丝文静与耐力”。

这确为一幅小品，一树为主体，树前一平房，树后一抹山影，以淡墨敷之，乍看像儿童简笔画。是沿下端弧线一行苍老题词：“独树老夫家，如莲老人写”和一枚“如莲老人”朱印提醒你我，此画出自老画家

(如莲老人)刘知白之手。刘知白(1915—2003),安徽凤阳人,晚年定居贵阳,长老柯二十岁。“如莲老人”不会没有大画,老柯偏爱他的小画:“画大而空,不如小而真,力量内充,同样可以扛鼎。”

更有趣的是,他劈头一句就是:“如果说你和艺术共有过一个家”,一下将你我拽上,与他同行,去欣赏艺术:“艺术只有你看不透、讲不出、听不到,而又能感觉到她确切存在的时候最有力量。”在你我看不透、讲不出、听不到的时候,且听老柯如何独白。

第一幅是“这一组画的序幕”。所谓一组画实由一百零一幅团扇组成,老柯将逐一解读。全书247页,除去101个单页团扇,剩下136页的文字全是他的独白(是他两天十五小时录音的整理稿)。他在这十几万的文字里讲了些什么呢?且听第二幅:

刘知白作品

这两座山峰在云上伸出头来，像两朵素净的白莲。我想起他的号：如莲老人。这两朵莲花，两座山峰，像父子，像朋友，也像伴侣，在漫长道路上，互相扶持行走，互相依赖着，互相温暖着。

两座山在无声对话中，说出了自己的遭遇，合成了一体。两间茅屋是两座山的家吗？也是，也不是。那个露出帆来的船，它装载的是什么呢？是山和屋的思想吗？是这些树的倾诉或祝愿，是先生对他们的感慨吗？也是，也不是。

中国人喜欢以禅来比喻画，以谈禅的方式来读画。我想，说得清楚说不清楚的均不是禅。在清楚与不清楚之间，通过墨色的帷幕，让我们掀起一角向深层探险，找出笔墨语言后面一个很沉重的删节号。她不要我们看透。一览无余有什么价值？

原来读画即读人，欣赏的乐趣在灵魂探险。尽管你未必真的能参透有思想的山、屋、树们的思想内涵，美在过程。

第三幅画的是：一条山脉怀抱着很多的山，每座山都像酒杯覆盖在地上。是不是神仙们在那儿喝醉了酒，东倒西歪地都腾云而去，只留下了巨杯？

如莲老人在那山水一隅以浅墨勾勒了一个谛听“群峰在运动中喷射出来的交响曲”的孤独者。一般人对此可能视而不见，他却成了老柯解读的重头戏：

用庄子的话来说，他是独与天地精神往来的高士，山水在他心里，跟凡人和光同尘。他在山水之间，与山水一体，是一个零件，而非附加的赘物。此人背着手，走得很沉稳、缓慢。他在告诉我们：他思想，所以他存在。

十万青山，当众孤立。“我思，故我在”。人为万物之灵，就灵在有思想，不仅自己有思想，还将思想赋予万物，让万物也灵光起来。这就

刘知白作品

有了艺术，有了有思想的山水，有了第一幅那“沉思的老树的精灵”（黄子平语）。没思想则是行尸走肉。有了思想的力量，这画虽小，“却有强烈的动势，千里奔腾，铺陈在我们面前，笔法更是乱石铺街，非常自由、随意，乱而不乱，有秩序地升降沉浮，内涵颇为宏肆，能震疼我们的心灵，挤出不甘渺小又只能渺小的挣扎，与画的呼吸挽手同行”。

画画、看画是人类独有的享受。“审美是发现艺术的艺术”（七十七），“用诗人的眼睛去看世界，世界则有诗；用散文的眼睛去看，世界全是散文”（九十二）。老柯如是说。那么，我们来看第四幅吧：

山中时而有风，时而有雨，有灿烂的阳光，也有冰雹和大雪。

这里画的是暴风雨的前奏，还是暴风雨的尾声呢？这里的闪电，似乎还在抽动，这些大小的灰色的豆豆，一点不单调。就中国画来讲，有它自己的章法，你要仔细去辨认，它们又在承担着不同的任务。异中有同，同不掩异。这样境界就变得壮阔。

遗憾的是山间的房子略微大了，减去四分之三，画的容量就更大……

这些流云，又是人的思绪，是山的思绪，是借云的喉舌倾吐人的内心独白。

云还在流，山也在流；其实云没有动，山没有动，是我的心在动。

"画比纸大，那画就好"（九）。读画呢？老柯杜撰一个名词，叫"目谈"（三十一）。"目谈"往往溢出画面。读画如读诗，"诗无达诂"又力求达诂，不免要多说几句。我是一幅一幅地与画"目谈"，又一篇一篇地读老柯"目谈"记。他的心在动，我的心也在动。

读者朋友当然也会心动，乃至发问：这是美术评论么？

当你读毕这"周而复始的101"的画与文，你获得的不仅是不同寻常的审美享受，更清晰地看到如莲老人这"沉思的老树的精灵"完整的精神画传。这种从审美对象出发，精心打造的审美文字，不是美术评论又是什么？

但这份观画独白又确与某些从概念到概念、新名词轰炸类的文字有别，不敢说某些只懂概念不懂艺术不知所云的大佬是"废话专家"。只能说老柯的说画文字，在中国艺坛确实别具一格。画家刘华明则称之为"美术散文"，说"其中有评论家说不出的散文，散文家讲不清楚的美术"（《陪画散步》第381页）。柯文辉本是作家，戏曲小说诗歌散文十八般文艺（非武艺）都在行。《知白守黑》中一百零一篇观画独白，实一百零一篇散文，可独立阅读。当然若将刘画视为柯文之插图配画，不免有喧宾夺主之嫌。因为柯文终是解说刘画是如何知白守黑的，他还是围绕那些团扇码字的，用他的话说叫"陪画散步"。

二、有褒有贬说画境

《陪画散步》（百花文艺出版社2012年版）是柯文辉“美术散文”的结集，关良题词为：说理透彻，情文并茂。

这里涉及艺术品类五花八门。有雕塑（甚至盆景）、有金石（甚至剪纸）、有摄影（甚至广告），有装帧（甚至美术字）……几乎每个领域都有他独特的审美判断。

我更感兴趣的是，他怎么陪着中国画与油画散步的？如果《知白守黑》展现的是小桥流水式阴柔之美，那么在《陪画散步》中我们先来领略一番大江东去式阳刚之美吧。

先看黄宾虹（1865—1955）。老柯说，若把几百年来中国的山水画家比作黄岳层峦，宾虹老人便是莲花峰。黄老的一生是一首史诗，是中国绘画遗产的总结者，他以不可多得的条件，对历代各派名家的艺术都钻研过，加以综合、蒸馏、变化，由晴朗润秀、野逸萧荒到“明一而现万千”的苍黑浑涵，犹如蜜蜂，尝尽百花酿新蜜，然后达润含春雨、干裂秋风的随心所欲境地，从而又成为革新中国画的开拓者：

> 黄老用墨，当代罕匹。浓墨、淡墨、破墨、泼墨、积墨、焦墨、宿墨，在他笔下形成数以千计的色阶，干湿深浅，挥洒自如，“墨中含笔笔含墨”，“水墨能生顷刻花”……他研究过宋画的缺陷，提出以开朗破晦暝，并不一味重苍黑。说到开朗，“妙悟实若虚”，留白是大学问。无色之色实为大色。他画得黑和满是造险破险。“连江雨点初沉白”，“繁枝缀白明如霞”，他希望人注意到白的运用要像大自然一样，瞬息万变。①

---

① 柯文辉：《陪画散步》，天津：百花文艺出版社，2012年，第60页。以下凡引此书只在文中标注页码。

黄宾虹作品

次看萧龙士（1889—1990），“这位内心充实，恬淡、无病、无忧、无拘、无敷衍的人世神仙，空谷香草，淮海苍松，是霄壤间的奇观，史册罕见，举世少匹。他刚刚庆过百岁大庆，砚田依旧腴沃，灵感时敲心扉……偶尔见他提着仿佛是玩具，至今仍不需使用的手杖，在深巷或柳影中散步，四分像老农，六分像乡村退休的老夫子。”（第110页）

这就是柯文辉笔下的萧老。他说萧老绘画与授徒都强调神情趣形并重：“媚则讨人喜欢，不如求拙，拙则去俗，才谓真正艺术。要在笔墨上下功夫。笔墨二字，一生研究不尽。”萧老笔墨功夫体现在：重而不浊、丽而不妖、淡而不薄、黑而不恶、简而不略、粗而不霸、草而不率、细而不弱、轻而不浮、艳而不俗。（第119页）

刘海粟称萧龙士九十后所作墨兰“遒举更胜昔年，墨韵四溢，张吾素壁，觉其须髯飞动，香风回荡于几案间。”（第120页）

再看朱屺瞻(1892—1996)。与自谦“八十学无成,秉烛心未已”的黄老、萧老相似,朱老自认“走向理想境地,再画一百年也太短”。(第128页)朱老国画油画兼工,与师古不泥古不为技术而技术的萧黄二老稍异的是,朱老另辟蹊径:临儿童画以保持童心童趣。

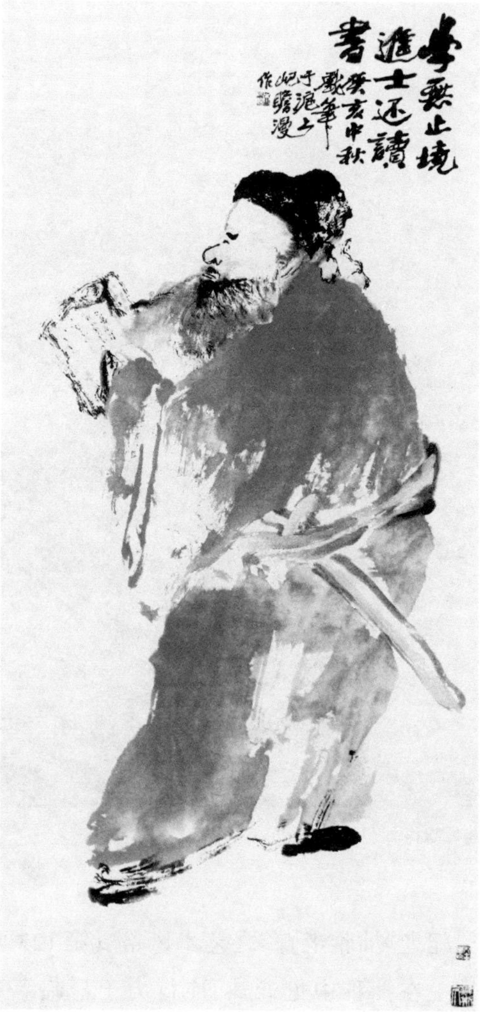

朱屺瞻作品

老柯善写故事,总是在故事中展现画家之历程、人格与艺境。他写了朱老两次作画的场面。一是1981年大暑,当年上海美专健在的五位老神仙刘海粟、屺老、关良、王个簃、唐云,雅集于锦江饭店,各作一画为校友会美展集资。“屺老九十高龄,请先开笔。”海老提议。“校长驰誉国内外,我是学生!”屺老说得诚恳。海老以年龄为序的倡议被一致赞同,屺老起立鞠躬后兀立案前,抱臂出神,三分钟后才伸出食指在六尺大纸上比画两下,鹰扬鹘落,彩墨溅飞,浩气四塞。半小时后《兰石图》写毕,围观者无不拍手称绝,屺老连说七句“瞎拓!”老柯顿时兴起,现赋《瞎拓歌》献与屺老。“瞎拓瞎拓,横七竖八”,“有意无意,破法生法”云云,写

朱屺瞻作品

尽屺老“拙雅老辣”之艺术风格。(第123页)

在拙雅中见老辣,应得力于他临摹童画。于是有另一作画场面。1979年屺老与画童黄河(老友黄永厚长子)同时在上海虹口公园开画展,当时他穷得无钱裱画,几张大画悬空挂在展板上,一直拖到水泥地。却对比邻的童画赞不绝口:“看(见)黄河画的奔马么?多么活,多有天趣啊!”或许受童画天趣的感染,次日老人当场画了一张尺方的《芋艿》。对这幅画老柯的描叙也独出心裁:用色斑斓响亮。(第122页)

老柯说画往往妙喻连连。如说了庐的作品以茶为喻是淡茶,以酒为喻是花雕,以花为喻是空谷幽兰,以书为喻是小品随笔,以鸟为喻是深山舞鹤(第339页)。每一喻都有解说与取舍,使你从不同角度立体而形象地欣赏作品。唯色彩可亮与不亮,怎么会响与不响呢?响亮乃状声词,以此言画,是将视觉形象转化为听觉形象,这样才会有:用色斑斓响亮的艺术效果。他甚至说:“画自身能发言”,不会发言的画为“哑画”(此亦其杜撰之词),“哑画没有生命力”。(第399页)这有如“红杏枝头春意闹”云云缘于“通感”(或“感觉挪移”)。对通感,钱锺书曾说道:“在日常经验里,视觉、听觉、触觉、嗅觉、味觉往往可以彼此打通或交通,眼、耳、舌、鼻、身各个官能的领域可以不分界限。颜色似乎会有温度,声音似乎会有形象,冷暖似乎会有重量,气味似乎会有锋芒。”①老柯熟练地运用了通感理论,却不去亲近其概念。

不敢说老柯阅尽人间春色,阅人无数阅画无数,庶几近矣。他对众多名家非名家、名作非名作都有其独到的评说。他却深知:“用清一色的好话来评论一位画家的创作,未必是对朋友的爱护。”(第395页)“捧过了头则是变相的咒骂。”(第336页)难能可贵的是他对不少名家名作有极为在行又极为善意的批评,乃至严厉批评。

弘一是中国近代“最像人的人”,他的学生丰子恺(1898—1975)则被誉为“最像艺术家的艺术家”。老柯在盛赞子恺翁“一看便懂、百读(看)不厌、余韵不尽”的漫画之余,说:“站在碑学帖学传统的立场看,丰老书法不以功力见长。”(第132页)2008年清明所撰《缘缘亭记》赞词中竟有一句:“惜未尽才。”惋惜之情,溢于碑外。

曾为鲁迅、茅盾、巴金等画过书衣的钱君匋(1907—1998),素有“钱封面”之雅称,诗书画印皆有建树,尤精于印。“二十世纪印史,若选前六十年二十家,先生有落选之虞;后四十载选十家,先生当仁不让。”老柯这样为之定位。然其“草书初取于髯翁(于右任)风骨,明末诸家筋脉血肉,酣畅恣肆,唯稍欠拙厚浑辣,虽便于眉宇传情,不必为之讳。古稀后淡化于氏及明人影响,晋韵宋意,涉猎渐多。愚意建议先

① 钱锺书:《旧文四篇》,上海:上海古籍出版社,1979年,第52页。

生压缩战线，放弃装帧、刻印，闭门谢客，主攻书法，并选大石刻边款为一书，总结独创甘苦。但社会活动过多，潜力未尽，终归憾事。”（第433页）

对敦煌艺术之功臣常书鸿（1904—1994），老柯有云：“常书鸿老先生像爱护自己的眼睛一样地爱护着敦煌的每一个石窟、每一张壁画、每一件作品。但是，他老人家自己的绘画里面，怎么也找不出一点儿敦煌精神乃至乳汁的残痕。因为他本人是个留学生，用西方的结构、透视关系来看敦煌的壁画，所以他无法吸收敦煌遗产的精华。我希望这样的悲剧在下一代不要重复。”（第415页）

刘知白以“软绵绵的不屈服精神”，得孤独的滋润，成为“大时代一个小小的奇迹”（八百年前的崔白是凤阳第一个大画家；八百年后的刘知白，生于凤阳，走出凤阳，他也照耀了凤阳）。老柯不惜以专著来解读他。在《陪画散步》中，他冷静地说：“刘知白这个人高于其画。人，相对完成了自己的修炼；画则没有完成，风格仅仅是初现佳处，血和底气还欠旺盛，若天假以年，还有潜力可挖。他是头朝内倒在（艺术）殿堂门槛上，还有一只脚留在门外，这才让我悲痛。”（第262页）

“怎么画有时候比画什么更重要。”（第301页）老柯有时竟为画家献计献策，共商某幅画该怎么画。

俞云阶（1917—1992）为巴金老人造像（油画），画中人的衣着、发式、眼镜、形态，我们在上海或其他城市都可以遇到，而那沉思的神气，坚忍的自省与谦诚，又是巴金式的，为他人所不全具备。不是凌空的仙树，琼岛的琪花，是中、青年人亲亲热热的长者，老年人信赖的兄弟，孩子们眼中一个可爱的小老头儿，会写书的老爷爷！“此后云阶兄还作了很多画，但已只是余波，真正意义的句号是打在巴老的写真上。”

然老柯说：

> 这画也有不足之处：一是作家年龄、健康、接触事物深广等主客观因素，画家难以全部把握，（于是）形对神的凸现还有某些侧

面略输饱和。二是画中人的躯干受画布高度的限制而略嫌短了。三是上下身的气韵不尽畅达。

对老柯的质疑,画家心悦诚服:一、你看到画的局限,显然反映了我自己的透视力与表现力的不足,对人性的剖析,未能清除高大全的残余。二、实不相瞒,上身是巴老自己,我怕老人家久坐过累,下半身是让我的孩子穿着与巴老颜色样式都一样的裤子做替身画成的,所以气质方面与上体不尽协调,你居然看出来,让我又高兴又不安。我虽已将七十岁了,默写能力还欠缺,抓人的特征还未能统观全局,在次要部分往往抄袭模特儿,不能破格创造。我要克服进入创作后的不自由状态,完成传神造境的最后冲刺!(第223—224页)

老柯对章桂征(1939—)的装帧艺术很看重,有专文言之。但对他所作《马贼的妻子》书衣有异议:

书家写字重法,画家作书重趣,而书法方面功夫,对绘画不啻如虎添翼……《马贼的妻子》书面上的五匹马,五个人,造型非不简练、生动,但若桂征兄在篆隶书方面底子更厚一些,将会取得更好的艺术效果。

中国汉唐两代艺术家,在画像石、壁画、雕刻上对马的表现,达到世界最高水平,值得后辈画家去研究、借鉴。目前的五匹皆取走式,不是奔势,动感稍弱。人在驰马时极少直坐,势必前俯,立在鞍上。我想,如果只画一匹马,置于左上角,书名则稍稍下降;人马若处于左下角,则书名升高半寸,留下更多空白,可能会更加发扬桂征兄的洗练风格。书脊上的字若全用白色,将更醒目。如果觉得单枪匹马力度不够,封底下面添上一行人马,画得小些,也可以补救。这样说法,班门弄斧,无意否定这帧佳作。与一般书面比较,(其)仍当列入上乘。(第395页)

他对路璋(1939—)油画《押日本俘虏》的建议,更是别出心裁。他建议将那气壮山河的押解战俘的山东大汉,换成一个极平常的大嫂。同为游击队员,但她在战场上打断一条腿,她拄着拐杖,背儿携子,朴实可亲。对被俘日军的表情也作更丰富的探索,以高的"魔"来衬托更高的"道",表现日寇害怕的决不是一个人、一把枪,而是一个前仆后继的英雄民族,唤起人们对战争的回忆与警惕。(第3页)

如此这般,既非吹毛求疵为难画家,也非居高临下教训画家,而是与画家平起平坐,促膝交谈,行家说行话。路璋果然从善如流,对照原作,琢磨再三,而后重画一幅,艺境则更上一层楼。

当艺坛与"表扬与自我表扬相结合"的世风接轨,艺术评论几乎沦为"吹捧与自我吹捧相结合"的时候,柯氏艺术评论虽与流风格格不入,却真的弥足珍贵。

三、审美贵在发现美

审美贵在发现。马翁有言:

> 正如只有音乐才能唤醒人的音乐感觉,对于不懂音乐的耳朵,最美的音乐也没有意义,就不是它的对象,因为我的对象只能是我的本质的表现。(马克思《经济学—哲学手稿》)

同理,对于不懂绘画的眼睛,最美的绘画也没有意义。艺术家"按照美的规律来创造",评论家则应按照美的规律去评论美去发现美。

且看柯氏是如何发现美的。他在《力的追求》中描叙了无名画家柯纯青(应是他本族人)的三幅国画:

《李白月夜醉江图》(作于1920年)写李白病危,不甘辗转于病榻,吩咐二童儿扶他来到江边,最后一次欣赏月涌大江流……捉月神话完全生活化、凡人化。人战胜了神,悲剧氛围脱颖而出。

《霸王别姬》构图也独具匠心，虞美人已死，项羽用黑大氅覆盖其遗体；他背对观画者，一膝下跪，头向左侧，钢针般的胡须从拭泪的腕间露出，左手拄着剑；地上倒扎着长矛，乌骓马的缰绳套在长矛根部，散拖地上。马是正面，长鬃墨韵横溢，泪光莹莹，垂头伸舌，舔着主人的战靴。借人与马的认知交流，突现霸王别姬刻骨铭心之痛。气氛造足了，悲壮之情呼之欲出。

《刑前》表现革命志士就义前的情景。挟持男主角的两个警察，胖子眉目清秀，嘴角却挂着玩世不恭的微笑；瘦子皱着三角眉，侧着脸，良心未泯不忍看眼前一幕。男主角眼睛被蒙上了黑布，满脸血污与伤痕，他凭感觉将嘴伸出铁笼，去吻他的女儿。女儿太小不知生离即死别，她笑得很甜美。年轻的妻子右手托着孩子，左手挡着丈夫尖锐的胡子，免得扎疼了女儿。她面色清癯，目光坚毅，素服雪白，秀发披肩，长裙曳地，凄厉中带着俊爽的自信。画的右下角，白发苍苍的老娘在为即将赴死的儿子烧纸钱，寄托哀思，老泪纵横，脸被痛苦扭曲。多壮烈的场景。（老柯说画中女孩是以他大姐余馨为模特画的，1929年她刚好周岁。）

老柯进而说：

> （这三幅杰作）说明在画中演出一幕大戏的本领，中国人并不比西方画家差。而隶篆书的线条，东方诗歌的造境方法，每一笔触中的情感信息，有西方人罕见的力度。它们是东方绘画，不是剧照的摹写，是力的歌，力的舞，又是华夏情调，不乏泥土的醇香，生民的赤诚，对大地和时空无言的爱。

可惜“此老死于抗战之初，生平画迹两茫茫，完成了忌才者让其声消失的宿愿，就像世间从未诞生过此翁一样”。而那三幅杰作“毁于抗日战争，照片又在1966年遭焚，使画家毕生的劳动荡然无存”，（第18—19页）今则凭借着老柯惊人的记忆与逼真的描述而复活。

老柯对西夏帝陵石刻柱础的礼赞,更是倾注了极大的热情。先看柯氏笔下的柱础:

柱础为高浮雕。人头占总面积近三分之一。面部造型较岩画成熟丰富,神话与图腾遗风犹存,有面具脸谱的归纳与适度夸张,青铜器图案的装饰味,又靠拢写实。内蕴普通人明朗的美质,可亲可信,真气流衍。开阔睿智的前额耸若危崖,处理方式为女像中罕见:牛角眉,锐长的一对虎牙,似是狩牧年月肉食为主记忆的回声,或当下实录,威严强悍,不畏冰霜。眼睛滚圆,日月交映。山根切断,眼窝下陷,似含隐忧,不便启齿。鼻子、唇边流线,下巴弧形突起部分,有太多的创伤、慈祥、勤奋、忠诚、贞洁、悲悯、无奈。刀法果断,毫发不差,不多不少。对天命、神祇、君权、夫权保持敬畏与麻木的安详。向往好日子,又带点看不到摸不着的微茫。掠过眉宇的疼痛与倦意,压得她的颈部埋入胸膛,累得有点痉挛了。比小腹还粗的乳房由肩下垂到肚脐边,为生殖崇拜余波。腿比腰硕壮,适合奔走、承受重荷。握拳的手无怨无私地奉献一切,什么活计都能干得漂亮,是最配在世上活出高层次的手,拔除荆棘,熨干滴血的伤口,播种希望,永不退缩。茧花层层,让我们仰慕!对慈母、泥土的虔敬,天人合一传统的渗入一锤一凿,使奴隶之母与大地一样圣洁丰饶,囊括了雪峰、丘陵、碧野、丛林、江海。母爱与女性美浩茫无极。粗犷原始的内容与表达语汇,远离模式陈言,全新面目与现代感会心而笑。说不清楚的悲剧内核,永恒的悬念,向作者宣布一种前无古人、后启来者的审美方式及审美客体,自我作古。谁敢像他用这般方式讴歌女性?相比之下,数不清的美人题材的艺术品何等苍白纤弱!天才将美的绝品推上悬崖,不容人复制或再前行一步,后来者只能另觅险道去攀登。真是似我者死,化我者生!(第53—54页)

残酷王朝一一消逝，唯有艺术长存。然柱础作者高姓大名，师承谁人？他仅有一组伟作吗？怎么一代而终，后继无人？他是否与许多修陵的工人一样，脱不脱毒酒、利剑、殉葬？老柯没有回答其自设之天问。他对这神奇的石刻柱础的美术地位却有明确的回答：

> 当欧阳修、苏轼、王安石、陆游、辛弃疾、范仲淹、苏洵、苏辙、杨万里等群星在文化史上大吐异彩之前后，在西夏王李元昊墓地，无名大师创作了宁夏雕刻之王——柱础。她宽约一米，高度略强，比北欧早期维纳斯伟大得多。维纳斯浑朴粗糙，仅表达自然的人体；柱础概括了广阔的社会生活，富于史诗气质。倾诉力较保罗·罗伯逊的歌声更内凝。同时代石刻罕见其宽博雄峻，列入唐人杰作，即使非鹤立鸡群，亦不稍逊色。可惜美术史论家尚未给她应得的颂扬。
>
> 屈原的《天问》，因诸多远古神话传说灰飞烟灭而难破译。居贺兰山周围的匈奴、蒙、羌、突厥、鲜卑、吐蕃、党项之口头文化未曾被著录，柱础主题性故事不便臆测。她出生地近敦煌，斯时大同云冈、天龙山、麦积山、龙门诸佛窟名震遐迩。丝绸之路上邻国影响，印度作风、地方特色昭著的西藏佳作，均未在碑式柱础上留下几丝投影，是一座四面不沾边的飞来峰，至多和佛教来华前，由楚文化、傩文化拓展而来的霍去病墓写意伟作有稀薄血缘，可见作者胆识惊人。自愧浅陋，无力考证来龙去脉，只能凭直觉去猜想。(第51页)

“美术史论家尚未给她应得的颂扬”，则恰见柯氏美的发现之难能可贵。画家张守义(1930—2008)在柯文的感召下，含泪“跪在先民杰作面前享受慈祥的净化”。老柯又“将此事告知了贺兰山下一位老石匠。老师傅在石像面前静坐了一整天，寝食俱忘。回到山里，用一块贺兰石，替(张)守义复制了一只两寸多高的小柱础”，“守义的回报方

懒悟作品

式也独特，给老人寄去自己设计插图的《堂吉诃德》。一部洋武侠小说伴着石匠度过好多霜雪长夜。去年老师傅辞世，儿子按照（老人）遗命，将小说与骨灰同葬于山上……”（第360页）此即柱础艺术魅力之延伸。

无论是对九十写童心无意插柳柳成荫的翟惠民的阐发，还是对“玩物养志”将书画精神移植到盆景、将盆景培植成绿色雕塑的尤无曲的叙说，都有美的发现意义。即使对“醒时默写、睡着梦写”的花鸟画家孔小瑜、将画境融入书与印的童雪鸿的解读也如此，因为经“文革”磨难之后，他们几乎被历史遗忘了。更富传奇性的则是他笔下的懒悟（1899—1969）。

懒悟无论在佛界

懒悟作品

还是画界皆属另类。他少即孤贫，十四岁出家，法号晓悟。晓悟贪眠，乃更名懒悟。他自白为："俺是懒得要命，不是懒得去悟禅理，或借懒劲睡大觉去悟出什么道道子来，那是瞎摆置（豫语：胡闹）！懒字写成篆书便是上赖下心，就是靠多思多用心慢慢参悟！"（说罢打个哈欠倒床睡去。）

懒悟青年时代辗转汉阳归元寺、厦门南普陀寺、杭州灵隐寺，其间赴日本数载。1935年抵安庆，被迎江寺方丈苦留，遂居江城约廿载。五十年代初住持合肥明教寺，直到"文革"迫害致死。

懒悟三十年代初居灵隐寺时始绘粉蝶，旋改山水，由清初四王上溯宋元，广临古画，为畅写玄风苦练笔墨。尤耽于明代二石（石溪、石涛），有印"二石而后"铭其志。因而有人称之为二石而后最后一位画僧。林散之则赞之为"人间懒和尚，天外瘦书生"。（第139页）

懒悟遗作到1984年才在合肥工人文化宫展出。柯文辉特请徐邦达、钱君匋等名家前来观画，获一致好评。又自上海请来书画出版社朋友与专业摄影师，拟出画册，可惜因缘不具而落空。直到1997年得民间有识之士资助，才由安徽美术出版社出版《懒悟画集》，继而有懒悟艺术馆在安庆民营企业家那里落户。

柯文辉《懒悟的画》，是懒悟有限评论中的佼佼者，对懒悟的画作了高度评价，称之为“百年间罕（有）人（与之）并肩的逸品画家”。和尚至友乌以风有云：“画中意境以淡雅最高，使人观之有安和闲逸之感，此之谓画教。”（第146—147页）

四、画教启蒙惟遵义

柯文辉少年时代就在懒悟和尚那里受到“画教”。和尚长文辉三十六岁，居宜城时与柯家父子友善。他几次求当和尚画弟子，被和尚苦笑拒绝，仍乐为和尚临时书童：磨墨牵纸、跑腿送信、送画去裱。所获“报酬”一为允许看其作画，和尚站着画半天，他陪站半天，看和尚挥毫泼墨，山舞水歌，十分仰慕；二为可借阅和尚藏书，和尚藏书中竟有《至情录》《全唐诗》等；三为借送画装裱之机，在裱画店里看到更多的画，听技艺不凡的老师傅谈画，他往往在那里“面壁”，沉醉于艺境之中。少年文辉没当成和尚画徒，却受到了“画教”启蒙。

懒悟作品

“往后三十年（从五十年代到‘文革’），上山砍树，下乡犁地，劳动改造，不停地被运动着。”（第3页）“然而艺术是不可扑灭的”，各路师友们的画作，则成为其人生旅途上“不该忘却的小灯笼”。到八十年代初，他“受到维纳斯的厚赐，不时有机会去艺术园林陪画散步，与她对话像读诗”。(第4页)如此这般，陪画散步又有三十年，(他说：“美术居然养活我三十年。”)其间充当刘海粟助手十多年。于是广交画界友朋。

老柯之所以能成为诸多画家推心置腹的朋友，除了他的画识之外，一个重要原因是他虽爱画，却从不接受画家赠画，更不会向之索画。也就是说他因义而非因利与画家结缘。

画家唐云酒酣之余，喊柯文辉为“柯柯”，说：“你还没有我一个字、一张画，过几天给你也来一张。”柯的回答是：“我没有红眼病，不要先生费神！”(第184页)朱屺瞻老人在海粟翁十上黄山画展上，邂逅柯文辉，捋髯而笑：“你没有我的画，连画册也没有……”柯鞠躬而答：“都有，都藏在心里！”(第129页)柯文辉初调北京时只住三十平方的木板房，钱君匋告诉柯文辉：“屺瞻先生打来电话，说让你请海粟老、王个老、唐云、关良，五老吃顿便饭，每人画张大画，送你买三间房子，有了车间好劳动！屋里家具由我来办，你要坦然受之。淡如水，大家举手之劳。”被他谢绝了。匋翁晚年要将书画藏品捐给国家，捐前闭门谢客专请柯文辉去品赏。老人洗手恭敬打开画卷，一一讲述得宝经过，看了一遍又一遍，说了一遍又一遍，收画时托着轴头，久久无语。然后有段对话：

> 老弟拿一把扇子做纪念吧！捐给国家，多一把少一把的，不重要……
>
> 为什么？
>
> 不为什么，我想这样做！
>
> 不！我不懂，要它不如放在(艺术)院中供大家看好！(第437页)

唐云终生豪饮,他的口头禅是:“不喝不画,活着有什么味道?”老柯呼他“酒人”。酒人作文多举着酒杯口授,让老柯为他当录士。訇翁之文亦让老柯代笔。他充当海翁助手十年,为之执笔写成《黄山谈艺录》《齐鲁谈艺录》等书,海翁有言,书中的“我”是个复数,包括他与文辉。人称,海翁哪怕只出一句台词,文辉也能熬出一戏。但他未向海翁要过一字一画。这与那些对书画家围追堵截、索字讨画之辈迥然有别。子曰:君子喻于义,小人喻于利。即此之谓也。

画家自然视之为知己。訇翁曾以浓重的乡音向陆抑非教授介绍老柯:“老弟的明白跟糊涂都是绝品。睁眼做梦,梦里唱歌。怪人!我用后面八个字给他印了一百张名片,他带回屋里就烧掉了。”又说:“你是个不可救药的梦想家!没有梦喂养灵魂是真正的穷人!”(第440页)

五、审美境界与期待

“知古出古,知西出西,得意忘形,写出迁想妙得,需要很多代人的接力。”(第348页)老柯在多篇文章中有类似的呼唤。其实就是油画民族化、国画现代化之双向运动,亦即中国绘画之现代化进程。这里既有崇高的审美理想,也有迈向理想之境的审美途径,还有胜任审美的知识结构。不敢说老柯已达此境界,但他至少是中国艺术现代化进程中的一个得力的促进派。

老柯陪画散步,实则陪你我作美学散步。他喜欢边走边聊,那瀑布般的美髯下不仅有说不完的美术故事,还会不断溅出精彩的美学段子:

> 艺术是无路之路,重复古今中外名家乃至自己的成功之作,皆非艺术。(《知白守黑》第27页)
>
> 中国画应该姓中,也只能姓中。(《知白守黑》第94页)
>
> 没有幻想,就没有艺术;只有幻想,又不能成为艺术。(《知白守黑》第111页)

笔墨，只有在服务于造型，造型又充了情思的时候，才能够看到它的魅力。脱离了内容的笔墨只是一次游戏罢了。(《知白守黑》第121页)

画，在于画灵魂。(《知白守黑》第130页)

大味必淡。(《知白守黑》第135页)

知白为了守黑；不守黑，白就没有了。(《知白守黑》第215页)

莫奇于凡，莫凡于奇。好看不如耐看。(《陪画散步》第14页)

艺术可以将生活中的不可能变为可能。(《陪画散步》第15页)

没有淘汰，便没有艺术史。淘汰愈严酷，艺术发展便愈快。(《陪画散步》第71页)

大师最多的时代就没有大师，美容院最多的地方绝对没有美女，这也是生活给人的制约。(《陪画散步》第83页)

没有技术，当不上画家；仅仅有技术，还不是画家。

培养画画的手较易，训练画家的眼就难，获得艺术家的感觉最难。感觉敏锐过人是幸运儿，失去感觉能力，英才立刻变为庸人。(《陪画散步》第219页)

艺术一面是有青春的思维，另一面又需要岁月的灌溉。因为绘画画来画去，画到底还是修养。(《陪画散步》第247页)

实践是才华的试金石，又是砥砺人才的磨剑石。(《陪画散步》第337页)

做人，过河拆桥可耻；治学，过河拆桥可喜；过河恋桥不敢登岸，可怜。大师不能世袭，证明学无捷径。认清无路，已上大路。(《陪画散步》第423页)

好诗好漫画的标准：一看便懂，百读不厌，余韵不尽。(《陪画散步》第133页)

跟老百姓同呼吸，是艺术家幸福与创造力的泉眼。(《陪画散步》第132页)

“传统”(是)时间长河冲不掉的东西。传统的东西并不都

好。好的东西一定要有传统精神。(《陪画散步》第414页)

这些都是我随读随摘的柯氏画语,没作分类整理。若将其《刘海粟传》《卫天霖传》《旷世凡夫弘一大传》《关良》《龚贤画论臆解》等书作一通检,或许可编一部类似《苦瓜和尚画语录》或《罗丹艺术论》那样的书:柯氏画语录。其大体倾向宗白华的《美学散步》,而非钱钟书《谈艺录》那样,一定好看。

老柯牢笼百家的知识结构,(他说"平生学习,侧重东西方文学,兼及史哲"。[《陪画散步》第4页。])让他对中国绘画审美大趋势,屡有宏观的把握与深切的期待:

五四以后中国对西方文化的吸收做得很完美的,我认为有两个半人。首先是鲁迅先生,他对西方散文诗的改造没有经过幼稚的模仿阶段,《野草》一步到位,成了稀世经典……第二位是黄宾虹先生,深厚的国画功底使他在对着风景作稿的时候,光的感觉、湖光山色的流动感等这些西方印象派的道理,都被他用笔墨、用水吸收到自己的绘画里,让你看不到一点儿西方的痕迹,这是成功地让中国的要素吃掉西方现代笔法,加以良好的结合和发挥的成果。任伯年之后,使人物画具有崭新的面貌蕴含丰富民族文化内涵的是关良先生。就民族灵魂的闪现而言,无人可与之并肩,连我崇拜的林风眠老人也退避三舍。关良先生把握了西方技术,是很精致的风景画大师。但是,由于他的格局小于鲁迅和黄先生太多,只能算半个。(第415—416页)

不管你是否认同他的大胆判断,但晚清以降中国绘画以至整个文化有着浓厚的殖民化倾向,则是不可否认的:

清朝末年也有许多对西方文化消化不良的人,用许多洋典故写诗，比如谭嗣同、叶茳渔的诗，《凡尔赛宫词》之类，没有为东方传统所驾驭，有些夹生，难懂难记，受众有限。

五四之后西化之风渐渐强盛，美术院校学生毕业之后，包括搞工艺美术的人，都强调以西方素描为基础的写实精神，对于中国传统的写意之美，缺少理解和深层的热爱。（第414—415页）

中国画唯一能与西画抗衡的手段是写意。中国画要不要如写实的西画一样，从素描起步？他说，历史证明，“以素描教中国画不成功，教不出文人画家”。老柯以其独特的话语尖锐地批评了中国当下种种不良倾向，尤其对画界的崇洋拜金倾向与“人盲”（其弊更甚于文盲、美盲），忧心忡忡。他指出：

（我们的绘画）该像汉代、唐代人一样，用强健的肠胃把西方所有的好东西吃进去，使之变成国货。失去了民族特质的文化，不可能走向世界。拥有十几亿人口、五千年文化的中华民族，它的书刊应该往那儿一放就是大器，弘朴深美，回味无穷，不是小巧玲珑，也不是日本那样的岛国气息，更不能是失去内涵的货物包装。（第415页）

他深情地呼唤与期待中国画界出现艺术大师。何为大师？他说：“大师，应是拓宽人类审美疆域，提供空前的审美观与审美内容的杰出历史人物，能形成流派，在国内外享有极崇高威望（者）。”（第79页）历史明镜高悬：肥皂沫不是超级珍珠！媒体只能炒出名人，炒作不出名画！（第87页）其心可鉴！

六、老柯本色是诗人

老柯深知：绘画是有情怀的艺术，而艺术评论则为有思想的艺术。论艺极难。昔日杨升庵改杜牧诗“千里莺啼绿映红”的“千里”为“十里”,发出“千里莺啼谁人听得,千里绿映红谁见得”的怪论;毛大可妄斥东坡公名句“春江水暖鸭先知”,说:“河中难道只有鸭?鹅何尝不知道春江水暖?”(第20页)他认定:“批评家不必是作家、画家,但必须要有相当时间的艺术实践,去体验甘苦,包括通过临摹探视先哲的心路历程,行文才有厚度。”(第77页)

老柯本色是诗人。他的美术散文,如他所自律的那样:从生活出发而不从概念出发,审美观相对隐,又不断更新却远非随风使舵,有诗的激情与形象又蕴藏着审美理念,如独立的文学作品能给人艺术享受。(第76页)

但诗人的思维是形象而又跳跃式的,时有不顾及行文逻辑乃至语法的现象存在。所以,读柯文往往需要你用逻辑去推理他语中真意。

此恰如宗白华所云:散步是自由自在、无拘无束的行动,它的弱点是没有计划,没有系统。看重逻辑统一性的人会轻视它,讨厌它,但是西方建立逻辑学的大师亚里士多德的学派却唤作“散步学派”,可见散步和逻辑并不是绝对不相容的。中国古代一位影响不小的哲学家——庄子,他好像整天是在山野里散步……散步的时候可以偶尔在路旁折到一枝鲜花,也可以在路上拾起别人弃之不顾而自己感到兴趣的燕石。无论鲜花或燕石,不必珍视,也不必丢掉,放在桌上可以做散步后的回念。①

二十四年前,也是奉克强先生之命,我写了篇小文《他是怎样拨动爱之弦的——柯文辉〈爱之弦〉读后》(《艺术界》1994年9、10月号,总第38期)算是对文辉先生最初印象之勾勒。尔后不断得其赠书与艺谭,惠我良多。今又奉克强先生之命而作此文。既作文辉先生印象记,就不能不将其自画像布之于此,让读者对照读之观之:

---

① 宗白华:《艺境》,北京:北京大学出版社,1987年,第235页。

五岁时外祖赞其貌:土豆头,烧饼脸,反(左)边比顺(右)边多一点;马秸腿,水桶腰,右肩偏比左肩高。伏水缸旁自照,以为此语在似与不似之间,存疑未敢反诘。习武半日,半招不会。老人叹曰:“懵懵懂懂,挑担水桶,丢掉一只,不知轻重!”愤而罢教。

六岁,东邻老秀才天天差他沽酒,理由是“尔胸无点墨,当服其劳!”

孩子怏怏多日,忽磨墨汁一海碗当翁面牛饮而尽,拍腹大笑:“俺小肚里也有墨水了!”从此拒绝效力。

而今须发皆白,平生莫大悔恨仍是腹内空空……(《陪画散步·作者自传》)

2018年7月8日写毕于金陵宝华山房

(作者单位:南京财经大学人文学院)

《日常对话》:私纪录片与社会脉络

郑国庆

1990年代后期以来,台湾新纪录片开始兴起了一股"私纪录片"的风潮。所谓"私纪录片",就是"以自己或者家人、朋友等相关者为题材的纪录片"。[①]此类个人化、向内看的纪录片,正与新世纪台湾电影私密化、"小确幸"风格的剧情片相呼应,呈现了台湾纪录片某类"感伤主义""向内看""去政治化的人道主义"[②]的美学特质。然而,个人化是否一定会陷于自我耽溺式的心理剧,却不是一个能够轻易下的判断。个人化的私纪录片也可能透过对自我与他者的互动,尤其是亲密关系的分析与省思,深入个人生命伤痛背后家庭、社会的结构性因素,促成伦理关系的理解与和解,社会结构的检讨与批判。获得2017年第67届柏林国际电影节泰迪熊奖最佳纪录片的《日常对话》正是这样一部具有私纪录片外形,内里却承继了1980年代中后期台湾新纪录片兴起的社会批判与介入动能,兼具澎湃情感与冷静透视的影片。导演黄惠侦

---

① 邱贵芬:《看见"台湾"——台湾新纪录片研究》,台北:台湾大学出版中心,2016年,第31页。

② 见台湾传媒学者郭力昕对当代台湾纪录片的批评,Kuo, Li-hsin, Sentimentalism and the Phenomenon of "Inward-looking": A Critical Analysis of Mainstream Taiwanese Documentary. Sylvia Li-chun Lin and Tze-Lan D.Sang. *Documenting Taiwan on Film: Methods and Issues in New Documentaries*. New York&London, Routlede, 2012: 183—203.

将摄影机对准自己、母亲以及母亲周遭的人际关系，抽丝剥茧地通过摄影机探究、编织出母亲的生命史，从而在体认这个另类母亲的生命际遇时，深刻体悟到烙在个人生命史上的阶级位置、性别压迫与性少数的社会处境，善尽纪录片的社会功能，将一己故事铺陈出社会脉络，也因此能够扩大心胸，走出自我怨怼的情绪，与母亲达致和解。

导演黄惠侦是如何从台湾主流私纪录片的肚脐眼凝视中跳脱开来的呢？在一次访谈中，黄惠侦说，“我是从社会抗争者中长出来的小孩。”这句话点出了黄惠侦从事纪录片拍摄的立足点。与台湾新世纪越来越多专业院校出身，较勤用力于实验美学形式探索的纪录片工作者相比，黄惠侦有着另外的成长、文化养成轨迹。作为一位底层出身，仅受过小学三年级正规教育的纪录片导演，黄惠侦毋宁说是受益于解严后台湾社会运动蓬勃开展，知识分子投身实践，扎根草根教育的成果。黄惠侦于1998年在一次偶然的机会中因为所从事的台湾丧葬民俗“牵亡阵”的工作成为纪录片导演杨力洲镜头中的人物。拍摄纪录片的经验使她意识到摄影机是一个诠释自我的有效工具。在参加社区大学希望学习有关纪录片制作技术的过程中，台湾著名的行动科学研究／实践者夏林清创办的卢荻社区大学①无意中为她开启了另一扇解放的大门。从1986年解严前后就以心理教育工作者的身份投入草根教育与运动的夏林清，一直试图通过平民教育帮助弱势开拓社会认知与生命可能，在透过课程帮助没有文化资源的底层自我理解、自助助他乃至走上街头、与其他公民联结，从事社会抗争的过程中，主体得到了成长，生命得到了改变，解放教育的“培力”(empowerment)于焉发生。正是从这样的平民解放教育中，黄惠侦开阔了眼界，对个体与群的处境，纪录片的纪实、探测、社会介入功能，有了更深刻的理解。她

① 有关卢荻社区大学的介绍，见廖菲：《芦荻劲草：台湾成人解放教育的行动实验》，《中国农业大学学报》2013年第3期。

先后拍摄、参与了台湾外籍劳工(《八东病房》〔2006〕、《乌将要回家》〔2009〕)、原住民(“三莺部落”反拆迁①)的社会抗争活动。在台湾新世纪纪录片的场域里,黄惠侦所继承的,是1980年代中后期以“绿色小组”为代表的社会介入的纪录片传统,而非2000年之后台湾纪录片“个人化”“艺术化”“商业化”的纪录片新兴潮流②。因此,即使当黄惠侦去处理母女关系这样的私密题材、所谓“私纪录片”时,黄惠侦所呈现出的图像,仍然与大部分私纪录片去社会脉络的处理方式有很大不同。

《日常对话》的影像形式初看上去朴实无华。摄影镜头基本是在中景与近景之间切换。中景中母亲与女儿虽然同处一个画框,然而各据一个房间,殊少交流;餐桌是两人发生对话的舞台,然而再度横亘在两人之间的餐桌将母女二人分割开来,心与心的距离亟待修补。在对话艰难前行时,镜头逼近,似乎是要借助摄影机的掩护叩开母亲的心门,母亲埋下头,沉默、局促、不安、痛苦;情感修复的过程缓慢不易,需要坚定的信心与耐心。

虽然镜头语言没有过多的实验性探索,然而《日常对话》有一种难得的沉稳推进的节奏。剪辑于此片的贡献可谓功莫大焉。③《日常对话》所使用的记录素材横跨多年,如何将这些素材巧妙而自然地衔接在一起,对于导演与剪辑来说相当具有考验性。影片的很多剪辑点都选取得颇见匠心。比如其中一幕,幼年的外甥女问导演阿姨:阿嬷是男生还是女生？她认为阿嬷是男生。导演问她判断的依据是什么,外甥女回答说因为阿嬷不穿裙子只穿裤子。与此同时,画面上两位小外

---

① 黄惠侦的前夫是台湾独立媒体人、社会运动工作者,三莺部落拆迁抗争的领导者之一、三莺部落自救会顾问江一豪。

② 参见邱贵芬:《台湾纪录片晚近的发展,兴起了“个人化”、“艺术化”和“商业化”的几股趋势》,邱贵芬:《看见“台湾”——台湾新纪录片研究》,台北:台湾大学出版中心,2016年,第35页。

③ 该片剪辑师林婉玉获得第53届台北金马影展最佳剪辑提名。

甥女在不停地往脸上涂护肤品，往嘴上抹唇膏，虽然未成年，显见社会化的性别模子已经相当深刻地烙印在两个小女孩身上。而后画面接到两位已经长成少女的外甥女在吃吃笑着观看这段她们小时候的家庭录影，导演问长大的外甥女：你们都不记得小时候的事啦？她们笑着说不记得。导演开始与外甥女讨论她们对同性恋的态度，其中一位说支持啊，“因为每个人本来就有谈恋爱的权利，为什么一定要分男女，又没有差，为什么要这样反对，这样他们很可怜。”导演问道：你们知道阿嬷也是吗？年轻的外甥女回答说，知道。兴许要归功于解严后个人权利意识与话语在台湾社会的流行与普遍化，台湾年轻一代对同性恋的态度比老一辈要宽松许多，她们对于自己的阿嬷是同志显然不以为意。两段剪接在一起的记录，有趣地反映出性别观念与性取向态度在下一代身上的体现。

另外一处相当精到的剪辑出现在近结尾处导演妹妹出嫁、导演女儿出生与导演和母亲对话的音画配置。首先是婚庆公司的主持人叫新郎新娘跪下跟母亲告别，让新娘跟妈妈说点好话，此时声音前捅，导演的对话插入，“妈，如果时间能倒转，你可以再重新选择一次，你还会结婚吗？”伴随着婚礼的热闹场面，是母亲的毅然回答：不会，我要自己一个人比较好过。此后画面切到母亲抱着襁褓中的外孙女、小婴儿在床上哭闹、母亲带外孙女在外游玩，对话声再度响起：“你也不会想生小孩吗？”母亲同样回答：不一定要生小孩。直到对话进行到导演追问母亲会不会怨恨生下她们姊妹两个时，画面才正式切到餐桌对话，此时音画终于对位，正面近景中母亲哽咽道：不会，你们两个跟着我也很可怜。这一处小小的叙事段至少包含了三次剪辑点的转换，非常巧妙地呈现出结婚生子的“正常”人生与被迫进入“正常”的另类母亲的错位关系。

《日常记录》虽然是一部私纪录片，但是黄惠侦的眼界却让这个私人故事凝聚了厚重的社会透视。黄惠侦是如何结构影片做到这一点的呢？

影片是从黄惠侦决定打破母女之间的沉默高墙开始的，“虽然我们已经一起生活了三十几年，但我们一直好像陌生人一样，除了桌上的饭菜，我跟她的生活可以说是完全没有交集。我真的不希望我们要当一辈子的陌生人”，她希望能够借助摄影机，有勇气去面对问题，打开心结，了解母亲。导演问母亲：你觉得这世上有了解你的人吗？母亲回答说：“不知道。谁要了解我？”这句话道出了底层女性在社会文化结构中喑哑无声的处境，她们卑微的生命没有价值，因此不值得被了解，被尊重。

于是影片从母亲的成长背景开始追溯。导演与母亲踏上北港老家的还乡之旅。在给外公外婆扫墓时，导演发现墓碑上没有母亲的名字——原来，在传统男尊女卑的台湾农村社会，只有儿子，女儿是没有资格在父母墓碑上留名的。母亲怀念外婆，因为只有外婆疼爱她，外婆临终前最放心不下的就是这个女儿，因为她已经预见到女儿与她共通的身为底层女性的共同运命：贫穷的生活、干枯的情感、日常化的家暴——外婆生前因为受不了外公的辱骂而试图用农药自杀，母亲也同样因为忍受不了父亲的暴力带着两个小孩离家逃亡。在后面有关母亲女朋友的访谈中，我们将再度看到，在底层女性的婚姻生活，家暴几乎是一种家常便饭式的结构性存在。

对于母亲不幸的婚姻，母亲的姐弟们怎么看？他们的回答，不只代表了一般意义上亲属的看法，他们的发言位置同时还不自觉地呈现出了台湾农村社会传统的父权制性别观念。三人一致认为女生的人生归属就是嫁人，男大当婚、女大当嫁，“女生长大就是要嫁人，不然要做什么”（大姨），“以前乡下女生年纪大了没嫁，大家都会叫她要赶快嫁，嫁了以后才有个家庭有个家。”（大舅）如果不嫁的话会怎样？——后果很严重，“不嫁人，祖宗桌上没有人会供奉未出嫁女儿的神主牌。”（大舅）。至于嫁得好不好，嫁鸡随鸡，嫁狗随狗，只能认命了，“就嫁到了还能怎么办”（小舅），“可怜什么，有什么好可怜。”（大舅）透过这些看似不经意的对话,影片有力地彰显出父权社会透过祭祀仪典、社会舆论对于女性人生规范的压迫性力道。

相对于社会性别与父权制婚姻制度不容分说的清晰规范,对于同性恋,庶民社会的态度倒是显得暧昧许多。对于母亲的同性恋倾向,姨姨舅舅都采取了视而不见的态度,三人皆回避导演有关母亲是同志的询问,声明自己不知道,然而对于导演的提问,三人皆未流露出惊讶的神情,显见对于这位从小就像个男人婆的妹妹/姐姐与众不同的爱欲多少有所领悟;——然只要母亲进入了女性应该进入的"正常"婚姻家庭模式,他们就宁可将母亲的爱欲现实屏蔽,视为无物。至于母亲自己,家暴所带给她的耻辱感远大于她作为一位同志可能遭受的社会歧视,她能找到"台北桥"这样的同类聚集地,她也勇于追求自己心仪的同性(片中母亲的两位女友笑言自己是如何从直女被母亲的热烈追求所掰弯)。相较于中产阶级社会对于性的森严、清规戒律,庶民对性的流动多元反而比较具有不羁的样貌与心态;因为教育程度不高,庶民社会对于中国现代受西方中产阶级文明影响的性规训与性管制,反而具有一定程度的逃逸空间。

影片中访谈母亲同性恋女友的片断是这个沉重的纪录片中最为有趣的段落。母亲看似悲情的生命在女友的谈话中突然焕发出华彩,一个与家中沉默寡言的母亲形象大为不同的女人——母亲作为女同性恋中的"T",风流倜傥,四处征逐,是个不折不扣的情种。她"不爱江山爱美人,很糟糕。钱都花在女人身上很败家"(话说当年情,对母亲的花心颇有怨言,然而佩戴母亲所赠玉镯二十几年,断了仍舍不得丢的歌仔戏女友A),"你妈很温柔。温柔到什么程度你知道吗?我的内衣她都亲手洗,她说我觉得帮你洗内裤很爽吔。"(说到这眼泛泪光,丈夫好吃懒做还三不五时打骂自己的理发师女友B),"她就跟我说,哎呀我从没见过长得这么美的女生。打电话都说,宝贝,你在做什么。对我真的很好。我身边的朋友说你交这样一个(女朋友)也不错。"(陪母亲上市场买菜,陪母亲打牌,和母亲及导演一同回乡探亲,美丽贤惠的现任女友C)。

这是母亲的另一面。在这个场域中,母亲不再为人妻,为人母,而是挥洒出了另一片自己的天地。然而这个自在的女同志与“伟大”母亲身份的冲突,正是现如今疏离的母女关系的症结。作为一位T妈妈的女儿,黄惠侦从小就知道,母亲和朋友在外面总是比待在家里的时候要快乐。虽然直到十几岁的时候,才有长辈跟她说她母亲这样叫同性恋,是变态,因此让她开始怨恨母亲为什么要和别人不一样,然而,真正让她怨恨的,其实是她一直觉得母亲爱她的女朋友总是比爱她们姊妹要多。质言之,母亲虽然也含辛茹苦把两个女儿拉扯大,但似乎远够不上那个伟大母亲的标准:一心扑在子女身上,牺牲自己所有的时间和喜好,以子女的乐为乐,以子女的哀为哀。事实上,母亲缺乏与女儿的交流,对女儿的情感创伤缺乏体察。拍摄纪录片这项活动,为导演打开心扉,向母亲说出心里的感受架设了一个舞台,让她有勇气去面对那些她不愿记起又难以忘记的成长的创痛。

这个黑暗时刻的曝光犹如一道闪电,震慑住母亲与观众。整段对话持续了十多分钟,是这部影片最长的一个镜头。导演告诉母亲她为什么要拍这部片,因为如果不是录影,“有些话我也没办法说出口”。母亲和女儿说,我知道你很讨厌我。女儿则说她其实不是讨厌母亲,她是不知道,不知道母亲是不是爱她,她觉得是母亲讨厌她。为什么会觉得母亲讨厌她?一个晦涩的秘密终于缓缓浮现,导演开始与母亲诉说小时候父亲对她的性侵经历。她质问母亲为什么要让她和父亲一起睡。一脸茫然的母亲不明白女儿说的是什么意思,“什么我让你去跟他睡觉?你跟他睡?你说什么我完全听不懂。”当女儿说起那些个半夜她从父亲那跑回母亲和妹妹房间的情景,质问母亲为什么从来不曾问她到底发生了什么时,母亲震惊道,她从来没想到父亲会做出这样的事。而恰恰是这个被父亲性侵的不洁经验,使女儿误以为母亲因为这件事嫌恶自己,讨厌自己。谜团解开,镜头对准母亲,此时的母亲因为没有保护好女儿,因为女儿所承受的巨大伤害流下了愧疚的泪水。

称《日常对话》是一部私纪录片,是因为这是一部有关私人亲密关系的纪录片。如何修复母女间的隔阂,与自己和解,与母亲和解,是这部片子的首要关切。然而,要想达到和解,首先是去理解,这需要暂时跳开自我情绪的中心,从一个更为客观的角度去看待母亲作为主体——不只是母职,而且是一个有着自身性格、热情、欲望的女人,如何去发展她的生命可能。在七十年代台湾农村的父权制社会结构与文化氛围中,母亲只能顺从家庭安排进入主流的异性恋婚姻与生育体制,然而不幸的是,她与她的母亲一样,难以逃脱那个时代底层女性恒常遇到的日常性的男性家暴。家暴所带来的深刻的伤害与羞辱感,在她带着两个女儿逃离之后变成她无法面对的过去(这是她为什么对外人编织出她只结婚一个礼拜,小孩是领养来的谎言的原因)。正如性侵给导演所带来的伤害与羞辱感,她与母亲都被困在那个恶魔父亲的梦魇中。当十几年之后导演带着母亲重返那个她们逃离之后再未回过的家,那是一次牵亡与超度的仪式,“这一次,我希望可以换我带着我妈,真正离开这里。”

作为一位无奈进入异性恋婚姻体制的母亲,婚姻与孩子都非她所欲。母亲不是一位所谓完美的符合社会文化塑造标准的母亲,然而她仍然承担起了母亲的责任,是她带着导演逃离了那个可怕的家,“不可能留下你,一定会带你一起走,带出来就算饿死也是三个一起死。”她们母女三人相依为命,互相撑持,共同走过生命的艰难岁月。母亲容或不够细腻体贴,不知道如何对孩子表达情感,但是对于黄惠侦来说,那是她世上独一无二的母亲,对于母亲来说,黄惠侦也是她独一无二的女儿。

在华人社会,说爱你是件难以开口的事。然而在与母亲的餐桌对话中,黄惠侦还是突破心藩,将对母亲的情感表达了出来:“我很希望你知道我是很爱你的。”至于母亲呢,那个沉默寡言的母亲,则是在片尾——小外孙女三番五次的询问:"阿嬷你爱不爱我?"从开始母亲回道"你那么坏我还爱你"到"你爱我,我也爱你",一直到最后,外孙女跟妈妈告状说:阿嬷听不懂我的话。导演说阿嬷听得懂,你再问一遍,母亲终于直截了当地对外孙女说出了"我爱你"这三个字——那既是对外孙女的回答,也是对女儿的回应。经历过这么多磨难与痛苦的亲人,终于解开心里的包袱,去接近与安慰彼此的情感结构与创伤。导演黄惠侦的勇气与胸怀令人感佩,直面问题不逃避,挑起自己的重轭,努力去沟通、去表达、去化解,真正显示出了一个成年子女的承担。

夏林清曾经依据多年的心理学、行为科学、社会教育实践在《斗室星空》中提出"家的社会田野"的工作方法。她认为,家庭经验的苦楚,不只是来自于个人人际,同时也来自社会体制与文化教养规范的约制。透过视家为社会田野的视角,才看得见家人关系其实是社会关系作用力量的载体;因此,家的经验不应该由于它表面的社会区隔导向个人主义式的私密论断,当我们在心中拉开一个距离,观看自己与家人关系为一客体,我们就能打开自我的闭锁,在听见和看见彼此时辨识个人所承载的社会性经验,辨识到阶级、性别与文化的社会作用如何深刻地烙印在家人身上,从而长出涵容伤痕印记的胸怀,更进而长出看见他者与社会存在处境的立体视野与社会情感。① 揆诸《日常对话》的深厚力道,正来自于黄惠侦"家的社会田野"的视角,她对家庭经验、私人处境社会脉络的审视,将台湾私纪录片自恋式的凝视风格拉抬到一个更宽广的社会视野与胸怀,从而改造与提升了台湾私纪录片这个类型。与虚构剧情片相比,纪录片的最大魅力来自于它对现实世界的观察、连接与介入,对现实的理解程度决定了纪录片再现的广度与深度。从这个角度而言,《日常对话》在台湾纪录片场

---

① 夏林清:《斗室星空——家的社会田野》,财团法人导航基金会,2011年。

域的出现与亮眼表现，不只代表了黄惠侦个人的成功，更是台湾蓬勃发展的社会运动、行动知识分子与民众解放教育相结合所孕育出的丰硕果实。

（作者单位：厦门大学人文学院中文系）

互文性视域下的电影《游园惊梦》论析

宋璨璨

“互文性”这一概念诞生于法国著名文艺理论家朱丽娅·克里斯特娃1966年发表的《词、对话、小说》一文中，她后来在《互文性理论对结构主义的继承与突破》中提出“某一文本与此前文本乃至此后文本之间的关系，巴赫金对此已经有所阐述。我明确地将这种文本对话性称为‘互文性’”①。此后，学术界对此多有不同的解释，如吉拉尔·热奈特给互文性的定义是“一篇文本在另一篇文本中切实地出现”，麦克·里法特尔则认为“互文性主要是把文学材料里的其他文本当成是本体文本的参考对象”。② 本文所言“互文性”，是指作者借助直接引用、暗示等形式使得潜文本在元文本中承担特殊的叙事功能。所谓“潜文本”，即指电影中多次出现的昆曲《牡丹亭》文本，而“元文本”则是指电影《游园惊梦》的剧本。二者本是两个相互独立的个体，但“互文性”艺术使其实现了完美的契合。

据统计，电影《游园惊梦》里共出现七处昆曲片段，涉及的曲牌有

① 朱丽娅·克里斯蒂娃：《互文性理论对结构主义的继承与突破》，黄蓓译，《当代修辞学》，2013年，第5期。

② 转引自[法]蒂费纳·萨莫瓦约：《互文性研究》，邵炜译，天津：天津人民出版社，2003年，第3页、第2页、第13页。

《牡丹亭》中的[皂罗袍][山桃红][步步娇]和[懒画眉]。这些昆曲唱段不仅是影片中的插曲，具有事中寓情的抒情功能，更是在刻画人物个性、推动情节发展、深化影片主题等方面起到了非常重要的作用。

一、扩大元文本的故事容量

编导借用昆曲剧目“游园惊梦”作为影片名称，是欲借观众对潜文本《牡丹亭》内容的理解与联想，补充对元文本中相关人物形象的认知，即借有限的文字扩充影片的故事容量。

有人认为，“在古典戏曲中，调牌的运用要求与故事所要表达情感相配。古典戏曲中的曲词常常与一定的宫调相谐，唱出来后使情感的表达更加真切、深刻，也很容易使人感动。”[①]我认为这同样也适用于该电影对昆曲唱段的引用。作为电影中潜在的叙事话语，昆曲是被表现的对象，同时也是推动电影情节发展的线索。昆曲唱词是明线，而唱词背后的故事和情感是暗线，昆曲集明暗二线于一体，将故事情节的发展逐步推向高潮。电影开场便是众人齐聚为荣老太爷庆生的重要时刻，翠花以一身华服携[皂罗袍](“原来姹紫嫣红开遍”)出场，她嗓音婉转、身姿优美，赢得了在场人的注意和赞叹，然而此时电影的色调却偏暗，一如翠花的内心。从旁白得知，翠花原是得月楼中有名的清倌，后来被荣老太爷高价娶进府中。自此她最大的价值无非是在重要时刻献上一曲，平常则是陪姨太太们打麻将、陪女儿写作业。[皂罗袍]是杜丽娘首次游园所唱，她在万紫千红的后花园里大发感慨：如花似玉的年纪、美好的生命就如春光一样转瞬即逝。她的内心深处涌动着对青春的好奇与眷恋和对被压抑的生命的控诉。而翠花更甚，从万人追捧到无人赏识，她比之前从未进过后花园的杜丽娘还要痛苦。

因为女主人公优伶的特殊出身，人物的昆曲清唱是电影情节发展

① 刘二永：《戏曲宾白与曲词的叙事功能及相互关系》，《南通大学学报》，2017年第2期。

中必不可少的环节。荣兰对翠花的细心呵护,翠花对压抑的荣府生活的默默反抗、对荣兰"背叛"的质问与伤心,都是在用"唱"来表达。每一段唱词都在不断累积情感因素,推动情感高潮的来临。在毫无生机与希望的日子里,荣兰像杜丽娘梦中的柳梦梅一般,时刻赞叹翠花的美丽,她还携翠花之女慧珠为翠花庆生,一曲[山桃红]("则为你如花美眷,似水流年")是让翠花重生自信,重拾魅力的关键,更是实现了翠花"有人关怀,被人惦着"的生日愿望。这一段段唱词的运用将影片里对话、独白等文字内容加以修饰、点染、诠释,使其内涵更加充实,同时也提亮了影片中原本昏暗的基调,让影片的氛围逐渐由冷转暖,故事的叙述也因此表达出更深刻的意旨。

影片表面上给我们展示的是一个姐妹情深的故事,但实际上导演引用的昆曲唱词却给了我们另一种解读。翠花是年轻貌美、懂感情的清倌,却嫁给年纪大、有多房姨太太还吸鸦片成瘾的荣老太爷,这是那个时代典型的老夫少妻(妾)的婚姻模式。丈夫不能满足翠花的情感需求,对翠花也从一开始的青睐有加到后来的漠不关心,这些都令翠花心如死灰。受社会礼教所制约,家丁、二管家、武生都不可能是翠花的良配,也不可能长久相处,她只能寻求同性姐妹的关心。荣老太爷的其他姨太太之间尔虞我诈、勾心斗角,并不是可以倾诉的人。荣兰因一直倾慕翠花的雅致,对她十分照顾,于是二人在荣府相互依偎、彼此关照,上演了一出闺蜜情深的戏码。

影片中荣兰清唱的[山桃红],在《牡丹亭》中却是由柳梦梅演唱的。导演让荣兰扮演柳梦梅,是在提醒观众注意荣兰的性取向及她与翠花之间的暧昧情思。荣兰受"五四"文化的影响,有意识地模仿男性,多以男装示人,像男人一样抽烟、逛阁楼、听曲儿。她在影片里常常改变社会性别,是在心理上对男性的自觉认同。因此她常常以男装出现,对柔美幽雅的翠花抱以呵护、爱惜的态度;但同时她男性化外表下柔软的女性心理又不能让她彻底拒绝男性的魅力。这是新时代新女性文化心理冲突的外现。

如果我们不去体悟、领略昆曲唱段，对它的理解可能仅止于此。但由于我们懂得所引用的昆曲表达的就是柳梦梅和杜丽娘之间的男女关系，这就在电影中构成了一种隐喻，它与性取向的自觉认同是吻合的，是女同性恋的委婉表达。当我们理解了昆曲元素背后的意义，我们就看到了两个故事。一方面，翠花和荣兰是亲密的姑嫂关系，两人一起学跳舞、唱昆曲、拍照片；另一方面，二人更是暧昧的情人关系，在男尊女卑的社会中惺惺相惜。在这段不正常的感情里，荣兰更像一个引诱者。她更加主动，一步步吸引着孤独的翠花，在情感上给予翠花呵护与慰藉。而翠花则更似一个接受者。当荣老太爷、家丁、二管家和武生都不能满足她的情感需求时，她才半遮半掩地接受了荣兰的照顾。《牡丹亭·惊梦》一折中，柳梦梅也是如此，他大胆地诱惑着年轻貌美的杜丽娘，与她梦中幽会，杜丽娘虽然较平日少了几分故作姿态，但仍带有小女儿的娇羞。如果说翠花与荣兰的“游园惊梦”相当于杜丽娘与柳梦梅的第一阶段——遇到爱人，那么，翠花与荣兰却无缘杜丽娘的第二、第三阶段——死而复生、再续良缘。荣兰的女性气质在遇见邢志刚后完全散发，她被异性的魅力折服，难以自拔，继而她与翠花的感情便岌岌可危。戏曲里的角色与电影中的角色互相映照，双重叙事视角无疑扩充了影片的故事容量，看似是邢志刚的出现打破了荣兰与翠花闺蜜情深的平衡，但更是将二人之间高于闺蜜情的同性恋情及其不稳定性展现在观众面前。

二、预示元文本的情节走向

有人说：“戏曲情节作为叙事线索，往往具有引导剧情的作用。”①观众在观赏电影之前，首先要去理解潜文本的内容，体会其精神。在观看电影时，影片中的文字内容、形体语言等将不可避免地包含他之

① 朱怡淼：《中国电影对戏曲情节的选择与运用》，《南京师范大学学报》，2018年第3期。

前的记忆、知识和体验，观众就可凭借对元文本的了解，来推测之后的剧情走向。

翠花被老爷请去唱曲儿之后，用针和剪子刮破绣品，这是她在影片中第一次表露愤怒和不满的情绪。此时她表演的是［步步娇］（“袅晴丝吹来闲庭院”）。《牡丹亭》里的杜丽娘身为大家闺秀，深受封建教条的禁锢。当丫环春香引逗她去后花园玩耍时，她扭捏犹豫，但又好奇后花园的景色，最后给自己找到一个看似正当合理的理由——“步香闺怎便把全身现”。该曲在潜文本中是用来描摹杜丽娘情窦初开、渴望被人欣赏的少女情态，也是为后面杜丽娘的逾矩行为，即“游园惊梦”埋下的伏笔。而用在电影中，既是映照，又是对翠花未来行为的预示。成为五太太后，荣老太爷的疏忽冷淡让她有着极大的心理落差，家丁、二管家于她是可望而不可求，荣兰的安慰呵护并不能满足她实际的需求，空虚麻木的生活使得她对荣老太爷以及荣府生活的不满已逐渐加剧，她对异性的渴望也日益强烈，她将伺机寻找一个放纵的时机。

在这之后，影片插入了一折［懒画眉］（“最撩人春色是今年”），是荣兰对第一次见到翠花的回忆。而在这一曲前的一两分钟内，翠花说了这样一句话：“这样看来，再过一些日子，我就要搬出这里，可能又要回到老地方得月楼去卖唱了。”如果说杜丽娘在唱［步步娇］的时候尚处于心向往之的境界，那么［懒画眉］里她已懂感情，得而复失的无奈远胜于从未得到的新奇。对翠花而言，更是如此。在得月楼里她受人追捧、一呼百应，现在却是独守空闺、寂寞孤独，涌上心头的回忆，对她来说更是折磨。［步步娇］一曲对翠花而言，是她允许自己放纵的心理预设，［懒画眉］则是加速器，催熟了她内心的欲望。

影片引用的昆曲仅有一处较其他出自不同篇目，就是《宝剑记·夜奔》中的［点绛唇］，这也是唯一一处翠花以旁观者而非参与者的视角观赏的昆曲表演。武生身着黑衣，翠花连连夸赞“不错哦，长得挺俊的”，不仅仅是对其表演的称赞，还有对异性身体的欲望。这一曲讲述的是林冲受到高俅迫害后亡命水泊梁山途中的经历。在潜文本《夜奔》中,“夜奔”之“奔”意指连夜“投奔”;在元文本《游园惊梦》中,“夜奔”之“奔”则转意为“男女私合”,暗示翠花即将与扮演林冲的年轻武生暗夜私合。翠花在[步步娇]一曲后,正欲寻找出轨对象,恰巧于此时出现的武生则成为了她的目标。当夜本是翠花、荣兰与武生三人一起玩牌,而荣兰识趣地先行离开,给两人提供了单独相处的机会,也给翠花提供了放纵情欲的空间。那必定是不太平的一夜,翠花应与夜奔梁山的林冲一样惊惧而又放肆。[点绛唇]一曲的设置看似突兀、没有章法,实际上却是对之后的情节走向起到了预示作用。加上前面两支曲子的铺垫,这一曲更是预示了翠花即将离开荣府的事实。

影片的情节与昆曲唱段交替相融,既是对影片情节走向的预示,同时也钳制了影片的发展。《牡丹亭》全篇写尽了杜丽娘追求超越生命的真挚爱情的经历,将“情不知所起,一往而深”展现得淋漓尽致,所幸最终是有情人终成眷属的大团圆结局。对电影《游园惊梦》中的翠花来说,她在特殊的年代选择的是依赖他人的庇护,先是垂垂老矣的荣老太爷,再是同为女性的荣兰,前者把女性当玩物,后者借外表伪装成男性本就虚假,这两人都绝非她的良配。荣兰的存在是翠花在荣府生活最大的安慰,更是在翠花寻求异性呵护失败时最后的依靠。但是当荣兰作为男性的形象不复存在,翠花对爱也就不再抱有期待。尽管二人的关系不可能再如从前般亲密,但囿于潜文本结局的钳制,元文本的结局定位只能是邢志刚离开,荣兰与翠花二人相依为命。再加上同性之爱的基础是建立在忠诚和友情之上的怜惜,翠花在影片最后因吸鸦片患了病,荣兰定不会狠心离开翠花,但她们后来的生活也不会太过如意。翠花在影片中对纯粹感情的追求,与因春感情、一梦而亡后又因情而生的杜丽娘有着共通之处。与《牡丹亭》较为美好的结局相比,电影的结局似乎不太符合观众的期待视野。但正是如此,电影的悲剧性意味才更加深刻。

三、深化元文本的主题思想

1.人生如梦、世事无常的慨叹

[皂罗袍][山桃红][懒画眉]三曲唱词的重复,在电影的前后期起到了不同的效果。故事开始,荣兰和翠花在男性主宰的社会里相互依偎,试图从中打开一个可供二人安身立命的新天地,“如花美眷,似水流年”“最撩人春色是今年”更是二人的生活写照。但后来二管家、武生以及邢志刚的出现,使得二人的美好不复存在,徒生“背叛”之憾。此时的“原来姹紫嫣红开遍,似这般都付与断井颓垣”等唱段将影片中的悲伤氛围渲染到极致。这几段唱词,对荣兰来说,是家道中落的哀伤,更是爱情扭曲的痛苦。于翠花而言,是从家庭到社会再回归鸟笼式的大家族的往返,还是被爱人抛弃的痛楚。

影片正借观众对“游园惊梦”这一潜文本的了解,来烘托和对照《游园惊梦》对荣兰和翠花的意义。戏曲《牡丹亭》中杜丽娘虽然因情而死,但后来也因情而生,留给了读者一个光明的尾巴,而电影《游园惊梦》却借戏曲情节表达了人生如梦、世事无常的感慨,翠花与荣兰并未得到想要的幸福。某种意义上,电影深化了戏曲情节的悲剧意味。

一方面,“游园惊梦”是指影片中不断被提及和表演的昆曲《游园惊梦》,另一方面则是指荣兰在“梦”想往事时又被现实唤醒的人生经历。“游园”于翠花,是从社会走进荣府;于荣兰,是走进与邢志刚的爱情,将女人最原始的一面展露无遗。“惊梦”于荣兰,无疑是邢志刚和她的爱情被破坏,后邢志刚离开;于翠花,无疑也是。“梦”是这部影片的一个关键词。不仅翠花的“游园”是一场梦,荣兰与邢志刚的“游园”也似在梦中;荣兰所回想的往事如梦一场,她的整个人生也如戏如梦。而这一场梦,是由昆曲造的。昆曲“游园惊梦”连接着今天与过去、现实与梦幻。这一梦,从荣兰个体扩大到那个时代的知识分子女性群体，再到那个繁华的时代，表达出了深深的历史沧桑之感。

2.同性之爱的诉求

影片表面上给翠花和荣兰的定义是姐妹情深，但导演却用戏曲来暗示她们是同性恋的关系，而每一次表明两人情感升华或变质的都是昆曲。最开始的[懒画眉]（“最撩人春色是今年”）是荣兰迷恋翠花的开端，[山桃红]（“是哪处曾相见，相看俨然，早难道好处相逢无一言？”）是翠花对荣兰产生信任并逐步生爱的象征，而影片末端的[皂罗袍]与[懒画眉]是二人对过往美好爱情的回忆与今日情变的遗憾。尽管两人之间的暧昧情谊遭到了异性之爱的介入，二管家、邢志刚都对此施以一定程度的破坏，但是影片的结局依然是两个独身的女人又共同生活在一起，这是因为同性之爱的诉求是建立在荣兰对翠花深深怜惜的基础上的。在同性之爱深入骨髓的情况下，异性之爱并无容身之地，只能黯然退场。从[皂罗袍]到[山桃红]到[懒画眉]再到[皂罗袍]，看似循环往复有始有终，实质上却展现了翠花、荣兰两人的性格与情感诉求的变化。翠花是一位带有典型时代印记的女性形象，她从一开始依赖男性觅生存，到后来寻求同性的呵护，直至最后对同性之爱的绝望，她的个性也因此发生了由软弱到刚强再到颓废的转变。而荣兰恰好相反，她从最初对翠花的迷恋到爱上邢志刚再到最后放弃异性之爱，对爱的定义从坚定转为疑惑。二人的情感诉求渐显差异、渐趋畸形，这都是那个特殊时代背景下的悲剧缩影。

电影中还有一处值得注意，在前五十五分钟内，昆曲基本是隔十多分钟出现一次，但五十五分钟之后到下一次出现竟然隔了五十分钟，而在这一段时间内荣兰正与邢志刚互生情愫，和翠花渐渐疏离。昆曲《牡丹亭》讲述的是杜丽娘和柳梦梅的爱情，而导演杨凡将其中的唱段用来展现翠花和荣兰感情的变化，侧面描述了二人由陌生到亲密再至疏远的过程，这也证明了两人之间的同性之爱是影片想要表达和突出的信息。同时，电影借昆曲表演放大了同性情谊的残缺与不稳定性以及异性爱情的短暂与易变，表现了翠花和荣兰始终难以获得正常爱情的悲剧，她们与《牡丹亭》中因情而死、爱而不得的杜丽娘有共通之处。

3.对昆曲的热爱、不舍与致敬

事实上，昆曲的遭遇与翠花的命运互相照应。翠花从得月楼受人欢迎的歌妓到荣府闷闷不乐的金丝雀，她的高贵与昆曲表演渐渐比不上鸦片于荣老爷的魅力，就像在徽班进京、朝代更替后受到了一定程度上打击的昆曲，逐渐处于下风甚至被遗忘。电影《游园惊梦》是一曲挽歌，是对日渐没落的传统昆曲的悼念与追忆，是一场向传统文化致敬的道别仪式，更是导演杨凡作为后来者，为使得传统昆曲重焕生机做出的努力。

互文性理论的提倡者说："借鉴已有的文本可能是偶然或默许的，是来自一段模糊的记忆，是表达一种敬意。"①电影《游园惊梦》如此娴熟地使用昆曲元素，似乎可以理解为导演杨凡借这一机会来表达对昆曲的热爱和敬意。从演员和服装的角度看来也无不如此，饰演荣兰的王祖贤专门到杭州跟昆剧名角汪世瑜、陶铁斧学习了小生身段和唱腔，翠花的扮演者宫泽理惠的做功身段也是由昆剧演员亲自指导、设计而成，两位女主角的戏服更是多达七十多套，占全片戏服的四分之一。电影中从昆曲的唱腔到演员的装扮，杨凡带领团队成员无一不是耗费心血精心打造而成。

昆曲《游园惊梦》在电影《游园惊梦》中大放异彩，它不仅构造了影片的基本结构，推动了故事情节的发展，而且在文本互现中，使影片有了超越时代的象征含义，也使昆曲在影片中成为表现世事沧桑、人生无常的载体。从"潜在文本"对影片创作本身的作用来看，影片的多重主题正是借昆曲《游园惊梦》层层编织而成的。

---

① ［法］蒂费纳·萨莫瓦约：《互文性研究》，天津：天津人民出版社，2003年版，第1页。

结　语

白先勇曾经创作短篇小说《游园惊梦》，后又亲自改编为话剧，元文本中反复出现昆曲《牡丹亭》的唱段；杨凡推出电影《游园惊梦》，也娴熟地运用了昆曲《牡丹亭》文本。正如汤显祖所说“情不知所起，一往而深”，从昆曲到小说再到电影，从杜丽娘到钱夫人再到翠花，她们在“园”中邂逅爱情，又在“园”中惊醒失去爱情，但于她们而言，“游园惊梦”都是一段关于爱的美好回忆。

传统昆曲《游园惊梦》在影片中的不断穿插，拓展和深化了当代电影《游园惊梦》的情感与主题。而当代的电影作品对传统昆曲文本的“引用”，也丰富和增强了古代经典戏曲的内涵与深度，使得昆曲有了新的生存空间与发展方向。目前诸多电视剧也常有引用昆曲元素的案例。剧作家、编导们的努力，都在不同程度上引起读者观众的关注与再审视：对于昆曲等传统文化，我们应该做的不是片面地抛弃，而是应该有所选择地继承与发扬，使之重新焕发光彩，更富魅力地重新展现在世人面前。传统戏曲承载了中国传统文化的审美追求，其中蕴含着深厚的文化底蕴、理想化的情感追求，这些都适应当今影视剧创作的审美需求。在这个意义上，传统昆曲文本的价值仍值得今人重视。

（作者单位：安徽师范大学文学院）

艺文述林

读书随笔五则

汤　化

一、"河中石兽"的物理推演

纪晓岚名著《阅微草堂笔记》,二十四卷,收录各种奇闻逸事约1200篇,其中卷十六《姑妄听之二》,有一篇被后人命名为"河中石兽"的奇文,经严格筛选,脱颖而出,被郑重地推介给广大中学生。此文究竟有何特别魅力,能获此殊荣?我们先看此文内容:

文中说,纪大烟袋老家河北沧州,有一临河的寺庙,大门崩塌,门前的一对石兽沉入河中。十多年后,僧人们要重修寺庙,想找回这对石兽,便按常理在原处水下及沿河下游十多里找了个遍,却不见踪影。有一"讲学家"认为,石头不比木片,不会被水流冲走,因此应当是被埋在原处的厚沙底下。而一老"河兵"别有高见:"凡河中失石,当求之于上流。盖石性坚重,沙性松浮,水不能冲石,其反激之力,必于石下迎水处啮沙为坎穴。渐激渐深,至石之半,石必倒掷坎穴中。如是再啮,石又再转。转转不已,遂反溯流逆上矣。"意思是说,石兽入水之后,水冲石兽,其反射之力,能把石兽前方的泥沙冲出一个坑,这个坑越来越大,坑沿扩大到石兽的底部过半,石兽便向前倒下。如此不断重复,石兽自然一直往前移。因此这两个石兽,必定在原处上游。人们依其言,果然在上游数里外找到。于是纪大学士画龙点睛:凡事不可只知其一不知其二地“据理臆断”①。

看来,此文的亮点是:老河兵不循凡庸之见,逆向思维,并作具体物理分析,有板有眼,最后又被实践证明,必是真理;大学士更将此提高到认识论高度,启迪世人,语重心长。这些道理,乍看起来,不但在当时难能可贵,在今天也大有教育意义。

然而,只要稍加分析,便可发现,这些“道理”并不靠谱,尤其是老河兵的高论。然限于条件,我们无法做任何试验或实验,故只能“纸上谈兵”,以文字和图示,作如下简单的物理推演。

老河兵高论的第一步,是水流的“反激之力”把石兽前面的泥沙冲开形成坎穴。这确实不无道理。但它要成立,必备一个条件,即这个“反激之力”必须唯一,毫无外力干扰。而在河流中,这“反激之力”正与其所来自的水流正面冲力基本同步,甚至后者还大于前者,完全能抵消“反激之力”。(如下图)因此,这个“啮沙为坎穴”是否真能发生,便大可怀疑。

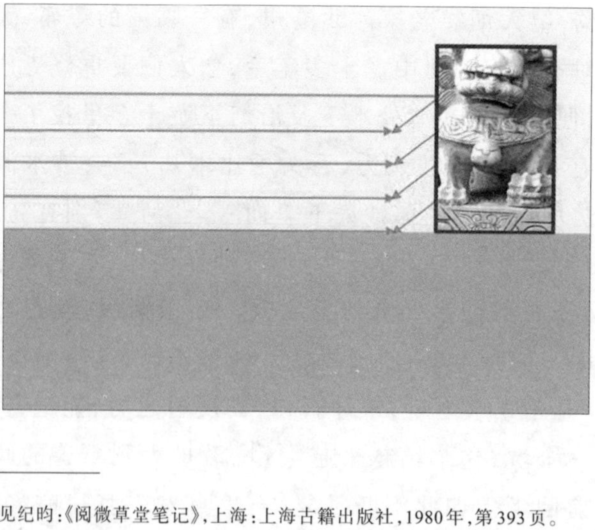

① 原文见纪昀:《阅微草堂笔记》,上海:上海古籍出版社,1980年,第393页。

更何况，这条河既可以“棹舟”，则河水必有一定的深度。而在水底深处，水流速度不但比水面慢，而且水流方向也复杂得多(比如漩涡、回流等。沧州地区濒临渤海，在入海口附近的河流，水流情况尤其复杂)，在这种情况下，更可能产生的结果是，其他地方的泥沙都被水带走了，唯独在石兽的前面，由于水流受阻，冲力相对减弱，泥沙不但不会被掏空，反倒会淤积起来。在一般情况下，这种可能性似乎更大，我们通常见到在江河中的礁石周围往往有个沙滩，恐怕就是这个原理。

退一步说，我们姑且忽略水流正面冲力，只论“反激之力”，让这个坎穴真能生成，但它也只能作用于石兽前方，怎么能拐个弯，掏到石兽底部，继续冲击，形成一个“至石之半”的坎穴呢？也就是说，坎穴在石兽底部的那个“至石之半”的部分(如下图，石兽底下灰色带问号部分)，是什么力冲出来的呢？而如果没有这个“至石之半”的坎穴，石兽的重心不会前移，也就不可能产生“倒掷坎穴中”这个关键性的动作。

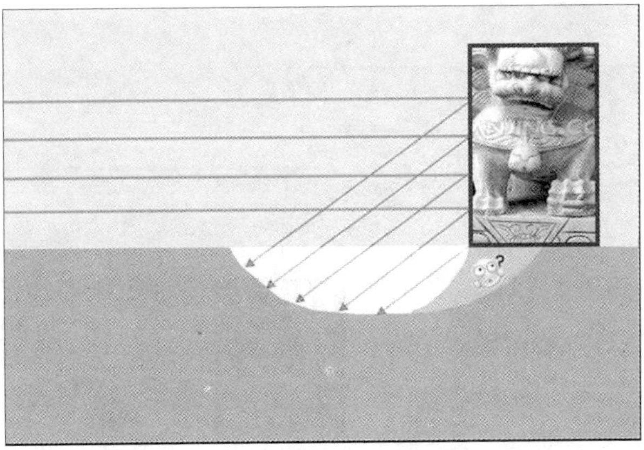

再退一步说，我们姑且相信这个“至石之半”的坎穴真能生成，石兽由于重心前移而倒下，那么它完成其“转转不已”的第一个90度时，也掉入坑中，此时前面所谓“至石之半”的长度则成了下陷的深度。假

设这个石兽高80厘米，宽60厘米，它倒下90度时，前移了50厘米(以石兽最前方为准，下同)，此时也下陷了30厘米。

同理，当它完成了第二个90度转时，又前移了20厘米，也又下陷了40厘米。此时，石兽一共前移了70厘米，也下陷了70厘米。它在泥沙之上的部分，只有10厘米了。

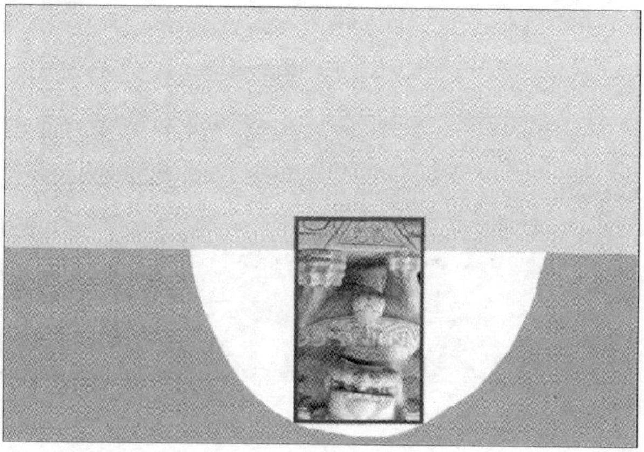

我们继续让步，让这10厘米的高度，依然还能产生“反激之力”，生成“至石之半”的坎穴，让石兽继续转下去，那么到第三个90度时，它也

已经完全埋在40厘米厚的泥沙之下了。从此它没有了露出部分,也就没有了"反激之力",还怎么"转转不已"呢?

再让N步,我们不作上述推演,换一种粗率的假设:石兽每前移100厘米,它自身在"坎穴"中只下陷1厘米。文中说,石兽在上游"数里外"找到,这个"数里"按最低限度就算二里吧,也就是一公里,合1000米,即使石兽只要露出泥沙就有"反激之力"也就能始终"匀速"前移并下陷(事实上这些当然都是绝不可能的),那么只要前移100米,它也已经下陷1米,早已被泥沙埋住,又如何能转出"数里外"去?

可见,即使我们无论怎样人为地为老河兵去除一切"不利因素",不顾常识常理地让步、支持,让他的高论步步成立,也无法实现他的结论。因此可以说,老河兵的高论,貌似新奇精辟,"其一其二"啥的,其实根本不能成立。至于石兽果然在上游找到的"事实",实难置信。即使真有,也一定另有原因。

更可疑的是,他的这番高论从何而来?是他长期趴在水底下,全程观察"凡水中失石"如他所言的"转转不已"的过程呢?还是他做过类似的模拟试验呢?似乎都不可能,甚至连类似的例证或哪怕佐证都没有。那么,唯一的可能,就是他自己的想当然。这才是真正的"臆断"。只因为他是"老河兵",专家身份、资格资历都明摆着,让人觉得他是这方面的"当然权威",于是不但哄得众人深信不疑,也忽悠了聪明绝顶学问渊博的大学士。

回头再看僧人的理。石兽固然不是木片,但也不是石桩。如果水流真像老河兵说的那样能产生足够的反激力,就必然有更大的前冲力。如果河床泥沙不多,水流的冲击或推移力大于石兽与河床的摩擦力,就完全可能被往前冲走。而之所以有"河兵",可见该地区经常发生汛情,只要来一场大水,龙王庙都冲走了,何况两尊石兽?从这个角度,僧人的想法合情合理。而讲学家的理,他嘲笑僧人固然无稽,但他的正面之理,即石兽可能在原地慢慢地被不断带来的泥沙所掩埋,却并非无据,而且在一般情况下,即如果在某个时段没有发生上述大水,这是最可能的。

总之,文中三种理,前两种多多少少还有点生活依据,基本符合逻辑,而恰恰是老河兵的理,既毫无依据,也不合逻辑,纯粹凭空想当然。然而饱学睿智的大学士却偏偏对此点着迷,信以为真,既不加分析,也不作调查,便匆匆忙忙地作判断、下结论,声称凡事不可“据理臆断”,殊不知他自己恰恰就“据理臆断”了。

再说这个“据理臆断”。所谓“臆断”,就是毫无根据纯主观地凭空想当然;而如果有“理”可“据”,就不能算是“臆断”了。因此严格地说,这个说法本身就是自相矛盾的。当然我们不必苛求,理解大学士的本意是,反对只据“其一”之理,就匆忙作判断;而如果有“其二”或其三其四,就不算“臆断”了。这个观点,似乎很正确,但现在看来也有点问题。窃以为关键并不在于是其一还是其几,而在于其是否经得起分析验证,是否真有理;否则即便有“其二”,却是荒谬的,则往下的其三其四就可能越来越荒谬。老河兵就是如此,他只抓住“反激之力”一点,便不及其余地往前直推;而大学士之所以出尔反尔地同犯“据理臆断”之病,就在于他只看到有“其二”,便放松了警惕,而任其忽悠了。

在现实生活中,类似于这种貌似科学故作高深的“伪其二”并不少,其对人们的欺骗或误导往往更甚于“其一”。至如本文,如前所说,因无法通过试验实验证明,纯属纸上谈兵,其实也是“据理臆断”,故也须请读者诸君多加警惕,切勿盲目相信,最好能有条件加以验证分析。倘若这些“据理臆断”还有点道理,大致经得起推敲,那么纪大学士这篇奇文的“教育意义”,恐怕就要打个折扣了。

二、“秦山禹甸”的地理探究

东坡先生知杭州时,曾与几位朋友饯别一位名叫钱公永的哥们,并作《点绛唇》一首:

点绛唇　再和送钱公永

莫唱阳关，风流公子方终宴。秦山禹甸。缥缈真奇观。

北望平原，落日山衔半。孤帆远。我歌君乱。一送西飞雁。

本词收入邹同庆、王宗堂校注的《苏轼词编年校注》（中华书局2002年）。据书中的“编年”，作于元祐五年（1090）九月。关于这位钱公永，笺注曰：

钱公永，不详，冯登府《闽中金石志》卷七载：元祐四年七月，钱公永、雷子石、潘及之、管明善同游福州鼓山灵泉洞，并有题名。据词中“风流公子”句，孔《谱》疑其为钱勰之子。勰时知越州。从“秦山”“禹甸”“西飞雁”知钱公永系从会稽出发西行，途经杭州。

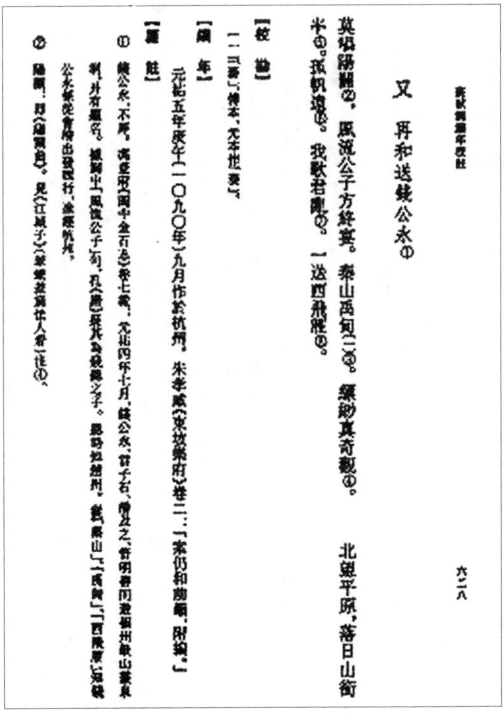
蘇軾詞編年校注　六二八

又　再和送錢公永①

莫唱陽關②，風流公子方終宴。秦山禹甸〔一〕③。縹緲真奇觀④。北望平原，落日山銜半⑤。孤帆遠⑥。我歌君亂⑦。一送西飛雁⑧。

【校勘】

〔一〕「甸」，傅本、元本作「秀」。

【編年】

元祐五年庚午（一〇九〇年）九月作於杭州。朱孝臧《東坡樂府》卷二：「案仍和前韻，附編。」

【箋注】

① 錢公永，不詳。馮登府《閩中金石志》卷七載：元祐四年七月，錢公永、雷子石、潘及之、管明善同遊福州鼓山靈泉洞，并有題名。據詞中「風流公子」句，孔《譜》疑其為錢勰之子。勰時知越州。從「秦山」「禹甸」「西飛雁」知錢公永係從會稽出發西行，途經杭州。

② 陽關：即《陽關曲》。見《江城子》（[illegible]）注②。

这条笺注，虽有“不详”“疑其”等语，但可据以大致得知本词的写作背景：这位钱公永，可能是位当地的官二代，如今要西行远去，朋友们给他送行。

现在的问题是：“秦山禹甸”，是什么地方？笺注曰：

> 秦山禹甸：指古代会稽郡。秦山，指会稽秦望山和望秦山。《嘉泰会稽志》卷九：秦望山在县东南四十里，秦始皇登之以望东海。望秦山在县东南三十二里，秦始皇与群臣登此以望秦中也。禹甸，禹王治理过的地方，指会稽。《诗·小雅·信南山》：“信彼南山，维禹甸之。”朱熹曰：“南山，终南山也。甸，治也。……言信乎此南山者，本禹之所治。”据《吴越春秋》卷六载：禹周行天下，至越登会稽山，以朝四方，及大臣计治国之道。死后，乃葬会稽之山。此二句言秦山禹甸一带，山色虚无缥渺，蔚为奇观。

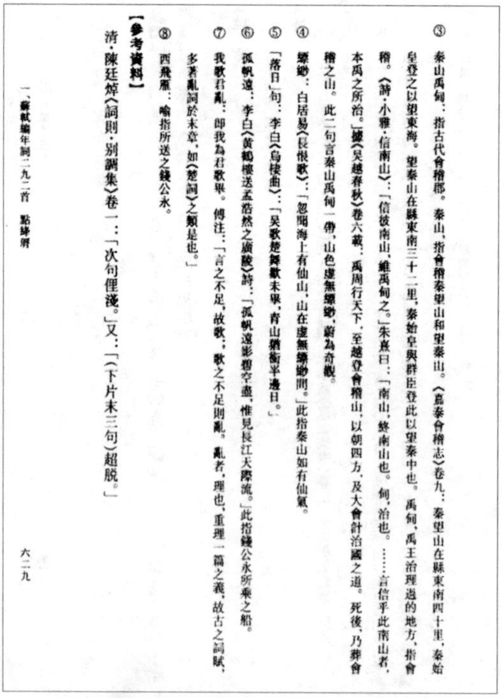

③ 秦山禹甸：指古代會稽郡。秦山，指會稽秦望山和望秦山。《嘉泰會稽志》卷九：秦望山在縣東南四十里，秦始皇登之以望東海。望秦山在縣東南三十二里，秦始皇與群臣登此以望秦中也。禹甸，禹王治理過的地方，指會稽。《詩·小雅·信南山》：「信彼南山，維禹甸之。」朱熹曰：「南山，終南山也。甸，治也。……言信乎此南山者，本禹之所治。」據《吴越春秋》卷六載：禹周行天下，至越登會稽山，以朝四方，及大會計治國之道。死後，乃葬會稽之山。此二句言秦山禹甸一帶，山色虚無縹緲，蔚為奇觀。

④ 縹緲：白居易《長恨歌》：「忽聞海上有仙山，山在虚無縹緲間。」此指秦山如有仙氣。

⑤ 「落日」句：李白《烏棲曲》：「吴歌楚舞歡未畢，青山猶銜半邊日。」

⑥ 孤帆遠：李白《黄鶴樓送孟浩然之廣陵》詩：「孤帆遠影碧空盡，惟見長江天際流。」此指錢公永所乘之船。

⑦ 我歌君亂：即我為君歌畢。傅注：「言之不足，故歌；歌之不足則亂。亂者，理也，重理一篇之義，故古之詞賦，多著亂詞於末章，如《楚詞》之類是也。」

⑧ 西飛雁：喻指所送之錢公永。

【參考資料】

清·陳廷焯《詞則·別調集》卷一：「次句俚淺。」又：「（下片末三句）超脱。」

一、蘇軾編年詞三九二首　點絳脣

六二九

这么说来,“秦山禹甸”就是会稽当地。诚然,据笺注以及其他书证,广而言之,凡大禹所治之九州大地,均可谓之“禹甸”。具体而言,当年大禹治水,曾召集全国各地一把手来会稽开大会,并因此有了“会稽”之名,此说于史有证;另谓“秦山”是会稽的望秦山和秦望山,也有方志文献为据。至于会稽风光有多么“缥缈奇观”,则见仁见智,或移情于景,也不为无稽。因此将“秦山禹甸”理解为会稽,也可以说通。但令人不解的是:坡公在此插入两句会稽奇观的描写,意欲何为?网上有人解读曰,本词是坡公与钱公永的唱和之作,坡公以会稽美景,间接表达劝留之意。但若是这样,坡公一开头曰“莫唱阳关”,是对钱公永说的吗?若是,则钱本人正是“西出阳关”者,他“唱阳关”是何意?若是坡公对自己或他人而说,以示超脱,却又以美景劝留,岂非两头矫情?还有读者献疑笔者:看下阕前三句,似乎钱公永已经走远了。人都走了,坡公怎么还在与他唱和?且后面又冒出句“我歌君乱,一送西飞雁”,这个“君”是谁?谁是“西飞雁”?……总而言之,人物关系,事理逻辑,不是一般的乱,怎么说都不对。

可见,这个解释一定有问题。

凭直觉,“禹甸”是用典,而且其典源,“笺注”已经触及:

> 《诗·小雅·信南山》:“信彼南山,维禹甸之。”朱熹曰:“南山,终南山也。甸,治也。……言信乎此南山者,本禹之所治。”

显然,“信彼南山,维禹甸之”,“禹甸”明明是指终南山;而终南山,在今陕西省,古为秦国,故谓之“秦山”,更当不至有误。而且终南山,自古便是修道成仙之地,故下句“缥缈真奇观”,正恰如其分。因此,将“秦山禹甸”理解为终南山,似乎更明白贴切。遗憾的是,笺注已经直抵典源了,却任之从眼皮下溜走,只在“甸,治也”下作文章,曲里拐弯,引经据典,硬是将“禹甸”从终南山拉到会稽来,以至于“秦山禹甸”真成“缥缈奇观”了。

再看词题，本词是“和送钱公永”。请注意这个“送”字，证明坡公和的恰恰不是钱公永，而是另一位写了“送钱公永”的作者。上述将本词理解为坡公与钱公永的唱和之作，造成许多费解者，显然是看走了眼，忽略了这个“送”字。而肇端，正在这个“禹甸”上！

如果上说大致无误，进一步推想，本词的概况更可能是这样：这位钱公永同学，要离开杭州或会稽，前往终南山，几位朋友送行。席中有人唱《阳关三叠》，令人闻此调而神伤，遂作“儿女共沾巾”的送别之词。豪放旷达的坡公却颇不以为然，没准心中还在暗笑：“瞧这点出息！”酒终宴罢，钱公永挥手作别，登舟远去，孤帆远影碧空尽也，而众人尚未离散，《阳关三叠》余音袅袅，坡公忍不住作下此词，与那位念念不忘“西出阳关无故人”的哥们相和宽慰。该词若译作今语，大意是：

不要再唱什么“西出阳关无故人”了，这位风流公子刚结束了饯别酒宴。他要前往终南山，那可是个仙气缥缈、景观神奇的好地方。 放眼北边平原，只见夕阳已经半落山中。一片孤帆正载着钱公永渐渐远去。你我吟咏唱和，共同送一送那西飞远逝的大雁。

这样理解，是否更合理顺当些？

本词的校注，还有一个小问题。其“参考资料”云(见上图)：

> 清·陈廷焯《词则·别调集》卷一：“次句俚浅。”又：“(下片末三句)超脱。”

笔者愚钝，反复揣摩：若说全词“超脱”，倒是显而易见，不难理解；若单是这下片末三句“孤帆远。我歌君乱。一送西飞雁”，有何特别“超脱”之处？为求真相，经朋友相助，找来《词则》影印本，如下图：

图中可见，“超脱”二字，置于全词两行之间上方(书眉)位置，右边有“次句俚浅”四字，明言是针对次句“风流公子方终宴”的眉批；而“超脱”并无类似明言，感觉就是对全词的眉批。不知校注者从哪里看出，

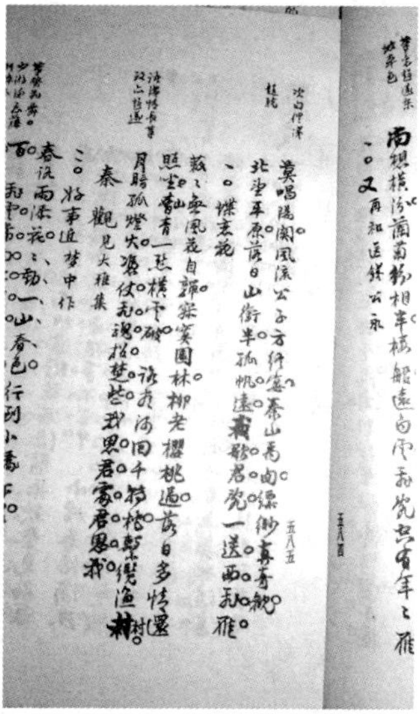

这“超脱”二字只针对“下片末三句”,而郑重其事特加括号予以标示?

三、文惠君是谁?

早年就听说,《诗经》中有一首民歌,是农民唱的,用来控诉地主残酷剥削的,并将地主比为吃光他们庄稼的大老鼠。我当时就很惊讶:在我们还反复地启发教育贫下中农——地主是剥削阶级的时候,两千多年前的农民,竟然都已经有了这么高的阶级觉悟!后来上了大学,虽然知道了这首诗叫《硕鼠》,但反复数遍,愣没读出那意思来。可人家教科书上明写着,老师也这么说。问其依据,答曰“古注”。该诗“小序”曰:“硕鼠,刺重敛也。国人刺其君重敛蚕食于民,不修其政,贪而畏人,若大鼠也。”①然古人解经,旨在教化,不顾文本,牵强附会,这谁

① 《诗·魏风·硕鼠》,《十三经注疏·毛诗正义》卷五之三,北京:中华书局影印阮元校刻本,1982年,第359页。

都知道。反正我在诗中读来读去，始终只见大老鼠在吃黍吃麦，农夫们要和它们拜拜，此外别无他意。后来忍不住写了一篇《硕鼠就是大老鼠》的小文，登在当时一家小报上。当然人微言轻，况且人家政治正确，所以也没人拿你当棵葱，硕鼠依然不是大老鼠。

后来发现古人注书，有时就这么任性，说啥就是啥，无须根据；而后人一看是古注，必然权威，不敢怀疑。如《庄子》中的经典段子《庖丁解牛》①，开头一句"庖丁为文惠君解牛"，这个"文惠君"，据我所翻过的各种注本，都说就是梁惠王，孟子老是与之抬杠的那位，此外没有二话。当然依据也是没的说，唐人陆德明《经典释文·庄子音义上》注"文惠君"："崔、司马云：梁惠王也。"②然而查典籍，除了梁惠王就是魏惠王外，似乎没有别的异称。唯独《竹书纪年》，说他又谥"惠成王"："[显王]三十四年，魏惠成王三十六年，改元称一年。"王国维疏证："《春秋经传集解后序》：'《纪年》：惠王三十六年，改元，从一年始，至十六年而称惠成王卒。'《史记·魏世家》集解：'今案《古文》：惠成王三十六年，改元称一年，改元后十七年卒。'"③这里多出一个"惠成王"，但也没有"文惠君"的记载。陆德明注中，崔，是崔譔，东晋人；司马，是司马彪，西晋人。他们上距庄子时代，少说也得六百多年了，凭什么就断定文惠君就是梁惠王呢？清人王懋竑也发现了这个问题，曰："未详何人，注以为梁惠王，此因'惠'字附会耳。"④但是，至今人们还是深信不疑：文惠君就是梁惠王。

其实，"庖丁解牛"的故事，也并非庄周先生的原创。《管子·制分》："屠牛坦朝解九牛，而刀可以莫铁，则刃游间也。"⑤唐人陆德明《经典释

---

① 《庄子·养生主》，郭庆藩：《庄子集释》，《诸子集成》本，北京：中华书局，1954年，55页。

② 陆德明：《经典释文》卷二十六《庄子音义上·养生主第三》，北京：中华书局，1983年，据通志堂本影印本，第365页。

③ 方诗铭、王修龄：《古本竹书纪年辑证·今本竹书纪年疏证(王国维)》，上海：上海古籍出版社，1981年，第286页。

④ 王懋竑：《读书记疑》卷十一《庄子存校》，同治十一年福建抚署刻本。

⑤ 黎翔凤：《管子校注》，《新编诸子集成》本，北京：中华书局，2004年，第541页。

文·庄子音义上》注“庖丁”时，将二者联系在一起，曰：“庖人，丁，其名也。《管子》有屠牛坦，一朝解九牛，刀可剃毛。”①另《太平御览》卷八九九《兽部十一·牛中》，引《庄子》“庖丁解牛”条后也引《管子》曰：“屠牛坦朝解九牛而刀可以剃发，则刃游于其间也。”②由此似可推测，管、庄二书所述，源同一事，惟各申其论而已。仅就人名而言，两个人名的构成方式相同：“屠牛”与“庖”，是同一职事；而“坦”与“丁”，据文字学家、音韵学家研究，二字在古音韵部中虽分属元部与耕部，但在古书中这两个韵部的字也多有通用，故“坦”与“丁”可能是同一个人名的异写。古人用字，疏放随意，在古书中，类似的人名异写现象也不乏其例，如我们最熟悉的《左传》中“曹刿论战”的“曹刿”，其名就分别有刿、沫、昧、翙等多种写法。③

当然，庄子可以玩穿越。在先秦诸子中，他最擅此道。所以他的文章故事，最为精彩，但也最不靠谱。那些拟人化的铜铁树风之类且不必说了，即使貌似“真人真事”，也多为杜撰。如《徐无鬼》：“仲尼之楚，楚王觞之，孙叔敖执爵而立。”④孙叔敖是楚庄王时令尹，卒后四十多年，孔子才出生；而孔子南游到楚国，已是六十岁左右了。这前后一共穿越了一百多年。如此等等。至于杜撰人名，虚拟假托，更比比皆是。所以，即使庖丁解牛之事早已有之，他拿梁惠王穿越一下，也不奇怪。但问题是，他既然穿越了，为什么不找个诸如孔子、盗跖、孙叔敖之类“网红”名字，反倒偏偏要把已经鼎鼎大名的梁惠王，安个谁也不认识的“文惠君”呢？

反之，如果明知庄子是在玩穿越，也就毫无必要把这个“文惠君”

---

① 陆德明：《经典释文》卷二十六《庄子音义上·养生主第三》，北京：中华书局，1983年，据通志堂本影印本，第365页。

② 《太平御览》卷八九九《兽部十一·牛中》，北京：中华书局，1960年，据商务影宋本缩印本，第3990页。

③ 参见李轶：《说“旦”——兼说“庖丁”与“屠牛坦”》，《中国文字研究》2007年第二辑，第134页。

④ 郭庆藩：《庄子集释》，《诸子集成》本，北京：中华书局，1954年，第368页。

坐实为梁惠王,因为它不说明任何问题。然若有人根据这个“文惠君”就是梁惠王,来考证庄子的生平事迹之类,就更难免令人觉得是“村老老是信口开河,情哥哥偏寻根究底”了。

四、“技经”何以对屠刀

前文说古人注书主观任性,但这毕竟少数,绝大多数还是很严谨的。特别是清代,乾嘉学派自不必说,继其后的晚清俞樾、孙诒让等,其治学功夫,也令我等十辈子也赶不上。但有时,又陷入另一个极端:究之过繁,反失其真。

且再拿《庖丁解牛》说事。

该篇有句“技经肯綮之未尝”,这个“技经”是什么?晋人郭象注曰:“技之妙也,常游刃于空,未尝经槩于微碍也。”①这话确实有点绕。因此俞樾说:“郭注以‘技经’为‘技之所经’,殊不成义。‘技经肯綮’四字,必当平列。《释文》曰:肯,《说文》作肎,《字林》同,著骨肉也。一曰,骨无肉也。綮,司马云:犹结处也。是‘肯綮’并就牛身言,‘技经’亦当同之。技,疑‘枝’字之误。《素问·三部九候论》治其经络,王注引《灵枢经》曰:经脉为里,支而横者为络。古字‘支’与‘枝’通,枝谓枝脉,经谓经脉。枝经,犹言经络也。经络相连之处,亦必有碍于游刃。庖丁惟因其固然,故未尝碍也。”俞樾这一番旁征博引,下足功夫,意思终于明白:“技经”就是经络,庖丁之刀,连经络、筋肉都不碰,所以如何如何。此说貌似解决一个训诂难题,谁也搞不懂的“技经”总算有着落了!于是如今的各种注本,普遍采用这一说法。

然而,若仔细推究,就会发现,此说大有问题。

第一,本文是中学语文必选,在教学中,首先就面临一个很实际的

① 《庄子·养生主》,郭庆藩:《庄子集释》,《诸子集成》本,第56页。下文“俞樾说……”,第57页。

小问题:这个“技”读什么音? 因为“技”字并无“zhī”音,若确定为“枝”字之误,就必须改为“枝”字,但这必须有版本校勘依据,而俞樾说也仅仅是“疑”,据疑而改,有失严谨;不改,则“技”音“枝”意,不伦不类。

第二,俞樾之说,解释“肯綮”,有理有据,基本可从。但关于“技经”之论,便大可商榷了。据笔者管窥之见,“经络”,是经脉与络脉的合称,简言之,是“人体中内属脏腑、外络肢节、运行气血、联系全身的通路。”①分言之,经脉是主干,与之对应,其分支称为“络脉”,络脉再分支,则为“孙脉”。俞樾引《灵枢经》所说“支而横者为络”,可见“支(枝)”只是络脉的形成状态,而并没有“枝脉”之称(古医书中倒是多有“支脉”之语,如清人徐忠可《金匮要略论注》卷十二:“若饮邪偏注,停留上焦曲折之处,则肺之支脉络大肠。”②等等,但也只表示某经脉的分支之意,与上引《灵枢经》语意思类同,即“分支之脉”,而不是与“经脉”对应的名词术语)。

第三,退一步说,假设“枝脉”之说成立,“技经”即“经络”,但“经络相连之处,亦必有碍于遊刃”,更是莫名其妙。“经络”作为中医术语,只是一个抽象的概念或虚拟的系统,并不像“肯綮”那样是人体或动物身上可视可触的实体(据说目前有人试图用现代科学手段,实验证明经络的物质存在,不知是否成功)。庖丁既然解牛,面对的是实实在在的肉体;而这些虚拟抽象的经络,只存在于医学理论中,对于屠刀来说,它根本不存在,怎么会“必有碍于游刃”呢?

第四,再退一步,假设“经络”确是物质存在,庖丁纵然以道解牛,但最终还是将全牛大卸八块,皮骨肉脏,分解殆尽,以至于“如土委地”,而这种全身性的经络系统,就和血管、神经一样,从庖丁动手开始,就处处挨刀乃至彻底破坏,哪里还会“有碍于游刃”而不曾触碰呢?

总之,俞樾此说,貌似有理,实乃牵强附会,经不起推敲,故难

---

① 《汉语大词典》“经络”条,上海:上海辞书出版社,1986年,第九卷,第866页。

② 王玉兴主编:《金匮要略三家注》,北京:中国中医药出版社,2013年,第165页。

成立。

回头再看郭象的注，其实并无大不妥。依其意，本句若无脱误（按：有人认为该句有脱误。郭庆藩集释引李桢曰："'未尝'二字须补训义。"[①]陈鼓应《庄子今注今译》引今人严灵峰《道家四子新编》曰："'微碍'二字原阙。按'未尝'二字，义犹未足，下当有脱文。……否则，说不可通。"[②]诸说可参），则不妨视为"技未尝经肯綮"的倒装，连同下句"而况大軱乎"，意思是说：庖丁之技，只是以无厚之刀刃游走（经）于各部之间的空隙，就连筋骨紧密相连之处，都因略有妨碍而不曾过刀，更何况十分坚硬的股部大骨呢？如此理解，虽然对于原文，也略有"添字解经"之嫌（《庄子》或其他古文，许多的确需要添字才能解），但总比俞樾的曲里拐弯顺畅些，更重要的是，这样更符合事理逻辑，也更得庄子真谛。

五、"母猴"为何就不能是母猴

古书没有标点，甚至连句读，据说也是到宋代才有，且还是刻书家干的，为了方便或迎合读者。因此我始终不明白：你既然写了文章，喘息换气时，顺手画个圈加个点，告诉别人这句话说到这里，这很难吗？后来读韩愈《进学解》知，这"句读"还是一门读书基本功，故疑心古人没准儿就是存心的：我就偏不让你一目十行，必须给我反反复复慢品细读，等到你把句子断明白了，书也早已读得滚瓜烂熟了。古人套路也深啊！

然而即使这样，也还是各有各的读法，甚至还有读走样的，否则诸如愚不可及、三思而行、谈何容易、桃之夭夭等等，怎么全都变了味儿呢？《庄子·徐无鬼》有曰："夫逃空虚者，藜藋柱乎鼪鼬之迳，踉位其空，

① 《庄子·养生主》，郭庆藩：《庄子集释》，《诸子集成》本，第56页。

② 陈鼓应注译：《庄子今注今译 上》，北京：中华书局，1983年，第98页。

闻人足音跫然而喜矣……”①这个“跫”字,古人就各有读法。西晋司马彪注曰:“喜貌。”②而东晋崔譔注曰:“行人之声。”唐人成玄英亦曰:“跫,行声。”③猜其差别所由,主“喜貌”者,可能是以通常习惯,将此句读为对称顺口的“闻人足音/跫然而喜矣”,“跫然”属下,自然是“喜貌”;而主“行声”者,是以“跫然”属上,修饰“足音”,原句读起来是:“闻人足音跫然/而喜矣”。相比之下,后者着眼于“跫”之字形,从足,巩声,是典型的形声字,其义定然与足有关,故当以“行声”说为正。但后人用此典故或字词,固然也不乏取“行声”说者,但“喜貌”说似乎更招人待见。如大古文家柳宗元《与李翰林建书》:“庄周言,逃蓬藋者,闻人足音,则跫然喜。”④北宋人沈遘《谢人投书》:“辱书及文编,辞高义丰,读之跫然。”⑤南宋人陈鹄《西塘集耆旧续闻》卷四:“占宿邸之移文,跫然滋喜。”⑥等等。于是“跫然”的“喜貌”之意,便坐实了。这是没办法的事,语言有社会性,认可的人多了,就说不清是非了,如“救火”“养病”“一名观众”“除夕之夜”等等,甚至明明是错也有颠倒过来的可能。不信,今天谁要是说某个大人物“愚不可及”,他不给你个耳刮子才怪!所以我相信过不太久,“七月流火”就是盛夏炎热,而“致仕”,也迟早是要“做官”的。

读书不较真会走样,但有时太较真也麻烦,如上篇所说的俞樾解牛,本篇再来一个解猴的。

《韩非子》中有一则著名的寓言,说有人忽悠国王,声称能在棘刺尖上刻个“母猴”⑦。这个“母猴”,历代颇有人认为即“沐猴”“猕猴”,

---

① 郭庆藩:《庄子集释》,《诸子集成》本,北京:中华书局,1954年,第357页。

② 陆德明:《经典释文》卷二十八《庄子音义下》引,北京:中华书局1983年,据通志堂本影印本,第392页。下句“崔譔曰”同。

③ 王先谦:《庄子集解》卷六,《诸子集成》本,北京:中华书局1954年,第155页。

④ 《柳宗元集》卷三十,北京:中华书局,1979年,第801页。

⑤ 《全宋文》卷1626,上海:上海辞书出版社、安徽教育出版社,2006年,74册,第316页。

⑥ 《宋元笔记小说大观》,上海:上海古籍出版社,2001年,第四册,第4817页。

⑦ 《韩非子·外储说左上》,王先慎:《韩非子集解》卷十一,《诸子集成》本,北京:中华书局1954年,第199—200页。

“母”非指猴的性别。此说不无道理。如《吕氏春秋·察传》:“数传而白为黑,黑为白;故狗似玃,玃似母猴,母猴似人。人之与狗则远矣。”①其中的“母猴”,似乎与性别无关。即如本篇,陈奇猷《韩非子新校注》云:“《御览》九百五十九引‘母’作‘沐’。段玉裁《说文解字注》‘猴’下云:‘母猴乃此兽名,非谓牝者,沐猴、猕猴皆语之转、字之讹也。’”②西晋左思《魏都赋》用本篇之典,亦曰:“造沐猴于棘刺。”③此外,章炳麟《新方言·释动物》曰:“沐猴母猴,母猴猕猴,今人谓之马猴,皆一音之转。”④等等。

古人固然用字粗放,大体即可,将“沐猴”写白字作“母猴”,不无可能,但也未必因此则凡“母猴”就必定都是“沐猴”。对雌性动物称“母”,古籍中也不乏其例。如《孟子·尽心上》:“五母鸡,二母彘,无失其时,老者足以无失肉矣。”⑤贾思勰《齐民要术·作酱法》:“九月内,取母蟹。”⑥等等。而“沐猴”之称,据说来自楚人(“沐”字无训,疑为“猕”之楚音)。《诗·小雅·角弓》:“毋教猱升木。”孔颖达正义引陆玑疏:“猱,猕猴也,楚人谓之沐猴。”⑦《史记·项羽本纪》:“人言楚人沐猴而冠耳,果然。”⑧而本文中“刻母猴”者,或宋人,或卫人,对方是燕王,作者韩非是韩人,均与南方之楚相去甚远,故称猕猴为“沐猴”的可能性不大。

一般说来,对古文中的用字,当尽量尊重,若要判以“音转”“字讹”,应在以本字说不通而需另求他解的情况下,不得已而为之;否则“无所不通无所不转”也是麻烦。如“母猴”,如果以“雌性猴子”解释显

① 《诸子集成》本,北京:中华书局1954年,第294页。

② 段玉裁:《说文解字注》,上海:上海古籍出版社,2000年,第672页。

③ 《文选》卷六《赋丙·京都下》,上海:上海古籍出版社,1986年,第263页。

④ 《章氏丛书·新方言》卷十,《续修四库全书》本,上海:上海人民出版社,2002年,第195册,第245页。

⑤ 焦循:《孟子正义》卷十三,《诸子集成》本,北京:中华书局1954年,第537页。

⑥ 《齐民要术》卷八,《丛书集成新编》47册,台北:新文丰出版社,2008年,第281页。

⑦ 《十三经注疏·毛诗正义》卷十五之一,北京:中华书局影印阮元校刻本,1982年,第491页。

⑧ 《史记》卷七,北京:中华书局点校本1959年,第315页。

然说不通，才可疑为通假或错讹，而不可只凭主观感觉或某些佐证来断定。本文之“母猴”，谓之“雌性猴子”，如上所说，一则并无不通之处，二则与下文“必半岁不入宫”似乎还有某种微妙关系，三则于文意更显荒谬感幽默感——在棘刺尖上刻个猴，已经够牛了，还能让你看出猴的性别，这对酷好奇巧的国王来说，多有吸引力啊！怪不得让他干嘛他全答应。故窃以为，这“母猴”还是以按本字理解为妥，而不必解为“沐猴”“猕猴”。至于上述诸家之说，各有其因，并不无片面之处，未必完全符合原文本意，故仅可作参考。

（作者单位：福建师范大学文学院）

《蒹葭》三课

蒙　光

按：此文是讲《诗·秦风·蒹葭》之课堂录音整理稿。二〇一〇年为师大文学院二〇〇九级同学讲“古代文学史课”，有部分录音，此其一也。同学有心笔录整理成篇，因略作删润。课堂上多对机发挥之语，时过境迁，即为已陈之刍狗；一孔之见，聊摅献曝之诚，诚惶诚恐，敢就教大方。

第一课

我给大家放一下老先生的吟诵。在朱熹的《诗集传》中，每一章诗都有标注，这章是“赋”、是“比”，还是“兴”。《蒹葭》这首诗，在朱熹的章句里，三章末都注为：“赋也”。所以老先生吟诵正文之外都依朱注，加一句“赋也”，大家也在课本上做个标注。

“赋”是什么呢？用朱子的说法，就是“直陈其事”，是就事论事，把眼前所见、所感的人物事情直接陈述出来，就是赋。

【播放：王作人先生闽南语吟诵】

这是吟诵，我们再听一下吟唱。

【播放：琴歌】

我们读《诗经》，习惯平读。但不要忘记，三百篇皆为乐诗，三百篇，孔子“皆弦歌之”，它们本来都是歌词。既然是歌词，在演唱过程中，它对一些词句的处理，就会有回环反复，有长短变化。这和我们一字一音，每个音节长度基本相同的平读，处理方式就不一样，当然表达的效果也就会有很大不同。大家听了吟诵和吟唱，可以体会一下这个差别。另外，唱诵者对诗意的阐发，对诗中内涵情境的领会，就有很大的发挥空间，有很高的自由度，听的时候要好好体会。

这首诗是《诗经》的名篇。我们现在读起来，文字没有太多障碍，但是诗意的领受仍有很多盲点。

进入一首诗，首先是从声音上进入，所以给大家听了吟诵、吟唱。我们大家现在还不会吟诵，大家齐声朗读一下。

【学生朗读】

> 蒹葭苍苍，白露为霜。所谓伊人，在水一方。溯洄从之，道阻且长。溯游从之，宛在水中央。
>
> 蒹葭萋萋，白露未晞。所谓伊人，在水之湄。溯洄从之，道阻且跻。溯游从之，宛在水中坻。
>
> 蒹葭采采，白露未已。所谓伊人，在水之涘。溯洄从之，道阻且右。溯游从之，宛在水中沚。

古音和今音有很大的差别。大家刚才听吟唱，细心的同学会发现，有些读音和我们现在的版本有出入。读古书，有时候要咬文嚼字，有的时候又不能太胶柱鼓瑟，不能刻板地以现在的印象为标准。要知道在现在的口语中，我们的普通话，和方言相比，离古音最远。

比如大家听吟唱的时候，特别会注意到“白露”，他念成什么？——白（bo入声）露，“白”念“bò”，“李白”念“李bò”。这个“白”本来是入声字，古汉语的入声字在普通话中已经消失，现在阴平、阳平、上声、去声，看起来还有四声，其实只是平上去三声，入声没有了。“白”

就是入声，所以我们现在读不一定要吟唱，但像入声字这些最好能有所体现，要带一点吟味的感觉。

【师示范读】

读这首诗的时候，会发现每一章进行到最后一句时，节奏发生了变化，对不对？前面是二二拍，“蒹葭—苍苍”，“白露—为霜”，到了最后一句变成了二一二，“宛在—水—中央”，或者二二一，“宛在—水中—央”。多了一个音节，而这个音节只有一个字，于是就要把它拉长，凑足二拍音节，于是自然就有了咏叹的韵味。尤其是最后一句的咏叹，三章重现了三次，一唱三叹的韵致，格外耐人寻味。所以说这首诗的抒情意味很浓，在它的音韵上就体现出来了。

这需要我们多读，反复吟味，从音声的表现上去体会诗意。诗不是哑巴的文字，它是有声的音乐。

进一步体会，诗中每章的独立押韵也很有意思。我们看这三章：

第一章押韵，“央”，古音入“阳部”。现代汉语读也押韵，ang（阴平），这个声音给我们的感觉，是洪亮，平稳而有力，且有胸腔的共鸣，是很自信豪迈又平稳推进展开来的。

到第二章不一样了。第二章是押平声“i”，古音入“脂部”。“在水之湄”，“湄”的古音比较接近 mí（阳平），“道阻且跻（音基）”，“宛在水中坻（音池）”，押的还是平声韵，但是 i（衣，阴平）这个音是齐齿音，它的吐气就没有那么顺畅，也不那么响亮，而带有叹息的意味。大家都很熟悉李清照的《声声慢》：“寻寻觅觅，冷冷清清，凄凄惨惨戚戚。”“觅觅”“清清”“凄凄”“戚戚”，都落在“i”这个音，接连不断的“i”，读起来就能很直观地感受到那一种咬牙切齿、叹息惆怅的心情。这里说的“咬牙切齿”，不是仇恨，而是在细细咀嚼自己内心的哀伤。这从音韵上可以读得出，听得到。

第三章，押上声韵，属“之部”。“采采”“未已”，“采”和“已”，现代汉语还读上声；“在水之涘”的“涘”，现在读去声，古音是上声。“道阻且右”这个“右”，古音大致念成 yǐ（音倚，上声），还有“宛在水中沚”。这几个韵字，现在读起来都还是上声和去声，统称仄声。而且也都是齿音。从第一章的平声开口音，到第二章平声齐齿音，到第三章的仄声齐齿音，在音调上显然渐次地低沉下来，也意味着情绪的低落。

所以这三章表面上似乎只是替换了几个字，没有太大变化，但它替换的字眼，通过发音部位和音调的变化，就暗示了心情和感受的持续变化，——从昂扬、有力的出发，到沉吟叹息的低回。

所谓有声有色，声音是有形象的，大家可以从这首诗的音色表现中体会到。

…………

第二课

…………

要领略美，本身我们要有足够的活力。孟子说："充实之谓美。"美本身就是生命力的焕发，是一种洋溢出来的生命力。洋溢意味着什么？意味着个体有丰富、充实的内在。如果我们自身是疲软、颓靡的，怎么与美的生命"相看两不厌"？"充实之谓美"，一个能欣赏美、领略美的人，他的外在未必需要表现热烈，但内在一定充满活力，非常活跃，有强大的力量。正因如此，他在欣赏美的同时，也释放着美的光彩，本身也成为欣赏和审美的对象。"你站在桥上看风景，看风景人在楼上看你。"

《蒹葭》这首诗，从声音的表现上体会，诗的情调是逐渐低迷下去的。但实际上，能够用一首诗，把自己的希望消沉，情绪低迷，如此表达出来的人，他内心是有一种强大的自觉、对自我的省察力。如果我们不能进入到与他相同的生命状态、层次，就很难与他共鸣，欣赏不到他的美。所以我们领会《蒹葭》的美，实际上是在讲求这首诗美的底蕴何在。不只是欣赏它洋溢出来的美，更要探究它为什么美？这种美，来自诗人的人格力量。

回到诗句本身来看，有很多地方值得我们细细揣摩。

先从第一句看起："蒹葭苍苍"。

首先讲蒹葭。蒹葭大致是指芦苇一类的植物。芦苇我们都见过，芦苇的形态给你什么印象？

(学生回答："会思考的芦苇。")

会思考的芦苇？你一看到芦苇，就觉得芦苇会思考？这都是人云亦云的概念啊！

芦苇外形给人的感觉，它的穗很大，很厚，生命力相当饱满。特别是穗绽开来，感觉很成熟和丰满。但在饱满的同时，它生命的形态又是那么脆弱。它的秆会干会脆，到了秋季，秆就黄了、干了，中间是空的，很脆弱。秋天的芦苇，是这样一个充满矛盾的形象：是饱满的，带着祈望的生命，实际的存在又如此脆弱，让人感受到一种强烈的反差。

这个反差还可以进一步说。

单根芦苇的存在，它的形态很脆弱。但同时，我们看到芦苇，是不是总是连成片的？所以文章里常说"芦苇荡"，这连成片的、丛生的芦苇，给我们展现的，是一片莽莽苍苍的阔大空间。这样铺展开来的存在姿态，自有它的壮观。所以你可以说，它显示出了生命的某种矛盾。

生命本身，有它的壮丽，也有它的脆弱。每一个群体，每一个个体，作为生命体都如是，有它的壮丽，也有它的脆弱。

为什么说"人是会思考的芦苇"？这个比喻是出自谁呢？

(学生答：帕斯卡尔。)

帕斯卡尔，现在我们大家都是这样，知道西方的东西，比知道中国的传统多一点。帕斯卡尔是个天才，他只活到三十多岁。在数学上，他对高等数学的发展，起到很关键的作用；物理学他发现了α定律；在哲学神学领域他也是那个时代的巅峰……在人文和自然科学各个领域，他都有非常杰出的成就。在信仰上，他是虔诚的基督徒。他的《思想录》站在基督教教义的立场反思人性，有他非常深刻的地方。

他说:“人是一根会思考的芦苇。”会思考的芦苇意味着什么呢?芦苇十分脆弱,甚至一滴水都能伤害它。你看芦苇的穗那么饱满,秆却那么单薄。露水沾湿了芦花,芦花吸饱了露水,秆就被压得很低很弯,让人担心芦苇的秆随时会折断。这时,只要再加一滴水,这根芦苇就断了。人就像芦苇,甚至一滴水都能伤害他。所以人很脆弱。但是,由于他会思考,这根芦苇是有灵魂的,因为有灵魂,他可以战胜整个宇宙。当然,帕斯卡尔说这句话,含有某种人和宇宙相对抗的潜意识,但这里他是在强调人性的尊严。人存在的全部尊严,不在躯体的强壮,内省的灵魂才是人的价值所在。正是因为他会思考,这一自觉内省的灵魂,比整个无情无思的宇宙尊贵。这是讲人心的价值,人心的尊贵。

基督教传说,神最初造人完成后,对人的躯体吹了一口气,赋予了这个形体生命。神的这口气,成为人的灵魂(Spirit),人的灵魂就是神的灵魂,人与人,人与神,都通过灵魂和谐相通。所以帕斯卡尔所说的“会思考”,不是指逻辑理性的思辨力,而是指灵性,指人能够反思自身,反思宇宙,确立自己生命价值的能力。“思考”在这里不是指我知道一加一等于二,这个计算器就能做,在这方面人一点不比计算器高明。人和机器不一样的地方是,人会反思,就是帕斯卡尔所说的“思考”,会反省自身,自觉人的价值所在。这是帕斯卡尔的思想,这个思想根植于西方的哲学和神学传统。

而在《蒹葭》里展现的是人性壮丽和脆弱共存的美感。人生苦短,苦与乐,强与弱,整体和个体,理想和现实,无往不在矛盾之中。置身无尽的矛盾中,个体的存在尤其显得脆弱,不堪一击。秋天的芦苇连成片,给人感觉是莽莽荡荡的一大片,看起来很壮大的一丛,是一个群体。可是仔细观察,每一根芦苇都很脆弱。它的秆很长,穗很重,到了秋天秆黄了、脆了、干了,露水稍微重一点好像就会被压断。看似整体壮大,实际上每一根都很脆弱。秋天的凌晨,诗人出发,一路上看到的景象很多,当诗人唱出“蒹葭苍苍”的时候,他就直觉地感受着,并通过诗句呈现了这一情境。当然诗人选择“蒹葭”这一意象时,未必明确地意识到这一点,但是直觉比意识更敏锐,通过诗句,我们也能够直觉地感受到这种壮丽与脆弱的共存之美。

诗无需表达明确的思想,它的特质,是感性、具体的呈现,诗人通过呈现“蒹葭”的意象,表达内心。以此而论,我们当然也可以把这种表现理解为“兴”。赋比兴的“兴”,按朱子的说法,“先言他物以引起所咏之词”,眼前一样事物或景象,唤起了诗人的一种情怀,激发了他的歌唱。

朱熹以后也有很多诗论家,认为《蒹葭》是“兴”。“赋”和“兴”这两种说法,作为心灵的共感,是可以并存的。我们还原一下这个场景:这位诗人在某个深秋的凌晨,早早出发,从蒹葭丛中,在水岸边,寻找他的爱人,这是一个具体的情景。蒹葭的形象引发了诗人的感怀,也被诗人赋予了心情和思想。诗人的情思,通过意象和诗句传达,数千年后仍然引发着我们的联想,引起深度的共鸣。

芦苇的存在,其形象似乎就有一种深刻的矛盾。它茂盛在秋天,而秋天,同时是一个飘零、凋落的季节。秋天是个收获的季节,但也是凋落的季节,是金色的成熟,又挟着灰色的凛冽风霜。在这样一个季节中,长得那么茂盛的一片芦苇荡,既苍凉,也展现着一种不屈不挠的坚韧。你用心去看这样的景象,它有一种坚韧,风吹过之后,它只要不折不断,它就不会倒下,它有它的坚持。尽管脆弱,但它仍坚持。芦苇的形象,能够引起我们多重的联想和感动。

诗的开头,“蒹葭苍苍”,四个字,有一个特点,是什么?大家看这四个字,有什么特别?——都是草字头,这是我们汉字独有的。世界上任何文字都没有这样的特征,也就不会有这种效果。现代白话散文,也仍有类似“峥嵘嶙峋”这样的词句,这是汉字特有的修辞法,叫“联边”。可以将相同部首的字联成一片,形成一种整体的强化的形式美感,世界上任何一种文字都没有,唯独汉字。

将汉字的这一形式美感发挥到极致的,是骈体文,刘勰的《文心雕龙》特别提到骈俪文字的这一修辞技法——“联边”,说的就是这个。

这种手法最初被普遍应用，是在汉代的辞赋，尤其是散体大赋，用得很成功。读汉赋会发现，它有时候形容山，一堆字全部都是山字旁，或者一串字全部都是石字边。它就是充分发挥了汉字的图案化特征，通过这些半抽象的图案化文字，营造一种直觉的、感性的表象：哦，这里群峰竞耸，这里怪石乱堆……看起来就觉得是非常坎坷的，山石荦确，峥嵘嶙峋的感觉出来了。

"蒹葭苍苍"也是这样，平铺一片都是草字头，自然而然，文字就形象地让你感受到那种连成一片，一望无际的苍茫感。在草原上，一望无际，"天苍苍，野茫茫"，都是草。这是很直接的视觉印象。在这里，则是以汉字的既抽象又不失具象的形态特征，来传递这种感觉。

汉字具有很强烈的图案化的美感，在世界上没有任何文字可以相媲美。汉字是最美，也是最整齐的文字。中国的诗歌是全世界最整齐的诗歌，它可以排成七律七绝，甚至可以排律，可是西方的诗再怎么弄，比如莎士比亚的十四行，商籁体，再怎么作，充其量凑成十四行，但不能像我们这样整齐。东西方诗人，诗艺各有特点，各有巧妙，不能厚此薄彼，但讲到形式的整齐，和整齐中有变化，汉诗天然胜出，因为用汉字。

以上是说到"联边"，汉字的形式美感，是直接地呈现，直觉的印象和美。

读诗，第一，在声音上，感受它的音声变化，通过音声变化再现情感的波动；第二，当我们用眼睛看时，——前面我们用耳朵听，现在是用眼睛看，还不需要用到大脑——你看到这连成片的部首，直觉地与作者当时那一种苍茫的感觉相应相契。这声音和文字传递的，我们感受到，诗人有寻求，有失落，有不屈，有坚持。这种读诗的直觉，需要我们慢慢培养、领悟，这样才能进入汉语诗歌的美感世界。

附带稍稍展开来说一下。

这种"联边"的修辞，在文章里常会用到。写山，一片都是山字旁，写沼泽，大片是水字旁，还有描写波浪，"汹涌澎湃"，四个字都是水字旁，一片都是水。汉字本有天然的形式之美。单字有单字的形音之美，单个字串成句子，它也有特殊的形式美感。充分地运用汉字的这种特性来修辞，用得比较多，而且成熟，是在汉魏以后，骈体文盛行开来的时代。

比如唐代，我们熟知的《蜀道难》："噫吁戏，危乎高哉！蜀道之难难于上青天。蚕丛及鱼凫……"你单独一句一句并排来看，很有趣。"噫吁戏"，三个字。"危乎高哉"，四个字，坡度变化不大。然后突然——"蜀道之难难于上青天"，九个字。如果每句平行排列，你就能直观地看到，诗句到这里就像坐电梯那样突然急速升高，山壁陡峭起来！然后，突然之间，又掉落下来（"蚕丛及鱼凫"），这是一个陡坡。然后"尔来四万八千岁"七个字，突然又快速升高，"不与秦塞通人烟"，双峰并列，到最后"嗟尔远道之人胡为乎来哉！"又是非常强烈的奇峰突起，戛然而止。读者一看，"果然，蜀道这么高，这么险，我真不该来！"

所以单字有单字的美，文字串成句子，句子也可以形成这种直观的形式美，这是中国文字单音单义，单字同格，造成一种特别的文字图案化特征，这种手法在西方拼音文字做不到。

前面说到，联边是字与字之间的形式关联，这里附带补充说到句与句之间，通过句式变化有力地造成了图案化的构造。

读诗不容易，要真正懂得中国文化之美，要恢复中国人的直觉，才能真正与传统相契。真理是通过直觉而不是通过思考到达的。

…………

"蒹葭苍苍"，"苍苍"在意义上既有苍白的意思，也有青色、灰色的意思。"白露为霜"有"白"，蒹葭的叶子是"青"的，蒹葭的穗则是"灰"的，都是冷色调。冷色的"苍苍"，到后面"白露为霜"，"白"也是冷色调。"苍""白"都是冷色调。这是一个非常清冷的开端，带着一股深秋的寒意。

写这个的时候，诗人是有自觉的，他知道自己出发的这个早上，周围的环境没有那么温暖，不那么友好，字里行间，诗人并不乐观，有些落寞的悲剧感。但是他还要坚持下去，这种坚持的力量就体现在“cang”“shuang”这样的韵脚字。这些字都是开口音，和着胸腔共鸣的鼻音，圆满地体现出了一种力量感。

“为霜”，注意，霜不是一开始就降下来的。是先下露水，露水再凝结成霜。“为”，概括了一个动态的转化过程。说明诗人出发得很早，在深秋的凌晨，他早早开启寻求的旅程，所以他看到露降在蒹葭的叶片上，然后慢慢地凝结为霜，他见证了“白露”凝结“为”“霜”的过程，“为”是一个过程。

真正的好诗无须辞费，诗人不必明说，就用开篇的八个字，已经暗示了时间：深秋的凌晨。你可以把它理解为客观的时间，某个深秋的早晨。也可以在象征意义上说，在他人生步入秋天，也就是青春和热情开始衰减的时期，某一天，他出发去寻找心中的理想。

他出发得很早很早，白露初降，还没有凝结为霜的时候，就开始了他的寻求历程。这样地用心良苦和迫切，他在寻求什么呢？——“所谓伊人”。

他很清楚自己在寻求什么吗？注意看文字！他很清楚他寻求的对象是什么吗？

很肯定地说：不清楚，不明确。

为什么说他不明确？

因为他用的是“所谓”。

这个“所谓”是不确定的，只是听说有，大概有，知道有。如果对象是确定的，是诗人青梅竹马的伴侣，形诸梦寐的爱人，他不会用“所谓”这样的字眼。“所谓”，表明他的对象是朦胧的，是在理想中构建的，在现实中也许存在，但是他对此并不确定，这个对象到底如何，还不是真正知道。

这说明什么？

这更像个隐喻。事实上，我们每个人在最初开始探求自己的人生的时候，目标都不明确。这是人类的共同情境。恋爱的时候是如此，在寻求理想、寻求价值的时候也是这样。我们开始踏上一条未知的路的时候，并不知道，走到最后我会成为怎样的人，会遇到怎样的人，能得到什么结果。但是我不会因此就不出发，一旦出发，就不会因此停下追求的脚步。我不会说："等等，我还不真正明白我想要什么。"然后就停下脚步。因为等到真正明白已经是完成时，那就不再需要追求了，当下已经满足。

最初，我们只是被内在的渴望驱动，听到呼唤声，有个声音在召唤我："别停留！不要满足于现状！"这是没有理由可讲的。这需要每个人回到自己的内心，去体察这样的感受。问自己，内心是否曾经感受到某种召唤，要我去寻求"所谓伊人"，听到呼唤声，我再不能满足于当下的现实，而不安地要去寻求不确定的远方，那"所谓伊人"。于是某个清晨，你迈出了你人生寻求的第一步。

这个寻求也许是孤独的，也许是清冷的，也许是寂寞的，但是你不能够停止，因为你的内心一直回响着那一声呼唤，你要去找到"所谓伊人"。

古今中外有很多求道之士，他们并不是一开始就确定知道，自己真正要什么，可是单单坐在那里想不会有结果，所以，还是先迈出寻求的脚步再说。他相信人生有某种真实之物，古人习称之为"道"，我们称为"真理"。真理是什么，现在我还不知道，但是在内心对真理的渴求，却明明白白地告诉我一个事实：有一样东西，在当下现实中不能提供，因此我有很深的不满足。世界是平衡的，存在着一种渴求，就一定存在着能够满足渴求的对象。

恋爱也是如此，当你遇到所钟情的人，你的感觉就是，我的理想终于在现实中出现了，对方是我的理想的具体化，是我生命一直在寻求的目标。就像贾宝玉见到林黛玉，"这位妹妹我见过的"，因为在此刻见到之前，已在理想中勾勒过无数次对方的形象了，只是再怎么想象勾勒，仍是朦胧的、轮廓不清的感觉，在此刻，相见的刹那，感觉终于定格成鲜明而具体的形象。我们内心深处一直渴求着什么,但渴求的对方,形象始终不分明。直到那人出现的瞬间,你突然发现:“啊,我要找的正是她(他)!”这是一种被动,是被触动,被唤起。在恋爱的经验中,这叫“一见钟情”;在思想创造的领域,这就是“灵感”和“顿悟”。

古往今来的文学作品中,爱情往往被设定为理想的隐喻。很多爱情诗,其实是有寄托的。为什么?人类发生爱情的心理和人类对理想的追求,其内在心路是一致的。你看王国维先生形容人间的大事业大学问的三个阶段,那三首词都是关于爱情的。

爱情也好,理想也好,在人类的心理表现上是共同的。所以很多时候,诗人会借爱情来形容理想。在中国的诗歌里有一个传统,所谓“美人芳草”,用求爱来隐喻求真(同时也是求善、求美),这就是一种理想的具象化表现。这一点在屈原的作品中表现得特别鲜明。所以屈原一再把自己的理想通过求婚、求爱的方式表达,这就是楚辞标志性的特征:“美人芳草”。芳草用来形容内在高尚的情操,美人则是理想自身。

很少有人能经历那样的幸福,理想的形象毫无预兆地、自动地、蓦然出现在面前时,那种惊喜和满足。大多数时候,我们被现实蒙蔽、被欲望遮盖。但是在我们内心深处,始终有一个不满足的声音。当声音足够响亮,让我们坐不安席的时候,自然就会步上寻求的旅程。

《蒹葭》这首诗的动人之处在于,它不是在说一个具体的故事,也没有戏剧性的情节,它传达的是所有人共同的感受。

重要的是读诗的我们,也要有同样的直觉:内心深处有某个地方,不能够彻底满足于现实,我必须去寻求。如果不去寻求,一辈子都会被这时不时响起的呼唤声折磨。诗人就是这样,他还不确切知道对象是谁,但是在这个寒冷的清晨,他踏上了寻求的旅途。

“所谓伊人,在水一方”。“方”的意思是边、旁。“在水一方”,就是在水一旁,在水那一边有他追求的对象。

这里有一个特别的意象——水。水意味着什么？意味着阻隔。我们形容阻隔，往往会说山长水远。但“山”和“水”在阻隔的意义上并不相同。人生活在陆地上，山再高，你加把劲，努力一下，还是可以翻过去。可是水……对人这种陆地生存的动物，水是一种天然的阻隔，是天险。用水代表阻隔，再合适不过了。水看似温柔，一旦形成阻隔，却是不容置疑的坚硬。就算我们水性再好，毕竟不是鱼，未必能游过去。可游不到对岸，就会精疲力尽而死。在渡水的过程，还有种种我们无法想象和控制的情况。人没有办法和水完全融洽，对于人，水真是一种天然的阻隔。

我们的现实和理想，也常常横着这样一道阻隔，所以很多人说现实和理想有冲突。不过，对多数人，这个冲突既存在又不存在。为什么说不存在呢？因为现实永远战胜，我们大多数人都选择向现实屈服。

大多数时候，我们都会自暴自弃地想：人生不过尔尔。因为我们并不真正明白理想是什么，所以大多数时候，我们选择留在更确定的现实这一边。而且滞留在现实此岸的人群众多，如果内在不够强大和自立，自然会寻求多数人的认同，被所有这些同伴牵绊，留在此岸的人越多，牵绊的力量越大。看着大家都选择滞留此岸，虽然感觉到内心有一个声音，隐约有些不安，但在此岸群众的喧嚣中，我们听不清声音说什么。

我们的悲哀是，大多数人从来没有真正动过真格地追求什么。一旦你愿意，义无反顾地渡过横亘眼前的那条水，你会发现前方的路是无限敞开的。理想自有它的力量，但不是现实的计算、功利的得失能够范围，它是另外一个全新的生命境界。唯有达到理想彼岸的时候，再回过头来看现实此岸，才会看到理想和现实的贯通。否则，站在现实的此岸眺望理想，理想始终是虚无缥缈的存在，理想也就变成了梦想。

汉语这个词也很有意思，“理想”，——按道“理”应该这样“想”；

“梦想”，就变成白日做“梦”的幻“想”；在现代汉语的运用中，理想常常相当于梦想，耐人寻味。大多数人的“理想”，最后都只是“梦想”，这是我们人生的悲哀。真正迈出那一步去寻求理想的人太少，但迈出那一步的人，从来没有因此后悔过。古代的圣贤豪杰，一直到现在，这样的人不绝如缕。正因为有这些人，才让我们感到生命的尊严。有人愿意为理想付出，甚至是付出生命，去寻求自己的理想。这个理想，如果是真正的合“理”之“想”，那就是共通的，所以同时也是全人类的。

相形之下，西方文化对理想的渴求、现实的冲突的表现，会来得更绝对，感情色彩更浓烈。在我们中国，最多说到：“蒹葭苍苍，白露为霜”，——四周的环境，似乎是冷酷的，但还不至于绝望。开始寻求理想的旅程时，往往会觉得寂寞，没有人同行。因为大多数人都沉湎于所谓的“现实”。理想是“所谓伊人”，其实现实也是“所谓现实”，这个“所谓”的“现实”其实未必真的那么现实，至少不是唯一的现实。就其本质而言，我们所谓“现实”，只是世俗的欲望，是庸俗的生存本能的堆积。

我们现在将“现实”/“理想”视为对词，其实是约定俗成、积非成是，要知道“现实”并不与“理想”相对。准确地说，我们一般人所谓“现实”，反而是一种幻象。“现实”这个词，来源于佛教，本义是“显现出来的真理，实相”，叫做“现实”。

到底什么是现实呢？

真正的现实和理想应该是一致的，现实不和理想相冲突，而是理想的实践和具体化。唯有如此，你才会觉得你的人格不分裂，生活不虚假，有力量，是充实而有光明的。“充实而有光辉之谓大”，我们的生命不是那么狭小，而可以成就一种大人格。

但我们下面还是继续在大家普遍接受的意义上沿用“现实”这个词。

我们如果永远停留在现实的一端，自然会感觉理想在水那一方，中间横亘着不可逾越的阻隔。但实际上你迈出这一步的时候,真正的现实未必那么遥远。所以诗人发现:“溯洄从之,道阻且长。溯游从之,宛在水中央。”似乎很远,有时又似乎很近。《蒹葭》写的就是这样一个寻求过程,没有写出寻求的结果。这首诗,它停留于诗,没有上升到一个确定的信念,或信仰。所以,诗最多只是触及,却未能抵达真实。对于自然和宇宙,对于真理,它还不够。诗有它的领域,也可以说,有它先天的局限。

王国维《人间词话》中说《蒹葭》这首诗“得风人深致”。“风人”就是指诗人,“深致”,从字面上讲,是很深的一种情致。这种很深的情致是什么呢?就是他代我们、代一切人,说出了内心深处的渴求。那不单单是诗人的情致,也是我的情致,因此我才会被这首诗感动,这首诗的情致才会很深地传递给我,打动我。也许我还没有迈出寻求的那一步,但是诗人那寻求者的坚持,他的悲哀,他的韧性,他一而再的努力,都深深地触动我。你看:“溯洄从之,道阻且长。”在寻求理想过程中,你总会有很多障碍,这些障碍不来自理想,而是来自现实的此岸,是来自沉溺于此岸群氓的种种欲望声音。

第三课

…………

与一首好诗相遇,它会进入我们的生命,成为一直在我们生命中回荡的声音。

《蒹葭》这首诗,具体的地方很具体,抽象的地方很抽象,正是在具体和抽象之间,它展开了无限的空间。怎么说呢?

它具体到了诗人出发的时候蒹葭叶片上白露凝结为霜的动态,非常的具体。

我们看这三章:第一章“白露为霜”;到第二章是“白露未晞”,“未晞”是什么时候?——太阳出来,光洒在霜的上面,霜还没有被晒干,这是第二章;到第三章,“白露未已”,霜已成露,蒸发殆尽而未尽。

这三章显然地有一个时间推移的过程。文字上看来没有太大差别,但实际上,微细的文字调整,暗示着时间推移。这三章持续推进,意味着寻求旅程的深化,它用了一个很具体的情境——蒹葭、白露,非常巧妙地含蓄暗示时间的推移和追求的持续。霜露逐渐融解消失,还未完全蒸发时,这在暗示什么?暗示着天已更亮,四周更温暖。诗人出发时,四周是“白露为霜”,十分清冷、孤寒。慢慢地,阳光出来了,外在环境光亮了,内心的自我越来越低迷,感受却越来越强烈和确定。刚出发时,一意孤行,毕竟是对现状平衡的破坏,相应地,环境的回应也并不友好。自己是孤立的,但是内心有激情和力量。当你坚定地走下去、忍耐坚持下去,渐渐发现,原来自己被一种更广大的力量、被道义的力量支持着,走在寻求理想的路上。自己并不孤独,而是蒙受着恩惠。“白露未已”,意味着四周的暖意在回升。

讲到这里,大家都很容易联想到王国维先生在《人间词话》中说的人生追求大事业、大学问的三境界。

“昨夜西风凋碧树,独上高楼,望尽天涯路。”王国维先生说的很妙,他也讲到了秋天的凋零。而《蒹葭》这位诗人出发的季节,也是秋天。

春、秋这两个季节给人心灵的感受应该是最鲜明强烈的。古人云:“春女悲,秋士怨。”中国最古老的史书叫《春秋》,因为季节在人的生理上心理上感受最直接,最敏锐。春天是生发的季节,也是相对来说比较躁动的季节;秋是肃杀的季节,相对来说也是比较冷静的季节。在冷静的季节,才有一种反省和改变。躁动的季节不太容易反省,静不下来,大家都很热烈、喧闹,“红杏枝头春意闹”。秋天这样肃杀的季节,可以让我们拥有清醒和自省的态度。所以我们不必拒绝生命中的逆境,因为这种逆境才能让你更深刻地去反省,通过反省你才能看到更深层次的现实,以校准调整自己的人生道路。

《蒹葭》的诗人,就是在反省中展开他的追寻。诗中用了一个很清晰的场景，也暗喻着他内心的自觉，情致的变化。我们不能只看到诗人在写景，不，写景的背后有一双眼睛和一颗敏感的心。景色是他内心的投射。所以它是很具体，很清晰的。

同时它也很抽象。抽象在什么地方？诗的主题不明确。他追求的对象并不明确，这首诗到底是爱情诗，还是只是一个寓言，“伊人”象征着理想呢？都对，因为原诗就写得很抽象、很暧昧，这种暧昧，可以让读者展开非常广阔的想象和投射空间。

我们看《蒹葭》这首诗，他在寻求，但是他还没有找到。作为诗本身它很美，作为一种启示和教育，它不完整。所以在这个意义上来看，这首诗恐怕未必是最高层次的诗。但它已经很好了，它好在哪里？它说出了我们每个人内在的感情，所谓的“风人深致”。

读《蒹葭》这首诗，你会有很多感受。如果你正走在追求的道路上，你会觉得“道阻且长”，你不得不逆流而上，然而“溯洄从之，道阻且长”。这个“洄”是逆流，逆着水流，抵抗着潮流往前走，阻碍很多，路漫漫其修远。也许它实际的空间里程并不长，但是我们期待的结果迟迟未来，而付出的努力却无以复加，就会觉得漫长难捱，我们生活中，不都觉得等待很漫长吗？所以说“道阻且长”。当然，也有这样的时候，我们突然左右逢源，有一种顺流而下的快意。在这首诗里，“伊人”好像遥遥在望，最终还是不明确，“宛在水中央”，理想宛然存在某个地方，但我还没有最后到达，也就还没有得到最后的满足。

《蒹葭》中的诗人，大致停留在王国维先生所说的第一、第二阶段。第二阶段是“衣带渐宽终不悔，为伊消得人憔悴”。忍耐、坚持、不后悔，为了那位还未来到我生命的“伊人”。王国维先生引用的柳永词，句中的“伊”，出处正是《蒹葭》。

诗人还没有来到王国维先生说的第三阶段：“蓦然回首，那人却在灯火阑珊处。”这是最高的，也是最后的，是生命开启、理想到达那一刹那的感动。

“灯火阑珊处”，大多数人都沉迷于此岸，沉迷于欲望和烦恼之流中,外面看起来,灯火通明,人声喧嚣,热闹非凡,而内在却寂寞无依。这是喧嚣的寂寞,越喧嚣,越寂寞。追求生命理想的人,最后到达的,是那些世俗的欲望灯光不会聚焦的地方。

“灯火阑珊处”。看起来很孤独,但这种孤独并不会让你觉得寂寞,反而可以和心上人,和自己的理想,静静吟味这一份感动和欢喜。这种感动、这种内在的满足,只有经历过人生,甘苦备尝的你一人独享,你没办法把这种领悟和体会转送别人。

据说释迦牟尼佛在菩提树下开悟的时候,他独自享受着开悟的喜悦,然后他说:“我所体悟到的真理,如此广大深妙,没有办法用语言向人宣说。”于是就有天神下来祈求:“请你悲悯苍生,将你体悟到的真理,告诉这些还在苦海中的众生。”你体悟到的真理,只有你自己感受得到,没有办法将它作为一个礼物送给别人。这不是我有一把扇子,可以送给你。这种体会是内在的,心灵不在一个波段,不是一个频道,就无法共鸣。想要让某人体悟,唯有帮助他走上相同的道路,最终请他自己去体证、去遇到属于他的真理。当他自己遇到真理,他的真理就能和你的真理共鸣。我们无法赠送自己的感动和了解。如曹丕说:“虽在父兄,不能以移子弟。”否则真理就被物化了。

真理是发生在内心的感动,是生命的开启。每个人的内心一旦开启,个体之心,就通达于天地之心,宇宙之心,这叫做“天人合一”。每一个“个体”背后都是“整体”,对于每个“个体”来说,“整体”都一视同仁,平等无别,但只有绝少数的“个体”能够发现这个事实。有幸的是,虽说到达这个点的人和文化在全人类的范围内堪称稀少,但在中国文化史上,这样的人却相当多,先圣后圣,相续不绝。希圣希贤的中国文化,不愧是最高的文化,真是光辉灿烂。

理想和现实如果脱节,生命就变得虚假和残缺。我们都很在意肉体的残缺,但是我们大多数人却往往忽略了,我们的心灵是残缺的这个事实。为什么说心灵残缺?最明显的一个症状,就是我们的理想和现实脱节,理想和现实本该合一,可是我们大多数人却只有现实没有理想。如果我们的肉体半身不遂,我们觉得自己真可怜。可是我们的心灵半身不遂,却从来没有人可怜过自己的心灵。到底问题出现在哪里?教育是一个问题。真正的教育,就是要尊重天性,唤醒自觉,回归内心的呼唤。听从呼唤声,像《蒹葭》中的这位诗人,准备出发。

…………

二〇一九年正月于故乡　订之

(工作单位:福建师范大学文学院)

《搜神记》一则鬼故事的当代解读

李　雁

《搜神记》卷十六第十五条记有一则堪称经典的有趣故事，颇值今人一读：

琅邪秦巨伯，年六十。尝夜行饮酒，道经蓬山庙。忽见其两孙迎之，扶持百余步，便捽伯颈着地，骂："老奴，汝某日捶我，我今当杀汝。"伯思惟某时信捶此孙。伯乃佯死，乃置伯去。伯归家，欲治两孙。孙惊惧叩头，言："为子孙，宁可有此，恐是鬼魅。"乞更试之，伯意悟。

数日，乃诈醉，行此庙间。复见两孙来扶持伯。伯乃急持，动作不得。达家，乃是两偶人也。伯著火炙之，腹背俱焦坼，出著庭中，夜皆亡去，伯恨不得杀之。

后月，又佯酒醉夜行，怀刀以去，家不知也。极夜不还，其孙又恐为此鬼所困，仍俱往迎之，伯乃刺杀之。

以常理衡之，这个故事不可能是真的，但也不是干宝那个时代的人凭空编造的，其雏形早在先秦时期就已出现了。《吕氏春秋》卷二十二《慎行论》中就有这么一个类似的寓言故事：

梁北有黎丘部，有奇鬼焉，喜效人之子侄昆弟之状，邑丈人有之市而醉归者。黎丘之鬼效其子之状，扶而道苦之。丈人归，酒醒，而诮其子曰："吾为汝父也，岂谓不慈哉？我醉，汝道苦我，何故？"其子泣而触地曰："孽矣！无此事也。昔也往责于东邑，人可问也。"其父信之，曰："嘻！是必夫奇鬼也！我固尝闻之矣。"

明日端复饮于市，欲遇而刺杀之。明旦之市而醉，其真子恐其父之不能反也，遂逝迎之。丈人望其真子，拔剑而刺之。

丈人智惑于似其子者，而杀于真子。夫惑于似士者而失于真士，此黎丘丈人之智也。

如果说《吕氏春秋》中所记载的这个故事还只是为了说明"夫惑于似士者而失于真士"的道理的话，那么《搜神记》里的版本则已完全脱离说教而独立。但是这两者之间仍有间接联系：虽然地方换了，梁北黎丘丈人成了琅邪秦巨伯，主人公的名字也变得更加具体了，但其间仍能看出蛛丝马迹来——主修《吕氏春秋》的吕不韦是秦国人，于是主人公自然也就冒姓秦氏了；巨伯者，大伯也，意近丈人。当然，《搜神记》里的故事叙述与细节描写更加生动、曲折，因而也更富于哲理趣味，更具可深入阐释的空间。

那么这个故事在如此漫长时间的传播过程中发生了怎样的变化呢？

尽管干宝作《搜神记》张皇鬼神的本意我们并不认同，但你不能否认这些鬼故事里有很多吸引人的东西，用干宝《搜神记》序里的话说就是："幸将来好事之士录其根体，有以游心寓目而无尤焉。"那么，这个极富戏剧性的故事究竟有什么地方能让我这个好事之徒"游心寓目"呢？也就是说它为什么引起我的阅读注意力呢？换句话说，我们为什么读了这个故事会感到有趣味、有意思呢？不妨来粗略分析一下。

故事始于秦巨伯的酒后夜行，由于醉酒，而产生幻觉；由于夜行，而很难分辨清楚。在这种特定情形下，当他来到祭神的山庙时，诡异的事情便发生了：他被两个扮成自己孙子模样的鬼给打骂了一番。在“佯死”而得以回家后，经对质，才意识到自己可能是被鬼给捉弄了。

秦的第二次行动是在“数日”之后，这是《吕氏春秋》中的黎丘丈人故事中没有的新增环节，它对推动故事情节有着至关紧要的作用。这次巨伯是“诈醉”而非真醉，如其所料，他果然得以复仇：用火烧来对付那两个曾经捉弄他的木偶恶鬼。而鬼也用上次秦巨伯使用的佯死方式得以逃脱，“夜皆亡去”。故事到此应该说是一个循环，结构相对完整而平衡，惩罚者和受惩罚的对象互换了位置，前后呼应，而且也充分证明了他想要证明的结论——孙子没有干那种不孝之事。如果就此结束叙事，就像场一比一打平了的足球比赛，虽然了无意趣，但秦巨伯完全可以心平气和继续过他的日子。但对于一部作品而言，这只不过是一个乏味的人与鬼斗法而未分胜负的故事而已。因此这里留下了一句意味深长的话：“伯恨不得杀之。”

这种叙述的张力吸引着读者的阅读兴趣，继续往后看。

正是被自己这种已无法控制的仇恨情绪所支配，秦巨伯又一次行动起来。第三次的诈醉、夜行都与第二次的行动相同，但时间却是“后月”——隔了如此长的时间，那种恶劣的复仇情绪不但没有削弱，反而更加强烈起来，竟是“怀刃以去”，动了杀心。这种内心的盲目冲动比酒后产生的幻觉更加可怕。“家不知也”，行为的诡秘说明了他思维的偏执，行前没有与家人(包括自己的孙子)和其他任何外人沟通交流。最终悲剧发生了：在这个深夜，他终于亲手刺杀了前来迎接自己的两个孙子。

故事大致可分为三段，三段的结构基本相似，如下表：

间隔时间	环境	行动者	行为状态	对象	动作	结果
最初	夜晚	秦巨伯	醉酒	二鬼	被鬼打	秦佯死
数日	夜晚	秦巨伯	诈醉	二鬼	打二鬼	鬼佯死
后月	夜晚	秦巨伯	诈醉	二孙	杀二孙	二孙死

对比这三段基本相同的结构中的不同,就可以看出其中的微妙之处。

每一次行动都始于秦巨伯夜行。只是后两次由“醉酒”变为“诈醉”,因此理论上讲后续的行为应该比第一次头脑更清晰、判断更准确。如果说第一次行动是偶然事件的话,则后两次显然是主动的有计划行为。人喝酒后糊涂这可以理解,但还有那么一些人,表面看来并没喝酒,行动目标明确,似乎很清醒理智,但其实却被自己的妄想和偏执所困惑,终于做出连自己都不能相信的事情来。

第二次秦巨伯作为行动者,行动的目标是恶鬼,受动者也确实是恶鬼。这次行动的结果坚定了他下次行动的信念——恶鬼还会出现的。表面上看最后一次秦巨伯行动的目标仍然是鬼,但受动者却变成了他的孙子。这等于说他“认为”的恶鬼实际上成了他的孙子,他被自己的认知所蒙蔽。此时在故事的背后真正的行动者已发生了改变:鬼在利用秦巨伯的仇恨心理和偏执情绪实施报复,最终的受害者就是行动者本人。

细细分析起来看,鬼之所以最初扮成秦家孙儿的模样,显然是因为它们清楚地知道秦老汉内心对孙子的既有认知:这两个孙子曾遭到过他的体罚——“惟某时信捶此孙”。我们不清楚秦老汉为何要体罚孙子,但我们能从叙事中感受到他那不容置疑的权威和他严厉刻板的家教。故事一开始就说他“年六十”,这在当时是德高望重的年纪,同时也是昏聩老朽的年纪。这个年纪的人一般而言都比较溺爱孙子,而他却能如此威严地惩戒后辈,可见其不同寻常的自负。体罚行为的后果在祖孙之间留下了阴影,双方失去了相互的信任感,魔鬼正是乘此隙而入,从而产生了这个惩罚人最终被惩罚的故事。与上两次不同,这次结局不是喜剧式的“佯死”,而是真正的死亡悲剧——六十岁的老汉失去了自己的继承人。看来秦巨伯内心的鬼比同书同卷里宋定伯卖的那个无足轻重的鬼危害更大。

和这个祖父误杀孙子的故事情节很相似,在《搜神记》第十八卷里还记载了一个儿子误杀父亲的故事:

> 晋时,吴兴一人有二男,田中作,时尝见父来骂詈赶打之。童以告母。母问其父,父大惊,知是鬼魅,便令儿斫之。鬼便寂不复往。父忧,恐儿为鬼所困,便自往看。儿谓是鬼,便杀而埋之。鬼便遂归,作其父形,且语其家,二儿已杀妖矣。儿暮归,共相庆贺,积年不觉。后有一法师过其家,语二儿云:“君尊侯有大邪气。”儿以白父,父大怒。儿出以语师,令速去。师遂作声入,父即成大老狸,入床下,遂擒杀之。向所杀者,乃真父也。改殡治服。一儿遂自杀,一儿忿懊,亦死。

故事的前半部分与秦巨伯的情节差别不大,但后半部分却发生了令人称奇转变:鬼居然假扮成被杀的父亲进入了这个家庭,并与之朝夕相处,共同生活,全家人竟然“积年不觉”。这使我想起美国好莱坞影片《FASE OFF》(吴宇森导演,译名《夺面双雄》,或译《变脸》)。虽然我们讲的这个故事是一个悲剧,鬼魅最终虽被法师擒杀,但两个孩子发现真相后也先后而死。与其说他们是死于鬼的捉弄,还不如说是死于对人性如此复杂多变的困惑与绝望。在这一点上,《FASE OFF》与之并无二致。

相反,《搜神记》同卷所载博陵刘伯祖的事情却简单得多:

> 博陵刘伯祖为河东太守,所止承尘上有神,能语,常呼伯祖与语,及京师诏书诰下消息,辄预告伯祖。伯祖问其所食啖。欲得羊肝。乃买羊肝于前,切之脔,随刀不见。尽两羊肝。忽有一老狸,眇眇在案前,持刀者欲举刀斫之,伯祖呵止,自着承尘上。须臾大笑曰:"向者啖羊肝,醉,忽失形与府君相见。大惭愧。"后伯祖当为司隶,神复先语伯祖曰:"某月某日,诏书当到。"至期,如言。及入司隶府,神随遂在承尘上,辄言省内事。伯祖大恐怖。谓神曰:"今职在刺举,若左右贵人闻神在此,因以相害。"神答曰:"诚如府君所虑。当相舍去。"遂即无声。

像刘伯祖与老狸之间如此坦诚相待,互不猜忌,心中无鬼,鬼便是人,自会相安无事,结果也就会和秦巨伯大不一样了。两种不完全不同的结局告诉我们一个简单的道理:魔由心生,人鬼之间,并无界限。但凡人心中有鬼,则必遭惩罚——搞鬼的人最终被鬼搞。

其实,不仅人鬼之间如此,人与人之间何尝不是这样呢?

(作者单位:齐鲁师范学院)

读书札记:同源录(三十则)

吴伯雄

小　引

语曰:“操千曲而后晓声,观千剑而后识器。”质之诗词,亦何莫不然? 故古之作者,莫不历览遗编,研味前作。尔后心追手摹,自成面目。然其浸润既久,不免入而难出,或如王禹偁之暗合老杜,或如西昆派之挦扯义山,要皆为前人所笼罩,不得跳脱也。历来笺注之家,于句法之相似,篇章之雷同,多为指出。余读诗词,亦喜挖掘句法源流,遇平常笺注之家所不经见者,则批注简端,以之自娱。若夫老生之常谈,司空之惯见,则阙而不录,以省视听焉。

王勃《送杜少府之任蜀州》:“海内存知己,天涯若比邻。”一联,人但知其出于曹植《赠白马王彪》诗:“丈夫志四海,万里若比邻。”而不知其作意实本于谢朓《与江水曹至滨干戏》:“别后能相思,何嗟异封壤。”

古诗十九首:“愿为双鸣鹤,奋翅起高飞。”又:“思为双飞燕,衔泥巢君屋。”曹植诗:“愿为比翼鸟,施翮起高翔。”其本皆出于刘细君:“愿

为黄鹄兮归故乡。”（见《汉书·西域传》，后人题为《悲愁歌》）

王禹偁：《感流亡》：“文翰皆徒尔，放逐固宜然。”盖出于杜甫《旅夜书怀》：“名岂文章著？官应老病休。”

王禹偁《寒食》：“今年寒食在商山，山里风光亦可怜。稚子就花拈蛱蝶，人家依树系秋千。郊原晓绿初经雨，巷陌春阴乍禁烟。副使官闲莫惆怅，酒钱犹有撰碑钱。”颔联盖出于杜甫《江村》诗：“老妻画纸为棋局，稚子敲针作钓钩。”

又，末联：“副使官闲莫惆怅，酒钱犹有撰碑钱。”诗意近于老杜“囊空恐羞涩，留得一钱看”。惟王诗自嘲复自得，杜诗则仅见其自嘲耳。又，其后苏轼贬居惠州，作诗有“报道先生春睡美，道人轻打五更钟”之句，又出于王诗，而并“惆怅”之意亦淡然抹去，无怪章惇见其诗，恼羞成怒，又加贬斥也。

宋人蔡居厚：《蔡宽夫诗话》曰：“（王）元之本学白乐天诗，在商州，尝赋《春日杂兴》云：‘两株桃杏映篱斜，装点商州副使家。何事春风容不得？和莺吹折数枝花。’其子嘉祐云：‘老杜尝有“恰似春风相欺得，夜来吹折数枝花”之句，语颇相近。’因请易之。元之忻然曰：‘吾诗精谐，遂能暗合子美邪？’更为诗曰：‘本与乐天为后进，敢期杜甫是前身。’卒不复易。”然以上举诸例观之，元之作诗，常为老杜所牢笼，其言暗合，谁复信之耶？

王禹偁《村行》：“马穿山径菊初黄，信马悠悠野兴长。万壑有声含晚籁，数峰无语立斜阳。棠梨叶落胭脂色，荞麦花开白雪香。何事吟余忽惆怅，村桥原树似吾乡。”其手法作意，盖出于王昌龄《闺怨》：“闺中少妇不知愁，春日凝装上翠楼。忽见陌头杨柳色，悔教夫婿觅封侯。”两“忽”字皆倏忽而来，转折有力。

司马光《温公续诗话》曰：“惠崇诗有‘剑静龙归匣，旗闲虎绕竿’。其尤自负者，有‘河分冈势断，春入烧痕青’。时人或有讥其犯古者，嘲之：‘河分冈势司空曙，春入烧痕刘长卿。不是师兄多犯古，古人诗句犯师兄。’”同时人刘攽《中山诗话》、江休复《嘉祐杂志》中皆记此事，皆以惠崇为抄袭前人成句。“不是师兄多犯古，古人诗句犯师兄”，古人焉能“犯”今人之诗？其间讽刺意味，一望而知。余尝检读《全唐诗》中刘长卿及司空曙之诗，皆未见此二句。后读文莹《湘山续录》卷下有云：“宋九释诗惟惠崇师绝出，尝有‘河分冈势断，春入烧痕青’之句。传诵都下，籍籍喧著。余缁遂寂寥无闻。因忌之，乃厚诬其盗。闽僧文兆（雄按：九僧之一）嘲之曰：‘河分冈势司空曙，春入烧痕刘长卿。不是师兄多犯古，古人诗句犯师兄。’”乃恍然大悟，盖因惠崇诗名过高，故其余诗僧造谣哄传，污其抄袭前人耳。文莹亦释子，于释流之内情，所闻必能独得其实。乃知名利所向，虽号与世无争如释氏者，亦不免无风起浪、勾心斗角，读书至此，可为一叹。

陈与义《登岳阳楼》诗：“洞庭之东江水西。”盖出于杜甫《夔州歌》：“中巴之东巴东山。”又，五六两句：“万里来游还望远，三年多难更凭危。”其句式盖出于杜甫《登高》：“万里悲秋常作客，百年多病独登台。”

陈与义《伤春》诗颈联：“孤臣霜发三千丈，每岁烟花一万重。”上句出于李白《秋浦歌》：“白发三千丈，缘愁似个长。”下句出于杜甫《伤春》：“关塞三千里，烟花一万重。”又，末联：“稍喜长沙向延阁，疲兵敢犯犬羊锋。”盖出于杜甫：《诸将五首》其三末联：“稍喜临边王相国，肯销金甲向春农。”此为陈与义名作，而全诗八句，四句全用前人成句，乃论者共推为两宋之际诗人第一，盛名之下，其实难副。

曾几《苏秀道中,自七月二十五日夜大雨三日,秋苗以苏,喜而有作》:“一夕骄阳转作霖,梦回凉冷润衣襟。不愁屋漏床床湿,且喜溪流岸岸深。千里稻花应秀色,五更桐叶最佳音。无田似我犹欣舞,何况田间望岁心。”第三句出自杜甫《茅屋为秋风所破歌》:“床头屋漏无干处。”第四句出自杜甫《春日江村》:“春流岸岸深。”第五句全用唐代殷尧藩《喜雨》末联:“千里稻花应秀色,酒樽风月醉亭台。”全诗八句之中,三句袭用前人成句,“作贼”之诮,宁能逃耶?且全诗语意失之粗硬,质直少含蓄,惟其立意高,故掩盖使人不觉耳。

陆游《秋夜将晓出篱门迎凉有感》诗:“三万里河东入海,五千仞岳上摩天。”盖出于丁谓:“九万里鹏容出海,一千年鹤许归辽。”(见宋·魏泰《东轩笔录》卷三。)

陆游《黄州》诗:“君看赤壁终陈迹,生子何须似仲谋。”后句盖出于黄庭坚《次韵答柳通叟问舍求田之诗》:“但令有妇如康子,安用生儿似仲谋。”(雄按:黄诗见《山谷外集》卷六。然宋人笔记如《宾退录》《猗觉寮杂记》皆亦以此二句为苏轼诗,待考。)

杨万里《檄风伯》:“峭壁呀呀虎擘口,恶滩汹汹雷出吼。溯流更着打头风,如撑铁船上牛斗。风伯劝尔一杯酒,何须恶剧惊诗叟。端能为我霁威否?岸柳掉头荻摇手。”风伯劝尔一杯酒,盖出于《晋书·武帝纪》:“末年,长星见,帝心甚恶之,于华林园举酒祝之曰:‘长星,劝汝一杯酒,自古何有万岁天子邪?’”

戴复古《江阴浮远堂》诗:“最苦无山遮望眼,淮南极目是神州。”盖出于辛弃疾《水龙吟》词:“遥岑远目,献愁供恨,碧簪螺髻。”又,辛弃疾《菩萨蛮》词:“青山遮不住,毕竟东流去。”亦为戴诗所本。惟辛词云青山遮不住望眼,戴诗则言无山可遮望眼,更进一层也。

李清照《如梦令》词："昨夜雨疏风骤，浓睡不消残酒。试问卷帘人，却道海棠依旧。知否，知否，应是绿肥红瘦。"盖出于韩偓《懒起》诗末四句："昨夜三更雨，临明一阵寒。海棠花在否，侧卧卷帘看。"

李清照《点绛唇》词："蹴罢秋千，起来慵整纤纤手。露浓花瘦，薄汗轻衣透。见有人来，袜刬金钗溜。和羞走，倚门回首，却把青梅嗅。"盖出于韩偓《偶见》诗："秋千打困解罗裙，指点醍醐索一尊。见客入来和笑走，手搓梅子映中门。"

李清照《醉花阴》词云："薄雾浓云愁永昼，瑞脑消金兽。佳节又重阳，玉枕纱厨，半夜凉初透。　　东篱把酒黄昏后，有暗香盈袖。莫道不销魂，帘卷西风，人比黄花瘦。"元人伊世珍《琅嬛记》曰："易安以重阳《醉花阴》词函致明诚，明诚叹赏，自愧弗逮，务欲胜之。一切谢客，忘食忘寝者三日夜，得五十阕，杂易安作，以示友人陆德夫。德夫玩之再三，曰：'只三句绝佳。'明诚诘之，答曰：'莫道不销魂，帘卷西风，人似黄花瘦。'正易安作也。"不知此绝佳之三句，亦有所本，程垓《摊破江城子》词末句云："人瘦也，比梅花，瘦几分。"又，秦观《如梦令》词云："依旧，依旧，人与绿杨俱瘦。"二词皆在李前，作意比拟亦皆相似。

辛弃疾《贺新郎》词："我见青山多妩媚，料青山见我应如是。"注家（胡云翼《送词选》、邓广铭《稼轩词编年笺注》）多举《新唐书》中唐太宗语："人言魏征举动疏慢，我但见其妩媚耳。"以为出处。不知其意脉实源于李白《独坐敬亭山》诗："众鸟高飞尽，孤云独去闲。相看两不厌，只有敬亭山。"盖辛词言我见青山多妩媚，青山见我亦觉妩媚，非"相看两不厌"而何？

宋徽宗《燕山亭》词末云："怎不思量，除梦里有时曾去。无据，和梦也新来不做。”盖本于晏几道《阮郎归》:“梦魂纵有也成虚,那堪和梦无。”如推源溯流,则两者皆出于《论语·述而》:“甚矣吾衰矣,久矣吾不复梦见周公也。”

姜夔《扬州慢》词:“念桥边红药,年年知为谁开。”盖出于秦观《满庭芳》词:“问篱边黄菊,知为谁开?”

周邦彦《少年游》下片云:“低声问:向谁行宿? 城上已三更。马滑霜浓,不如休去,直是少人行。”盖出于李商隐《留赠畏之》:“待得郎来月已低,寒暄不道醉如泥。五更又欲向何处,骑马出门乌夜啼。”畏之乃义山好友,而此诗绝类女子留宿情郎之语,人言义山好以艳情写友情,读此信然。

王勃《秋日登洪府滕王阁饯别序》云:“落霞与孤鹜齐飞,秋水共长天一色。”此联当时以为工,后世亦艳传之。然其句式,齐梁时人已多有之,如庾信《马射赋》:“落花与芝盖同飞,杨柳共春旗一色。”又刘勰《文心雕龙·知音篇》云:“夫麟凤与麏雉悬绝,珠玉与砾石超殊。”又,较王勃同时稍前之骆宾王,亦屡屡用之,如《冒雨寻菊序》:“参差远岫,断云将野鹤俱飞;滴沥空庭,竹响共雨声相乱。”《上丘韦明府启》:“飙金将露玉共清,柳黛与荷缃渐歇。”《晦日楚国寺宴序》曰:“物我情均,缁衣将素履同归;迹混污隆,廊庙与江湖齐致。”且王勃此语不独见于《滕王阁序》,其《山亭记》亦曰:“良谈吐玉,长江与斜汉争流;清歌绕梁,白云将红尘并落。”则知当时文人皆为此等语,或以其句式新颖奇拗欤?

李清照《一剪梅》云:“云中谁寄锦书来? 雁字回时,月满西楼。”谁寄者? 言无人寄也。雁字回时,言又过一年也。月满西楼,盖暗用韦应物“闻道欲来相问讯,西楼望月几回圆”之意。

李清照《一剪梅》又云:"一种相思,两处闲愁。"同时稍后之杨无咎《锯解令》"一种恓惶,两处寻思",盖从李词化出。

李清照《一剪梅》又云:"才下眉头,却上心头。"高教版《中国文学史》第三版第106页认为:"此八字,生动地传达出心理的曲折变化:收到丈夫的来信,顿感欣慰而喜上眉梢,然独居的寂寞毕竟难耐,相思之情又袭上心头。"今按:此解恐误。前句明言"此情无计可消除",言闲愁无计可消除,才从眉头上散去(暗指愁眉稍展),又涌上心头也(暗指心上愁闷)。且易庵此语盖有所本,范仲淹《御街行》末句云:"都来此事,眉间心上,无计相回避。"盖古人认为,愁之来时,或眉头紧皱,或心上抑郁,故言"眉间""心上"也。又,贺周《眼儿媚》末云:"今宵眼底,明朝心上,后日眉头。"盖亦暗用范仲淹之语,惟于"眉间""心上"加一"眼底",扩二而为三耳。

蒋捷《一剪梅·舟过吴江》末句云:"流光容易把人抛,红了樱桃,绿了芭蕉。"盖出于晏殊《玉楼春·春恨》:"年少抛人容易去。"

辛弃疾《祝英台近》末句云:"是他春带愁来,春归何处?却不解带将愁去。"沈谦《填词杂说》以为稼轩词以激扬奋励为工,而此词乃"昵狎温柔,魂销意尽,才人伎俩,真不可测"。然此语亦有所本,辛弃疾同时人赵德庄《鹊桥仙》词亦云:"春愁元自逐春来,却不肯随春归去。"二者又同本自唐代雍陶《送春》诗云:"今日已从愁里去,明年更莫共愁来。"

钱塘有尼水美,因对客曰:"沈思细想,不若嫁人。"张子野词用之。(出莫君陈《月河所闻集》。)雄按:张先《一丛花令》词:伤高怀远几时穷,无物似情浓。离愁正引千丝乱,更东陌、飞絮濛濛。嘶骑渐遥,征尘不断,何处认郎踪。 双鸳池沼水溶溶,南北小桡通。梯横画阁黄昏后，又还是、斜月帘栊。沈恨细思，不如桃杏，犹解嫁东风。

东坡作《定风波序》云："王定国歌儿曰柔奴，姓宇文氏。定国南迁归，予问柔广南风土应是不好？柔对曰：'此心安处，便是吾乡。'因用其语缀词云：'试问岭南应不好？却道，此心安处是吾乡。'"予尝以此语本出于白乐天，东坡偶忘之耶？乐天《吾土》诗云："身心安处为吾土，岂限长安与洛阳。"又《出城留别》诗云："我生本无乡，心安是归处。"又重题诗云："心泰身宁是归处，故乡可独在长安？"又《种桃杏》诗云："无论海角与天涯，大抵心安即是家。"（出宋·吴幵《优古堂诗话》）

（作者单位：福建师范大学文学院）

先贤遗珠

《居易堂诗集》及《海外遗稿》[1]

黄曾樾 遗著

陈旭东 整理

按，黄曾樾(1898—1966)，字荫亭，号慈竹居主人，福建永安人。福州马尾海军制造学校肄业，法国里昂工业专科学校土木工程系学士，里昂大学文学博士，国学大师陈衍及门弟子。历任京汉铁路工务处工程师、福建省建设厅科长、南京市社会局局长、国民党交通部后方勤务部秘书、福建驿运管理处副处长、林森县(今闽侯县)县长、福州市政筹备处处长、福州市市长等职。曾先后任教于北平女子师范大学、永安县立中学、福建音乐专科学校。1950年10月调福建省立师范专科学校，继而福州大学、福建师范学院(均为福建师范大学前身校)，讲授历代韵文选、中国文学史、外国文学史，后主讲外国文学，直至退休。生平交游广阔，与章太炎、章士钊、赵熙、李宣龚、张大千、徐悲鸿、余绍宋诸名流书札往来，过从甚密。回闽任教，与廖元善、钱履周、包树棠、黄寿祺、郭

① 按，所据底本为原稿复印件。原方格稿纸横置，右起钢笔竖行书写。首行“左海珠尘初稿第二册”，次行“居易堂诗集及海外遗稿”。其中改乙繁多，几不可卒读。《左海珠尘》一书，先生曾寄誊清稿予童第德先生并嘱序。童第德先生《〈左海珠尘〉序》言：“顷寄所著《左海珠尘》见示，首列林子野、黄九烟、林如翥、胡上琛诸公暨方外永觉禅师，志意皦然可盟天日。”“首列林子野”云云，当即此篇，初稿在第二册而非首篇也。

虚中、金云铭、萨士武、郑丽生诸先生，日以学问相砥砺。学贯中西，著述等身。博士论文《老子孔子墨子哲学比较研究》(法文)及《埃及钩沉》《陈石遗先生谈艺录》曾公开出版外，家藏稿多散佚。

黄先生旧有《左海珠尘》四卷，收录论闽人、闽事、闽书各体文凡六十五篇，已佚。近年来整理《荫亭遗稿》，幸辑得佚稿数篇，此即其一。特为拈出以飨读者，可见黄先生著书论文之精要，并以为纪念。

明吏部文选司郎中福清林子野先生，明亡后起义，抗清阵亡，大节昭然，事见《明史》。诗文特其余事。惟子野实长于辞章，忧国忧民之意，流露于文字者，数百年后读之，犹令人感发而兴起。况其遗著颇饶史材，足供研究南明史者之钩稽，因不揆梼昧，抒其一孔之见，藉表敬仰之忱。

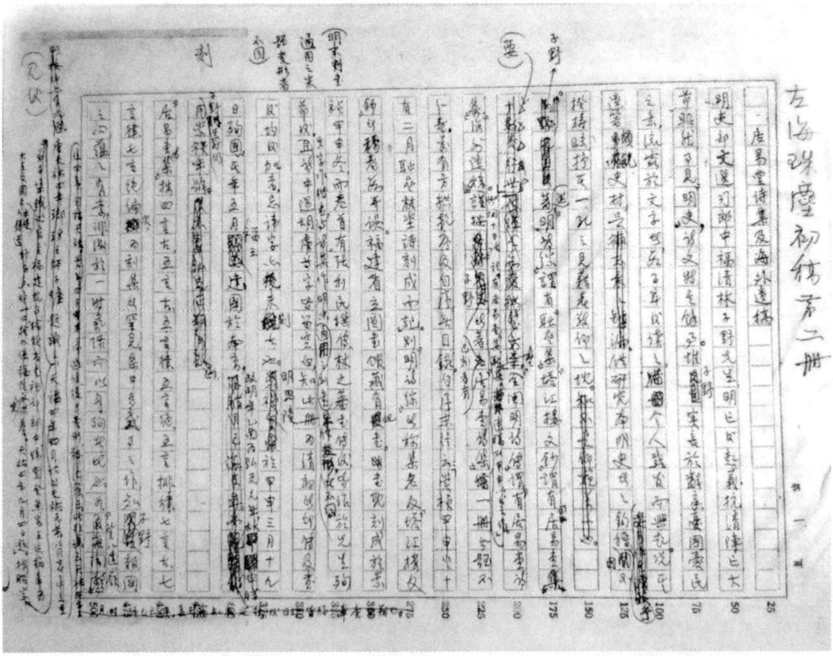

子野著述，《明诗综》谓有《耻斋集》，《塔江楼文钞》谓有《居易堂集》十数卷行世，《全闽明诗传》谓有《居易堂诗集》《海外遗稿》，《竹间十日话》谓“有《居易堂集》《耻斋集》，《海外遗稿》则甲申以后之作”。谨按，子野所著已刻者，有《居易堂诗集》一册，分体不分卷，前有方拱乾序及自序，无目录。自序末行云：“崇祯甲申岁十有二月，耻斋林垐诗刻成而记。”则《明诗综》所称集名及《塔江楼文钞》所称卷数并误。福建省立图书馆藏有此书。书既刻成于崇祯甲申冬，而卷首有张利民撰传，林之蕃书传后，皆作于先生殉节后。其字作楷书，与诗集作明末刻书通用之宋体变形者不同；且书中遇胡虏等字皆留空白，知此册为清初所印，传及书后均后加者，忌讳字亦后来剜去也。明思陵于甲申三月十九日殉国，其年五月福王建国于南京，改明年乙酉为弘光元年，故甲申腊子野刻集时仍用崇祯年号。

《居易堂诗集》按四言古、五言古、五言律、五言绝、五言排律、七言古、七言律、七言绝编次，为刻集所罕见。集中多感事之作，知子野报国之心，蕴之有素，非激于一时气愤而以身殉者比也。如《登八达岭观虏退营》云：

> 秋风平野动，落日虏营移。马上吹笳卧，军前逐鸟驰。气骄入险脱，师老以贪迟。主将开颜笑，呼书露布词。

按《明史·本纪》：“庄烈帝十六年四月辛卯，大清兵北归，战于螺山，总兵官张登科、和应荐败没，八镇皆溃。”诗谓此也。《秋再中，居庸关别公衡、寿如、孔硕》云：

> 秋惜别人意，重为此夜妍。初霜胡雁白，古月汉关圆。聚首看常事，出门既异天。寒梅香不远，迟尔晚江边。

《夏夜闻警不寐》云：

风激高城急柝惊，明明双眼绕床行。书生又老三年剑，胡骑新骄六月兵。无可奈何聊读史，似难如此便忘情。灯前自顾非侯骨，掷卷长歌恨不平。

皆撄心国防之言，不等寻常登眺之作。他如《肥马行》之刺边将，《闻警》之忧国是，不胜举例，而以《哀山东》十首尤痛哭流泣而言之，读之令人酸鼻。其《小序》云：

甲申春归，过齐地而哀之。五日驴背耳，山东之哀不尽此也。后之人读之，其必感焉。

按《明史·本纪》庄烈帝五年闰十一月“壬寅，大清兵南下，畿南郡邑多不守”。十二月辛卯，“大清兵趋曹、濮，山东州县相继下，鲁王以派自杀”。当时齐鲁遭敌蹂躏，于此可见。其一云：

兵旱由来理亦因，上天我未敢称仁。长原尽日惟荒舍，大地孑遗有几人？驿柳皮空春似水，山花血渍夜成燐。虏中百死归来后，土室门开绝四邻。

按，首联愤激极矣，连上天亦不可信矣。颔联哀死亡殆尽也。颈联言人食树皮，致驿柳皮空；兵死惨重，致山花溅血，较杜之“感时花溅泪，恨别鸟惊心”有过之无不及。七句明言此浩劫乃遭清兵屠戮。结句仍申三四句意，重言之者，哀之至也。其二云：

书生忍泪漫悲歌，失计从头可奈何？方脱虏营呼执役，纔开恩诏即催科。屋残鬼亦无家哭，烟冷鸦应忍饿过。疾视有司今若此，也由辇上负民多。

三句指吾民遭清兵奴役。四句指虏方退而催科又迫,则所谓恩诏者,徒空言耳。颈联谓地方残破至此。七句言民怨沸腾。结句斥有司负民,可谓洞见症结,然已晚矣。其三哀老翁之求生不得,求死不能:“老翁一语垂双泪,短发三年经两髡。恨不与妻同死饿,谁知殒子但将孙。”其四哀鲁藩:“宫空野鹳呼群立,门塌城狐引子蹲。堕钿曾思悲嫔御,路隅何处泣王孙?”曾几何时,巍峨邸第,竟宫空门塌,狐鹳成群。其五云:

> 日光无影鬼无声,平地灰残七十城。天下事皆由我辈,人前敢复谈书生!戈矛填腹遍遗虏,村舍酸眉在苦兵。尽向少陵诗下恸,谁知我亦负升平。

颔联即先忧后乐之意,而一言于天下事未坏之先,一言于天下事已坏之后,其揆一也,而子野之遇惨矣,故沉痛乃尔。杜之“泪痕血点垂胸臆”,先生有焉。其六云:

> 大镇名城去路长,疏槐影里集开场。破笥败甑无家物,柳屑榆皮上等粮。未必天高闻泽雁,何曾地上有羵羊。白头老妇持衣卖,新丧男儿五尺强。

嗟乎!郑监门之《流民图》,不足以方此诗所写鲁民之惨也。“柳屑榆皮”乃上等粮,然则次等粮惟观音土耳!下民之痛,享民脂膏之有司不闻也。城狐之虐,歆民祀典之地祇不闻也。天太高,地不灵,哀之生民走投无路,白头老妇,安得不卖衣以殓其新丧之男乎?其七斥将帅之丧地辱国而殃民也。诗云:

> 牙戟参天建旌旗,将军兀兀丧名城。声言索饷先焚掠,尾拾

遗赀且送行。避敌燕鸿终不见，纵兵虮虱篦还轻。更闻土穴逃家者，列炬高熏逼买生。

藉口索饷而肆焚掠，是何军纪？此种匪军，尚能御敌乎？纵兵祸民，多于虮虱，安得不使逃家于土穴者，不列炬高熏以求脱离苦海乎？其八云："长淮饮马且经春，战守难言国有人。"痛屯兵糜饷，战守无人。"偾帅赏边偿腹里，抚军献馘借饥民"，则将帅非特不能战，又不能守，且通敌卖国矣。抚军欺君罔上，惟惨杀饥民以邀功，如此武备，国安得不亡？况此惨状，不独山东一省，秦、楚、豫何独不然？故"每向西风悲楚豫，何堪近事复三秦"作结。其九云：

风教从前首兖青，贪生那复胜兵刑。狼威但作牛羊牧，雉死何曾沟渎经？高阀但闻招女帖，脱归羞作避人形。匹夫匹妇仇如海，愿挽天河洗秽腥。

此何时乎，而阀阅之家，还悬招女之帖！幸得脱归者，已无人形。人民如海深仇，所愿者挽天河以洗此异族侵凌之秽腥耳。观此，则先生民族之感深矣。兖青乃圣人教化之乡，今竟受外敌之污秽，故愤痛倍于寻常。先生撄心民瘼，视民如伤，故一则曰"疾视有行今如此"，再则曰"匹夫匹妇仇如海"，皆能为民喉舌，畅抒下情。其十云：

虏残兵惨盗频连，未复流亡又一年。乌雀啄场农事少，麦苗生垅主人迁①。二东葛屦霜难履，三辅轮蹄日不前。千里荒荒惟土白，但闻纸上说屯田。

首句七字，一字一泪。外则虏卒凶残，内则匪兵惨渎，加以频年寇盗，

---

① 按，"垅"，明崇祯十七年刻本《居易堂诗集》作"土"。

民何以堪？农事少，田园荒，当何待言！齐鲁既荆棘遍地，寸步难行，三辅又如在天上，车马不进，触目千里，但见白土荒茫，所谓屯田良策，只留纸上。一腔忠愤，惟托声诗，冀读者感发兴起，共拯危亡耳。子野哀鲁十章，声可彻天，泪可彻泉，庶几上追杜陵《诸将》五首，长留千古，唤起聋瞶。《竹间十日话》谓"《哀山东》者，疾当事不能未雨绸缪也"，尚浅之乎视先生矣。

先生诗写国计民生、排外寇、斥民牧外，常能即小见大，于无关紧要题目抒发灵襟。如《门前小圃黄花为富贵人尽取，诗以送之》：

> 果以容颜累，摧残取次寻。人间失素友，世上重黄金。此地别离去，侯门岁月深。香闺容易妬，莫把冷芳矜。

《山中屋上云生，僮惊呼松失矣；雷雨毕，呼曰归来归来，率口成之》：

> 偶然失却一山松，去作人间十万龙。大地平添三尺水，归来口也不言功。

此二诗皆眼前景物，而能因物起兴，寄托遥深，写立身之大节，风趣盎然，非怀抱宏伟、涵养工深者不解也。

《海外遗稿》原本已佚。近于友人处见抄本《居易堂近诗钞》五律二十首，七律五十四首；《海外遗稿》五律五首，七律十六首，五绝、六言绝句各一首，七绝二首，文四篇：《劾马士英疏》《书负薪歌后》《华周杞良之妻》《武王周公》（按，后二篇为制举文）。卷首有方润撰行状，陈兆藩撰墓志铭，张利民撰传，林之蕃书传后，及谢杲《青门节义录》之列传，共五篇。末有道光十二年壬辰永福余仁淳跋，谓此册乃从长乐陈惕园先生庚焕手抄本迻录者。《海外遗稿》有先生子锺爵跋云：

先大夫海外遗草，当籍没令下①，间有藏于亲旧者，辄亦弃去，以故多散佚②。今所存仅半，大抵皆君国萦怀，长歌当哭者。爵于中简数十篇付梓③，庶几先大夫百折孤忠、视死如饴，托于诗以传而不至于湮没，非敢谓太虚浩气争光曩哲也。康熙四十七年岁次戊子十月既望，男锺爵谨识。

据此，知《海外遗稿》在先生成仁后六十年曾有选刻本。友人所藏之抄本，系惕园先生从刻本《居易堂集》中抄得近体诗七十四首，复从刻本《海外遗稿》中抄得近体诗二十五首，非先生著作之全也。先生大节昭日月，片羽吉光，胥足珍惜，况遗诗句句皆碧血丹心所凝结而成。其《劾马士英疏》，与夫传志所载，多足补史传之缺乎！其《同诸子航海，时薙发初行也》，云：

萎草随风不可支，许多眉目一时移。招呼乘海桴堪济，歌泣中流楫自悲。鞹是犬羊毛应去，山留薇蕨劫还迟。莫言镜里秋霜贱，九鼎于今系一丝。

首句讽变节诸臣如萎草随风，次言诸人纷纷薙发，三言遁居海澨以待时，四言击楫中流图恢复，五言变节薙发者直同犬羊，六言甘蹈首阳之节，末言一发虽微，所系者重也。《同诸子上君山寺，是日喜晴，登顶上四望》，云：

连朝风雨晦人间，无恙乾坤可见还？天下犹能划此水，日光只是照斯山。关河作痛难开眼，草木无心亦愦颜。我有不平千万语，特来顶上叩天关。

① 按，“没”，原脱，据清康熙刻本《海外遗稿》补。

② 按，“多”，原脱，据清康熙刻本《海外遗稿》补。

③ 按，“爵于中简数十篇付梓”，清康熙刻本《海外遗稿》作“爵于中简数十篇，付之剞劂”。

首句言中原板荡，次句望恢复山河，三句言事尚可为，四谓同志者少，五六刺变节诸臣，末责诸臣误国，而先生苦心孤诣，隔世如见矣。《哭国》两首痛斥卖国贼郑芝龙，可谓怒发冲冠，声泪俱下：

燕雀堂中声自啁，谁知果落杞人忧。开门长揖盗为客，贼在将军国变仇。首鼠原将双膝办，性鹗终不好音酬。临危细数从头错，铁铸难成十六州。

裂土登坛赫建牙，主恩重矣报还赊。触藩羊只篱先撤，跛鼍鱼终网内嗟。招得贼来还自虏，卖将国去已无家。神龙到处云能护，应笑奸臣置念差。

隆武朝覆亡，主要由于郑芝龙叛国，开门揖盗，撤关迎敌。然清兵一到，郑即被虏，安平旋破，所谓"招得贼来还自虏，卖将国去已无家"者，字字实录。然先生恢复之志不馁，盖寄望于鲁、桂诸王也。故云"神龙到此云能护，应笑奸臣置念差"。虽事与愿违，而苌弘碧血，早办此身矣。《哭胡席公》云：

蒙面相看总死难，今朝犹有好衣冠。河山作誓身同碎①，城郭生风气尽空。殉国能忘十八叶，香魂定结一双兰（时有二妾从殉②）。将军明月归来夜，铁马声中听珮珊。

首句仍是斥变节诸人，盖此辈为先生所深恶痛绝，故不禁数数言之。席公即上琛，事见《明史》及《道山堂集·胡将军传》。惟诸书皆言一妾从殉，此云二妾，可资参证。先生与席公同朝，所记当可信。

《海外遗稿》之诗留至今者，仅二十五首，首首皆以血泪写成者，毋

---

① 按，"河山"，原作"山河"，据清康熙刻本《海外遗稿》改。

② 按，"二"，清康熙刻本《海外遗稿》作"一"。下文先生云"诸书皆言一妾从殉，此云二妾"，盖先生所据抄本作二，非先生所误。当以刻本为是，且合诸书载记。

庸辞费，尽加诠释。兹再笔《伏枕有思》，当整襟诵之。诗云：

一瞑已矣复何求，魂往空山只载愁。易舍妻儿惟有父，无惭肤发但多头。复仇到底落人后，作鬼应居最下流。门外长江知我恨，年年涛卷海风秋。

此为先生诗之最脍炙人口者，与《次陈孝廉寄伯奋弟来韵却寄》之“种种数茎休见德，此头尚在亦吾仇”同一机杼，总为留发以表忠贞。同此悲愤者，有《山中哭》，云：

千恨从头事，终为此祸阶。人谋堪屡失，天眼可曾开？吞炭声难辨，佯狂志自哀。山空快我恸，归去闭蒿莱。

先生报国丹心，所谓每饭不忘者，即小小游戏笔墨，亦尽情流露，如《戏写朱竹因题（时醉竹日也）》是其例。诗云：

根托朱方久，不醉亦颜丹。虽被北风吹，叶叶自向南。

与郑所南可并垂千古。如《为鄢德邻写竹》则正言之矣。诗云：

所翁之兰无土，耻斋之竹无根。想见千百年后，荧荧纸上血痕。

综观《居易堂诗集》及《海外遗稿》，知子野先生哀斯民之涂炭，痛宗社之覆亡于异族，奇耻大辱，其痛彻骨，故其诗直血泪凝结而成。读之而不勃然生同仇敌忾之感者，非是一圈人也。况能逸出闽派藩篱，上追文山、所南，与之方驾乎？

按《通志·高士传》及《全闽明诗传》，方润字具蒙，闽县人，万历诸生，重气节。当唐王时，时事日非，刊《铁函经》《晞发集》，序而行之以见志。王败，润隐居教授自给。林垐没于义兵，润撰行状，葬之福州井楼门外。陈兆藩，字卫公，侯官人。崇祯举人。隆武朝官刑部员外郎。鲁王入闽，改御史。鲁王败，不出。病不服药，含笑卒。《诗传》又谓，张利民，侯官人。崇祯进士。官桐城知县。隆武朝累官太常少卿。明亡，披缁于雪峰寺。林之蕃，字涵斋，闽县人。崇祯进士。官嘉兴知县。隆武时官吏部考功司郎中，明亡不仕。又按《通志·艺文志》，谢杲，字青门，肇澍子。观此，知前四人皆子野同志友，青门年齿虽略后，亦同时人，故所述先生事皆亲切可信。且诸篇中，除《书后》见《林涵斋集》外，其余皆世不经见者，洵珍贵史材也。兹举足补正记载之讹缺者如下：

(一)林子野之殉国及其官职

子野以攻福清阵亡，官书作死于福宁者，误也，前已辨之。至其官职，《行朝录》作文选司主事，《明史》《南疆逸史》《小腆纪传》《福建通纪》均作员外郎，《前明忠义别传》《节义录》《塔江楼文集》则作吏部文选司郎中。窃意应以先生挚友林之蕃书传后及张利民撰传为据，作郎中是。之蕃之言曰：

> 子野长予六岁，与予同受业司空董崇相先生之门。先生教以古文，勗以节义，于是两人相劝勉。癸酉举于乡，同出竟陵杨夫子之门。癸未同登弟，同观政户部，大司农为倪鸿宝先生。铨选，同在浙，一海宁，一嘉兴。隆武同拜监察御史，宣谕两浙。未几召还，垐授文选司，之蕃授考功司郎中。

据此，之蕃与子野有七同，益以同为抗清义士，则八同矣。张传明谓子野官吏部文选司郎中。利民与子野在隆武时同朝，隆武亡，同不屈于外族。然则知子野之真，孰逾林、张二先生者？其言若不信，当谁信乎？故知子野在殉节时之官职，实为文选司郎中。至《节义录》谓鲁王曾授以左佥都御史，不见他书，存以待考。

（二）马贼士英曾被阻不得入闽

子野《劾马士英疏》，非独见其斥奸邪、申正义之勇，其忠烈之气足以寒贼臣之胆、壮行朝之色者，数百载下读之，犹令人肃然起敬，况有足据以补史传之阙者！世不经见，尤足珍也。如张传云：

> 思文皇帝即位闽中，召对便殿。公因区画时务，大称旨。会阁臣黄公道周督师，疏请公偕行，遂授公户部员外郎，转饷军前。旋以浙西戴公使往宣谕，擢监察御史。具疏劾马士英，词意激切，士英闻风不敢入。行至处州，又以典铨选任重，非公不可，召回，除吏部文选司郎中。

此时子野宣谕浙西，马贼方自钱塘败退，拥残卒谋入闽，为先生疏劾而止。至瞿其美《粤游见闻》谓清贝勒曾挟士英入闽，杀之洪塘，乃后事也。

（三）林子野《劾马士英疏》有可补隆武史实者

甲.隆武用人昏聩。疏云："乃臣伏读数奉诏谕[①]，惟恐不能为士英开一生路者，圣意高深，愚臣难晓。然亦就皇上之称许士英者一为陈之。明诏以前在舟中能为皇上下拜，是犹知朱氏子孙。"观此，则隆武因感奸贼马士英一拜，竟欲大用之矣。疏又云："皇上以为特爱其才。士英之才，臣不能知。盖有秉政，一年亡一国，失一帝，弃一太后矣。"观此，则隆武竟爱此亡人国之才矣。昏聩至此，恢复之业何望？

乙.马贼非不降敌，知降敌亦诛。疏云"以其不降敌，不归鲁藩"尚有足取也，其实不然。正如疏所云："敌之来也，知士英浊乱害政，为人心所与，声言欲诛士英以谢天下，盖逼于无所逃耳。士英曾遁于天台，闻鲁藩监国，叱驭往朝，为江上义士所不容，乃逃遁之方国安营中。盖敌欲杀士英者，收人心也。鲁藩不敢用士英者，恐失人心也。"观此，知马贼之未降敌，非不欲降，明知降亦死也，欲降而求之不得也。

---

① 按，"奉"，清康熙刻本《海外遗稿》作"番"。

丙.《明史》谓唐王以士英罪大不许入闽,不确。疏云:“今皇上不特用士英,而且还其阁衔,榜示朝堂矣。”观此,则隆武已明诏用士英,且重用为阁臣矣。与史传所谓士英拥残兵欲入闽,唐王以其罪大不许者,适相反。

丁.马贼确曾遁天台,欲归鲁王,为鲁臣所逐。疏云:“士英曾遁于天台,闻鲁藩监国,叱驭往朝,为江上义士所不容,乃逃遁之方国安营中。”观此,知士英确曾遁至天台。《明史》谓“野乘载士英遁至台州山寺为僧,为我兵搜获”,是信史。但非为僧,亦非由此为清兵所获。《明史》又谓其欲归鲁监国,为鲁臣所逐,于此亦得一确证。

总之,子野遗著足申民族大义,补史传阙讹者略如上述,不仅乡邦文献攸系也。故揭橥而出之,以补《通志·艺文志》之不足。

方润撰先生行状,张利民撰传,均引“少陵无计逢行在,泪尽啼鹃半夜闻”之句,不见抄本,知先生佳诗遗失者尚多。先生不独工诗,且工文,观《书负薪歌后》及《劾马士英疏》可知。疏尤义正辞严,笔力扛鼎,在历代名臣奏议中,亦当推为杰作,故附于后,俾有心世道者共赏焉。

附:

林坌《劾马士英疏》①

臣闻功罪系乎天下,赏罚受之祖宗,非臣下所敢私议,亦非天子得以一人之喜怒而轻重之也。奸臣马士英,当圣安皇帝朝,以首揆而兼司马,天下之事孰非其一人之事?乃身辅圣安皇帝,而圣安皇帝何在?奉慈禧太后以出,而太后安往?坐使京师沦陷,孝陵□□,而士英者尚翩然翱翔于天下,是真高皇帝之罪人也。□□□□□□□□□□□□□□□□□□□□□□□□□□□□□□□□□□士英之肉,其足食

① 按,原稿仅存“附林坌《劾马士英疏》(双行抄,低一格)”一行,今从清康熙刻本《海外遗稿》补录,惜多缺文。

乎？臣意皇上一日欲见孝陵而不得，则切齿误国之士英，一日欲救百姓而不能，则痛思首祸之士英，惟恐不能早正一日天诛以谢高庙而快神人也。乃臣伏读数番诏谕，若惟恐不能为士英开一生路者。圣意高深，愚臣难晓。然亦就皇上之称许士英者，一为陈之。明诏以前，在舟中能为皇上下拜，是犹知朱氏子孙夫？高皇帝厚泽在人，烈皇帝非有失德而亡天下，高庙子孙其贤圣孰有过于陛下者？天下之人皆已归心，又何取于亡国之臣之一拜也。士英在杭不已拜奉潞藩乎？而后竟何如也？皇上以为特爱其才。士英之才，臣不能知。盖有秉政，一年亡一国，失一帝，弃一太后矣。皇上欲取耆定国家、尊主庇民之才，臣患其难。若徒取能亡国丧君如士英之才之速，滔滔天下又何患其无士英也。士英在南都则陷南都，在杭州则陷杭州，今其困兽游魂到处栖泊，小人之能亦既见于天下矣。皇上以其不降□[①]，不归鲁藩，尚有足取乎？□之来也[②]，知士英浊乱害政，为人心所不与，声言欲诛士英以谢天下，盖逼于无所逃耳。士英曾遁于天台，闻鲁藩监国，叱驭往朝，为江上义士所不容，乃逃遁而之方国安营中。盖□□欲杀士英者[③]，收人心也；鲁藩不敢用士英者，恐失人心也。皇上独取而赦之而用之，江东义旅谁不解体？天下人心孰不失望？贻讥藩国，取笑□□，非细故也。今皇上不特用士英，而且还其阁衔，榜示朝堂矣。一团私意而假之至公以昭示天下，臣恐天下人心未死，不可欺也。且皇上亦既悬一榜样而告在廷诸臣矣，为人臣而至亲亡其国、亲丧其君，尚不失于登司马之堂、居政事之府，尤而效之，又何罪焉！恐非皇上之利也。皇上必欲用士英，亦责其一意□□，恢复两京而后告于高庙之灵而赦之，若今日则未可也。臣，小臣也，少而读书，颇知事君之谊，义不与奸人同朝事主。伏乞皇上将臣赐罢，毋使天下后世姗笑中兴之臣尽若士英者流也，臣则厚幸矣。

（作者单位：福建师范大学图书馆）

---

①② 按，原剜去一字，前引文作“敌”。

③ 按，原剜去二字，前引文作“敌”。

编后记

《细读》是一本学术集刊，创办于2015年，原由人民出版社出版，感谢人民出版社四年来的合作与支持。从2019年开始改由人民文学出版社出版，每年两辑。本书为二〇一九年第一辑。

为了配合《细读》新版，本刊特邀孙绍振教授撰写专论《文体差异和文气清浊范畴的提出——细读曹丕〈典论·论文〉》。孙教授在前言中阐明了他与美国新批评不同的"细读"理论和方法，主张把文本还原到历史语境和作家特定心境中细读，并且认为，一切文本都可以作为细读对象，无论是文学性的还是非文学性的。这样的理论认识，正是启发我们最初创办《细读》的因缘。

本卷共读经典栏目由古代小说研究专家齐裕焜教授主持解读《水浒传》，齐教授邀约了三位年轻学人从各自不同角度共读细品。

《文心细品》《书影心声》《艺文述林》都是本刊的固定栏目，本辑仍然得到诸多名家学者的佳作支持，各位先生对古今中外作品的细读灵秀而有自得。

《解字析文》一组文章或着眼汉字结构和汉字源流，或考释经典语词，是中国语言文学研究传统的细读方式之一。

卷末的《先贤遗珠》刊载了黄曾樾先生的一篇遗稿《〈居易堂诗集〉及〈海外遗稿〉》，此文原为手写稿，由陈旭东先生整理。

《细读》坚持高质量原创学术成果的刊发，得到学术界的认同和鼓励。《细读》愿与学界诸友携手同行，共同推进学术的发展。

编者

2019年2月

附：《细读》约稿启事

1. 来稿请写明作者真实姓名、通信地址、邮政编码、联系邮箱，并附作者简介，注明工作单位、职称、学位、主要研究方向。

2. 稿件要求原创，请勿一稿两投。一经发表，即付薄酬。

3. 若文章配有图片，须保证所用图片不会引起版权纠纷。

4. 文章注释请用脚注，每页重新编号。

5. 来稿请投：fujianshidaxidu@163.com